おばあちゃん姉妹探偵②

作者不明にはご用心

アン・ジョージ　寺尾まち子 訳

Murder on a Bad Hair Day

by Anne George

コージーブックス

MURDER ON A BAD HAIR DAY
by
Anne George

挿画／ハラアツシ

娘、ティナへ

謝辞

アイデアを出して関心を寄せ、化学についての知識を惜しみなく授けてくださった、ドクター・チャンドラー・マギーとドクター・クリスティーナ・ダフィに感謝を捧げます。そして〝センター・ポイント〟グループのジーン・バネットとエルシー・マキビンとヴァージニア・マーティンには、その忍耐強さと提案と笑い声に感謝いたします。

作者不明にはご用心

主要登場人物

パトリシア・アン・ホロウェル……退職したもと教師
メアリー・アリス・テイト・
サリヴァン・ナックマン・クレイン……パトリシア・アンの姉。資産家
フレッド……パトリシア・アンの夫
ヘイリー……パトリシア・アンの娘。看護師
デビー・ナックマン……メアリー・アリスの娘。弁護士
ビル・アダムズ……メアリー・アリスの恋人
ボニー・ブルー・バトラー……メアリー・アリスそっくりの黒人女性
エイブラハム・バトラー……アウトサイダーアーティスト。ボニーの父
マーシー・アーミステッド……芸術家。画廊オーナー
クレア・ムーン……マーシーのアシスタント。
パトリシア・アンのもと教え子
サーマン・ビーティ……マーシーの夫。もとフットボール選手
リリアン・ベッドソール……クレアの後見人
ロス・ペリー……美術評論家
ボー・ミッチェル……警察官

1

「いいこと、パトリシア・アン。あたしはもう男の性の奴隷(どれい)でいるなんてうんざり」メアリー・アリスは勝手口をしっかり閉めて、コンロへ向かった。「このコーヒーはいれたて？」

わたしは朝刊から顔をあげてうなずいた。そして、にやりと笑った。姉は六十五歳、身長百七十八センチ、体重は百十三キロだと認めている。その姉が性の奴隷だなんて想像もつかない。

「イバラを食べているロバみたいな笑い方をして。歯が見えてるわよ」メアリー・アリスは言った。「でも、本当に性の奴隷なんだから」食器棚からカップを出してコーヒーを注ぎ、調理台の皿からマフィンを取った。「何のマフィン？」

「ブルーベリー」

メアリー・アリスはふたつ目のマフィンを取り、わたしが二杯目のコーヒーを飲みながら新聞を読んでいる出窓のまえのテーブルまできた。「何をしているの？」

「オマル・シャリーフのブリッジのコラムを読んでいるのよ」

「ああ、あの俳優は大好きよ。あのラッパ水仙の場面なんて最高だわ！」

「あの映画ね」一瞬ここが十二月のアラバマ州バーミングハムでなく、映画挿入曲『ラーラのテーマ』が鳴り響く春のロシアになった。「『ドクトル・ジバコ』は何度観た？」

メアリー・アリスはブルーベリー・マフィンをひと口かじった。「二十回くらいかしら。いまでも、ふたりによりを戻してほしいと思っているわ」

「でも、ある意味ではそうなったでしょ」

「ばか言わないで。彼は観るたびに死んでしまうのよ。ばったり倒れて。街なかで」メアリー・アリスはまたマフィンをかじった。「あの俳優の〝性の奴隷〟なら、それほど悪くないわね。年じゅうブリッジばかりしてなければ」

わたしは新聞をたたんだ。「コートを脱いだら？　その性の奴隷っていうのはなあに？」

「すぐに帰るから脱がなくてもいいわ。それより、あたしたち女はみんなそうでしょ。あんたも、あたしも。必死になって男を喜ばせているんだから」

わたしがこうしてガウンのままキッチンにすわって新聞を読んでいるあいだも、夫のフレッドは汗水たらして働いているのに？　と指摘してもよかったが、やめておいた。

「男たちの服にアイロンをかけて、男たちのために料理して、男たちの家の床にモップをかけているのよ。ひたすら男たちを喜ばせるために」

「シスター、性の奴隷というのは性的なことで使われる言葉だと思うわよ」

「それも含めて、よ」

もうこの話は追及しないことにした。「もっとコーヒーを飲む？」わたしは訊いた。

メアリー・アリスは首を横にふった。「マウス」昔々、子どもの頃にわたしにつけたあだ名で呼んだ。「見せたいものがあるんだけど、笑わないって約束して」

「わかった」

「約束する?」

「約束する」

メアリー・アリスは立ちあがってコートのボタンをはずしたが、まだ脱ごうとしなかった。

「誓って」

「もう約束したわ」

メアリー・アリスがコートを脱ぐと、約束はこっぱみじんに吹き飛んだ。大笑いしてしまったのだ。姉はミセス・サンタクロースになっていた。赤いミニスカートに赤いスパッツ、白いニットシャツには〝ミセス・サンタ〟と描かれていて、ばらばらに光る電飾はシスターにもコントロールできないらしい。

「ぜったいに笑うと思ってた」メアリー・アリスはむっつりと言った。「まだ、かつらもあるのよ」コートのポケットに手を入れて、死んだ白いプードルみたいなものを取り出して、短いピンク色の地毛にのせた。「あたしだって気づかれると思う?」

「ああ、笑いすぎて苦しい。もれちゃいそう」

「ねえ、気づかれないわよね」トイレへ急ぐわたしに向かって、シスターが言った。

キッチンに戻ると、シスターはもうコートを着ており、わたしはときおり忍び笑いをしてしまうものの、何とか落ち着きを取り戻した。「いったい、どういうことなの？」

「ビルが〈ローズデール・モール〉でサンタクロースの仕事を見つけたのよ。男女ふたり組でっていうのが、モールの希望で。子どもたちを怖がらせないためらしいわ」メアリー・アリスは肩をすくめた。「ね？　だから、あたしは性の奴隷だって言ったでしょ」

七十二歳のビル・アダムズはダンスのときにビルがシスターの目下の〝ボーイフレンド〟だ。ふたりの仲は数カ月続いているが、それはシスターの巨体を支えられるからだろう。とりあえず、フレッドとわたしはそう思っている。でも、シスターがミセス・サンタクロースになるのを断わらなかったのなら、ふたりの関係にはそれ以上のものがあるのかもしれない。

「〈ローズデール・モール〉は町の反対側でしょう」わたしは言った。「知りあいなんかに会わないわ。それに、会ったっていいじゃない。楽しいことをやっているんだから」

「そう思う？」

「そうに決まっているわ。幸せにしてあげる子どもたちのことだけ考えればいいのよ」

「言えてる」メアリー・アリスは腕時計に目をやった。「さあ、もういかないと。今夜の画廊のオープニングパーティのことを確認したくてきたの。五時から八時までで、誰でも入れる気軽な集まりよ。あたしの仕事は六時までだから、あんたを迎えにこられるのは七時すぎね。いい？」

「画廊で直接待ちあわせたほうがよくない？」

「自分で運転してくるつもり？　ばかを言わないで。そうそう、去年のクリスマスにあげた、オフホワイトにパールがついたセーターを着てくるのよ」

「はいはい、わかりました。じゃあ、スカートはどれにいたしましょうか？」メアリー・アリスが皮肉に鈍感なのは、妹にとって天の恵みでもあり、呪いでもあった。

「オフホワイトよ、もちろん。後生だから〝冬の白〟なんて言われて買った靴ははかないで。そんな言葉にだまされるなんて信じられない」

「世の中にはだまされるカモが大勢いるのよ」わたしはもう一度、にやりと笑って答えた。

「それじゃあ、七時にね」ミセス・サンタクロースはマフィンをもう一個取って出ていった。

「ええ、あとで」と言っても、シスターが思っているより早く会うことになるけれど。〈ローズデール・モール〉でお昼を食べる約束があるのだ。

わたしはスウェットスーツを着て、老犬ウーファーを散歩に連れていくために外に出た。とても気持ちのいい朝で、空気はぴりっと冷たいけれど寒くはなく、クリスマスまでもう三週間しかないというのに、テラスに置いた鉢植えのピンクのゼラニウムはまだいくつか咲いていた。ウーファーは寝坊していた。去年、イヌイットの家みたいな断熱材で覆われた犬小屋を買うのに大枚をはたいたが、あれはいい買い物だった。ウーファーを引っぱり出すのが難儀だけれど。

わたしは吊り扉をあげてウーファーを突っついた。「こら、お寝坊さん」

ウーファーが伸びをして、ほんの少しばつが悪そうに出てきたので、わたしはそっと近づいて温かい犬のにおいを思いきり吸いこんだ。

じように。ウーファーにリードをつけて出発した。

「散歩の時間よ」頭をかいてやると、毛がだいぶ白くなっていた。わたしたち、みんなと同じように。ウーファーにリードをつけて出発した。

この界隈は正面にポーチがある家が並び、歩道がある昔ながらの町だった。ここには「晴れの日には尻(ムーン)がよく見える」という言いまわしがある。約百年まえにバーミングハムの鉄鋼業の象徴としてレッドマウンテンの頂上に建てられた、鍛冶(かじ)の神ヴァルカンの巨大な像のことだ。その像が建てられたこと自体は悪くない。鉄でできた大男に文句はない。観光客は中心街を見渡すために像に登り、絵はがきや土産物を買ってくれる。でも、その絵はがきに写っているヴァルカンは正面から見た姿だけ。問題はうしろ姿なのだ。

ヴァルカンは鍛冶という仕事柄、賢明にも前掛けを着けていた。だが、山の反対側の並木道に建つ住宅街にとって不運だったのは、ヴァルカンがそれしか身に着けていないことだった。わたしが覚えているかぎり、ヴァルカンの尻を隠してほしいという陳情は何度もなされた。だが、その願いは叶わなかった。もし尻まですっぽり包む前掛けをヴァルカンに着けさせていたら、メアリー・アリスの言うように、冗談の種の大半は失われてしまっただろう。

わたしはこの月(ムーン)の光を浴びて育ったので、尻のことは何も意識していなかったけれど、あるときアトランタからきた年下のいとこが正面のポーチに立ち、驚きで目を丸くしてこう叫んだ。「あそこに裸の男が立っている!」

「デカいケツよね」メアリー・アリスはそう答えた。姉がせいぜい十歳頃の話だ。

きょうはそのムーンがよく見えた。ウーファーとわたしは明るい青空の下、時間をかけてぶらぶらと歩いた。六十歳の誕生日を迎えたすぐあと、五月に退職したときに思い描いていたのはこんな朝だ。

わたしは感謝祭の日の午後から町に現れはじめたクリスマスの飾りに見とれた。この町はクリスマスの時期になると、とても派手になる。小さな白い電球は使わない。家々の軒に飾られる大きな色つき電球が、この町にはあっているのだ。そして数軒の家の庭に等身大のキリスト降誕図がつくられ、あちらこちらの屋根で赤鼻のトナカイとサンタクロースが走ると、この町のクリスマスシーズンがはじまる。

家に戻ると、ウーファーにおやつをやり、すばやくシャワーを浴びて、クリスマスに敬意を表して赤いスーツを着た。〈ローズデール・モール〉でボニー・ブルー・バトラーとお昼を食べる約束をしているのだ。ボニー・ブルーはミセス・サンタクロースの話を聞いたら、大喜びするだろう。会ったら、真っ先に話さなくちゃ。

ボニー・ブルーと知りあったのは、数カ月まえにメアリー・アリスが七八号線沿いのカントリーウエスタン・バー〈スクート&ブーツ〉を買ったことから生じた数少ないよい結果のひとつだった。メアリー・アリスはいまでも、あの買い物はいい考えで、不幸な連続殺人さえ起きなければ、きょうだってバーミングハムの住民全員が店にきてラインダンスを思いきり踊っていたはずだと言い張っている。事件に巻き込まれたわたしも危うく殺されそうになった。間一髪で助け出されたことを思い出すと、身体が震えた。でも、きょうはとても気持ちのいい日で、赤いスーツを着ているし、クリスマスまであと三週間。事件のことを思い出すなんてばかばかしい。

〈ブルームーン・ティールーム〉に先に着いて一杯目のカフェイン抜きコーヒーを飲もうとしていると「ヤッホー、パトリシア・アン！」という声がして、クリスマス用にラッピングされた大きな包みを抱えて近づいてくるボニー・ブルーが見えた。

ボニー・ブルーに会うたびに、メアリー・アリスにそっくりであることに驚いてしまう。ふたりは体格が同じ。着る服も似ているし、歩き方も似ているし、性格さえ似ている。ただしボニー・ブルーは黒人で、十五歳ほど年下だけれど。それでも、彼女がメアリー・アリスと一緒にいると、まるで写真のネガを見ているようなのだ。わたしは立ちあがってボニー・ブルーが包みを置くのを手伝うと、ふたりで抱きあった。

「あら、やだ」ボニー・ブルーは錬鉄（れんてつ）の椅子にゆっくり腰をおろしながら言った。「お尻が椅子にはまっちゃいそう」

「ほかの店にする？」

「ううん。この店を選んだのはあたしだもの。ここのチキンサラダとオレンジロールは多少窮屈な思いをしても、それだけの価値があるのよ」わたしのほうを見た。「まだ四十八キロなの？」

「ええ。でも、身長が百五十四センチしかないんだから」

「ちゃんと食べてる？」

わたしはちゃんと食べていると答えた。メアリー・アリスはわたしが食欲不振だと触れまわっており、どうやらボニー・ブルーもそれを信じたらしい。

「フレッドとヘイリーは元気？　ヘイリーはリユーズ保安官とまだ会っているの？」

「たまにね」

「ふーん」リユーズ保安官は〈スクート&ブーツ〉の事件の中心的な捜査官だったが、ボニー・ブルーは気に入らないらしい。

ウエイトレスがきて、ふたりともチキンサラダとオレンジロールを注文した。ウエイトレスが離れていくと、ボニー・ブルーは壁に立てかけていたクリスマス用の包みに手を伸ばした。

「あたしからのお礼よ」ボニー・ブルーは言った。

「いやだ、ボニー・ブルー、お礼って何の？」

「仕事とか」ボニー・ブルーはわたしに包みを差し出した。「いろいろ」

目に涙が浮かんできた。「仕事に就けたのは、あなたの実力よ」

「でも、あたしのことをお店に話してくれたのは、あなただわ。それに、とてもいい職場なのよ、パトリシア・アン。みんな、いいひとたちで」

〈スクート&ブーツ〉で事件が起きたあと、ボニー・ブルーはトラックストップで働いていたが、若くて細い女の子にとっても重労働なので――ボニー・ブルーはそのどちらでもない――わたしはとても心配だった。それで〈大胆、大柄美人の店〉でシスターへの贈り物を買っているときに、女性店員を探していると言っていた店主にボニー・ブルーの話をしたのだ。

そして一本の電話で、ボニー・ブルーは仕事をつかんだ。その仕事もやはりたいへんで、立ち仕事なのは変わらないけれど、トラックストップに比べれば楽なようだ。

「あたしからのお礼」ボニー・ブルーは言った。

わたしはポスターくらいの大きさの包みを受け取って、包装紙をはがしはじめた。絵が描かれたベニヤ板が見えてきて、〝E〟の文字が右側に傾いている〝ABE（エイブ）〟というサインが目にとまった。わたしはびっくりしてボニー・ブルーを見た。

「嘘でしょう」

「さあ、開けて」ボニー・ブルーが微笑んだ。「そっとね」

残りの包装紙をはがすと、黒いスーツに青いシャツを着た年老いた黒人の男の絵が出てきた。老人は片手で杖を握っている。脚はやけに長く、腕はやけに短くて、足は両方とも左を向いている。背景は白く、ベニヤ板のはしが枠のように黒く塗られている。吊り金具は缶のプルタブだ。老人は微笑んでいて、小さな白い点が二列に並び、灰色の綿（わた）のようなものが頭に貼りついている。ベニヤ板の裏には〝ME（わたし）〟と書かれ、このEの文字も右に傾いていた。そう、わたしが手にしているのは本物のエイブラハムの絵、アラバマの〝アウトサイダー・アーティスト〟すなわち民俗芸術家のなかで最も有名な画家の絵なのだ。

涙がこぼれ落ちた。「ああ、ボニー・ブルー。こんなの、信じられない！」

ボニー・ブルーは誇らしげに微笑んだ。「気に入った？」

「気に入ったですって？　もう、信じられない。二年まえにバスに乗っている子どもたちを描いた、彼の小さな絵を買ったけど、もうわたしの手には届かない画家になってしまったから」

「エイブラハムはあたしの父なの」ボニー・ブルーは言った。

「あなたのお父さん？」

「エイブラハム・バトラー。あたしの父よ」ボニー・ブルーは絵のなかの老人の髪を指さした。「それ、わかる？　父の本物の髪なのよ。あたしが『父さん、この絵を友だちにあげたいんだけど』って言ったら、『ハサミを取ってくれ、ボニー・ブルー』って言って」

わたしはナプキンで目を拭い、絵を抱き寄せた。「これまでもらったなかで最高のプレゼントよ。抱いたまま寝たいかも」

「それじゃあ、髪がはがれないように気をつけてね。本物の髪を貼るのが、どれだけいいことなのか、あたしにはわからないけど。父さんは身のまわりにあるものを何でも使うから」

「何より特別なものだもの」わたしは言った。「大切にするわ」

ボニー・ブルーは包装紙を片づけた。

「ということは、お母さんが『風と共に去りぬ』を観てあなたを身ごもったとき、われを忘れてしまった男性というのがエイブラハムなのね」

「あたしにはぜんぜんうれしくない話だけどね。姉たちはマーティス、ヴァイオラ、グラディスっていう名前なのに、あたしだけあの映画にちなんだ名前なんだから」

わたしは絵を胸から離して、もう一度見た。

「いまの父はその杖を手放せないの」ボニー・ブルーは言った。「歩行器を使うこともあるわ。それでも、よく歩きまわってる。八十四歳になっても」

「お会いしたいわ」

「いつでも大歓迎よ。たいていは腰を落ち着けて絵を描いているだけだから。あたしたちはカンヴァス代わりにするものを探すのに忙しいけど」

「メアリー・アリスが知ったら卒倒するわね」わたしは言った。「今夜、シスターと一緒に画廊の開業記念のアウトサイダー展にいくのよ」

「マーシー・アーミステッドの画廊？」

「そうだと思うけど。どうして？」

「あたしたちもいくの。弟のジェイムズとあたしで、父を連れて」

「すてき！　画廊で会えるのね」

「メアリー・アリスにも絵を用意してあるのよ」

「本物の髪がついている？」

「いいえ」

「よかった」

そこに料理が運ばれてきて、わたしたちはそれぞれオレンジロールにバターを塗った。けれども、チキンサラダを口に入れたとたん、誰かが近づいてきた気配がした。そこで顔をあげると、ミセス・サンタクロースのチカチカ光る胸が目に入った。

「ふたりとも、ここで何をしているの？」メアリー・アリスだ。

「お昼を食べているのよ」これがシスターだと、ボニー・ブルーが気づいたかどうかはわからない。ボニー・ブルーのフォークは口に運ばれる途中で止まっていた。

「ちがう。あたしがこの格好をしているところを見せるために、あんたがボニー・ブルーを連れてきたんでしょ？　別にいいわよ。この格好にも慣れたから」メアリー・アリスは椅子にすわって、オレンジロールに手を伸ばした。「お腹がぺこぺこなの。ビルったら、万引きで捕まってばかりいるものだから。警備員がサンタクロースを捕まえるのをやめないかぎり、バーミングハムの子どもの半分は心に一生残る傷を負うわね」オレンジロールをかじった。

「こんにちは、ボニー・ブルー」

「ビルは何を万引きしたの？」わたしは訊いた。

「本当に万引きなんてしてないわよ、パトリシア・アン。ビルは泥棒じゃないんだから。ビルがトイレのドアを通るたびに、サンタクロースの衣装の何かが警報を鳴らしてしまうみたい。ビルったら、すっかりあわててしまって。かわいそうに」

ボニー・ブルーはミセス・サンタクロースの胸を見た。「ビルにも電飾がついているの？」

「ついてないわ。衣装のどこかについている電子タグのせいよ。トイレに入らずそのへんで用を足しちゃえばって言ったんだけど、もう物心がついている子どもたちが見ているかもしれないからって」メアリー・アリスは両手で大きな箱を引き寄せると同時に、わたしがもらった絵を見つけた。「ちょっと。これ、まさかエイブラハムじゃないでしょうね」

「そのまさかよ」シスターに見えるように、絵を引っぱり出した。「ボニー・ブルーのお父さんなんですって」

「本当に？」メアリー・アリスは絵を持ちあげた。「ボニー・ブルー、すばらしいわ。これは売りもの？」

「わたしのものよ。ボニー・ブルーにもらったの。それはエイブラハムの本物の髪」

「あなたにプレゼントする絵もあるのよ、メアリー・アリス。でも、きょう会えるとは思わなかったから」

「ミセス・サンタクロースだったら、クリスマスの時期ならどこのショッピングモールでも会えるけど」

わたしがそう言うと、メアリー・アリスが足を蹴ってきた。「あたしはビルを手伝っているだけ」ボニー・ブルーに説明した。「もう警備員に捕まらないといいんだけど。落ち着かなくて」

「ボーイフレンドのそばにいてあげられるチャンスじゃない」わたしはもう一度蹴られるまえに足をどかした。

「黙りなさい、マウス」メアリー・アリスはスプーンを取って、わたしの皿のチキンサラダをすくった。「うーん。おいしい」

「ビルはどこにいるの？」ボニー・ブルーが訊いた。

「衣装を脱いでいるわ。いまは昼休みなの。トナカイに餌をやっていますっていうかわいい看板が下がっているのよ」シスターはわたしのサラダをもうひと口食べた。

「今夜、ボニー・ブルーも画廊のオープニングにくるんですって」わたしはシスターの手が届かないように、皿をできるだけ遠くに移した。

「あら、うれしい」メアリー・アリスはふたたび絵を持ちあげた。「ボニー・ブルー、どうしてエイブラハムがお父さんだって教えてくれなかったのよ？」

「話すことを思いつかなかっただけ」

「だって、自慢でしょう。日ごとに有名になっていくもの」

「そうみたいね」

「あたしの絵を見るのが待ち遠しいわ」

「今夜持っていくわね」ボニー・ブルーは約束した。

「あなたの絵にはエイブラハムの髪はついてないのよ」わたしは言った。

そのときちょうどよくビルが店に入ってきた。ビルはハンサムで大柄だが腹は出ておらず、血色がよくて、白髪頭はふさふさ。七十二歳のいまでも女性たちをふり向かせることができるが、それは昼食をとる客で混みあう店内を歩いてくる様子を見ても明らかだった。

「やあ、パトリシア・アン。こんにちは、ボニー・ブルーも」ビルがシスターの肩に手を置いたのを、わたしは見逃さなかった。シスターはその上に自分の手を重ねた。

「ははーん」わたしはぼそっと言った。これはどうやら本気になってきたらしい。ミスター・ビル・アダムズはメアリー・アリスの前夫たちのパターンには当てはまらないけれど、もしかしたら四番目の夫になるかもしれない。これまでの三人の夫たちはみなメアリー・アリスより二十五歳は年上で、とても金持ちだった。そしてメアリー・アリスはそれぞれの夫とのあいだに子どもをひとりずつもうけた。でも、六十五歳となったいま、そろそろそのパターンが崩れるときなのだろう。二十五歳上で結婚できそうな男性はあまり多くないし、六十五歳で子どもを産むには聖書に出てくる人物でなければ無理だろうし、メアリー・アリスは三人の夫たちのおかげで、使いきれないほどのお金を持っている。

ボニー・ブルーと一緒に挨拶をして絵を見せると、ビルは感嘆した。

「エイブラハムがお父さんだってことを言わなかったなんて信じられないな」ビルはボニー・ブルーに言った。「わたしはお父さんが描いた雪だるまの絵がついたスウェットシャツを持っているよ」

「今夜、エイブラハムも画廊にくるんですって」メアリー・アリスが言った。「パトリシア・アンにあたしもいくけど、一緒にどう?」

「パトリシア・アン〝と〟」わたしは言葉遣いを直した。「〝パトリシア・アンとわたしもいくけど〟」メアリー・アリスに蹴られないように反射的に脚を引いたので、にらまれただけですんだ。

「いけないんだよ、ベイビー。今夜はポーカーをしにいくって言っただろう?」ビルは姉の肩を叩いた。「そろそろいこう。ふたりにはここで食事を楽しんでもらって、わたしたちはマクドナルドを探しにいこう」

「マックリーン・バーガーを注文するならね」メアリー・アリスが言った。

ベイビー？　脂肪分大幅カットのマックリーン？　「あのふたり、いったいどうしたのかしら」ふたりが手をつないで店から出ていくと、ボニー・ブルーに訊いた。「気が置けない間柄って感じ」

「あたしに訊かないで」ボニー・ブルーは言った。「男女の仲について話をするには、年をとりすぎたから」

わたしは笑って、皿を目のまえに戻した。「ヘイリーへのクリスマスプレゼントにしようと思っているコートを見たいんだけど、付きあってくれる？」

「そのまえにオレンジロールをもうひとつ食べさせて」ボニー・ブルーが答えた。

わたしはクリスマスシーズンのショッピングモールが大好きだ。なかでも〈ローズデール・モール〉は一階の広い通路の両側と二階のバルコニーにいくつもの小さな電球が輝くクリスマスツリーが飾られていて、格別にきれいだった。フードコートの中央にはサンタクロースがすわる椅子があり、子どもたちがまわりをうろうろして、サンタクロースがトナカイに餌をやり終えるのを待っている。混雑はしているが、来週はもっと混むだろう。きょうなら絵を持って歩いていても問題はない。

ボニー・ブルーとわたしはメーシーズ百貨店に入り、コート売り場に向かった。

「コートは〈ギャレリア〉で見つけたの」わたしは説明した。「でも、ここにもあるはずよ」

やはり、あった。白いトレンチコートは南部の冬にぴったりの軽いウールのギャバジンでできている。わたしはヘイリーがクリスマス用のカタログでこのコートに見とれているのを見て〝プレゼントにいいんじゃない？〟と思いついたのだ。ヘイリーの夫だったトムが亡くなって二年。その二年でヘイリーが興味を示したものと言えば、開胸手術担当の看護師としての仕事だけだ。でも最近になって、娘は殻を破ったように見える。またファッションに興味を示すようになり、リユーズ保安官と数回のデートさえしたのだ。

わたしはもう一度値札を見た。予算をはるかに超えている。

「すてきね。ヘイリーのサイズはいくつ？」ボニー・ブルーが訊いた。

「六のプチよ。わたしと同じ」

ボニー・ブルーは首をふった。「ぜったいに、あなたとメアリー・アリスは姉妹じゃない」

「ふたりとも病院じゃなくて家で生まれたのよ、ボニー・ブルー」

「いったい、どこの家よ？」

「わたしは母親似でブロンドで小柄、シスターは父親似で、ブルネットで大柄なの」

「メアリー・アリスは本当はブルネットなの？」

「わたしの記憶が正しければ」

ボニー・ブルーはわたしの手から絵を取った。「コートを着てみて」

コートは思ったとおりだった。身体にぴったりあった。ヘイリーにもあうだろう。わたしのネズミのような色の髪でも、まるで光を浴びているようだ。

「自分用に買うべきよ」ボニー・ブルーが言った。「芸術品だわ」

「娘に借りればいいわ」

わたしはもう一瞬もためらわず、クレジットカードを出した。そのあとさらに十六個のプレゼントを買ったので、すでに予算オーバーだ。ああ、クリスマスって、最高！

2

初冬の穏やかな陽気のなか、わたしは家へと車を走らせた。木々の葉は落ちきっておらず、まだところどころに色が残って、赤とオレンジの濃い色を最後に見せている。寒気は北まで迫り、いまにもこの町に襲いかかろうと待ちかまえているが、それでもまだ届いていない。シスターとわたしは生まれからずっとここで育ち、ホワイトクリスマスを体験したことがない。でも、ほんの少し雪が降っただけでバーミングハムに起こることを考えれば、それでいいのだろう。電灯は消え、道路は通れなくなる。そしてレッドマウンテンに建つ鍛冶の神、おなじみのヴァルカンはすっかり麻痺した片側の町を見おろし、その尻は同じく麻痺した反対側の町を見おろすことになるのだ。だから『ホワイトクリスマス』を歌うとき、この南部の町の住民は指を交差させて、雪が降らないようにと祈る。

わたしは〈ピグリー・ウィグリー〉に寄り、バーベキューチキンとサラダを買った。これでジャガイモ二個を電子レンジに入れれば、夕食はできあがり。教員をしながら三人の子どもたちを育てていたとき、このすばらしいファストフードとサラダバーはどこにあったのだろう？　あの頃は学校から帰ってくると、すぐに料理をはじめたものだ。もちろん、手抜き

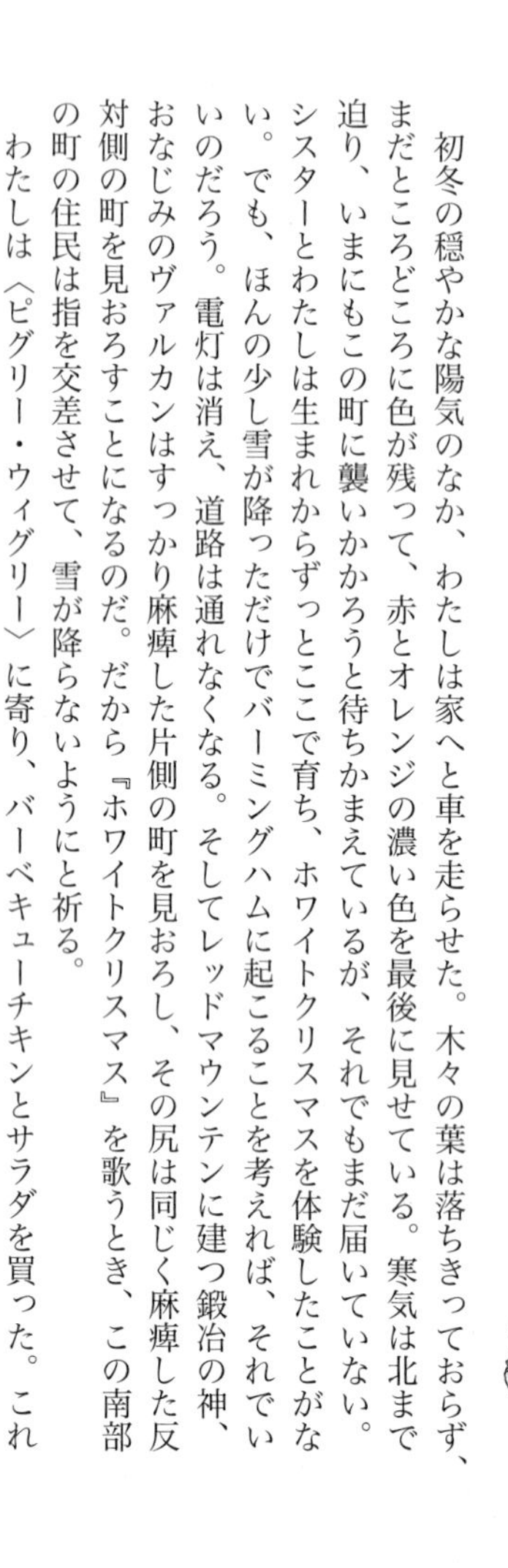

をする方法もいくつかあった。息子アランの妻のリーサは、夫の記憶に残っている絶品チェリーパイのレシピを教えてほしいといまでも言ってくるけれど、答えは〈ジフィーパイ皮ミックス〉と〈ラッキーリーフ・チェリーパイの具〉だと言うのはばつが悪い。だから、いまでもまだ材料すべてを思い出せないと答えている。リーサはわたしが嘘をついていることを知りながら許してくれているけれど、たぶん〈コカ・コーラ〉の製法のような偉大な秘訣があって、いつかわたしが折れて、すべてを打ち明けるにちがいないと思っているのだろう。もしかしたら、そうすべきなのかも。〈クールホイップ〉をほんの少しのせたパイはどんな少年も大好物で、リーサとアランにはふたりの男の子――わたしたち夫婦にとって唯一の孫たち――がいるのだから。もうひとりの息子、三十九歳のフレディことフレッド・ジュニアは結婚していないけれど、はっとするほど愛らしく、はっとするほど変わったシーリアという名前の女性と一緒に暮らしている。シーリアは本人いわく、〝呪い〟をかけられるらしい。わが愛しの夫は「やりすぎないように」というメモをつけて、呪ってほしいひとのリストを送った。でも、これまでのところリストの全員がいまも元気で、いまだにゴルフやトランプでフレッドをやっつけている。フレッドは「もう少し強力に」というメモをシーリアに送るつもりだと言う。どういうわけか、シーリアとフレディには子どもをつくる気がないように思える。そして子どもをとても欲しがっていたヘイリーは、酔っぱらった運転手のせいで、愛するトムを失った。

家に着くと、わたしは絵を持って歩きまわり、キッチンからも見える居間の壁にかけるのがいちばん映えるとようやく決めた。それから来客用寝室のクローゼットにヘイリーのコートをそっとかけ、家を少し片づけてから、ウーファーを夕方の散歩に連れていった。そして家に戻ると、照明がついていた。わたしはウーファーに餌をやってから、夕食の準備をするために家に入った。メアリー・アリスと画廊のオープニングにいくので、早めに夕食をとらなければならない。

留守番電話のライトが点滅していた。わたしが留守番電話のボタンを押すと、シスターの声が流れてきた。「ひげよ、マウス」

ひげ？　ビルがつけていたサンタクロースのひげのこと？

シスターの言葉の意味を考えていると、フレッドがそばにきた。六十三歳になり、お腹が少し出ているし、髪もあまり多くないかもしれない。でも、わたしにとってはまだまだ魅力的だ。フレッドが顔を近づけてきて、キスをしてくれた。

「ちょっと聞いて」わたしは留守番電話のテープを巻き戻した。

メアリー・アリスの声が言った。「ひげよ、マウス」

フレッドがわたしの背中を叩いて言った。「何が気になるんだ？　いつものメアリー・アリスじゃないか」

「でも、何を言っているのかわからないのよ」

「わたしだって、わからない」フレッドは冷蔵庫からビールを取り出した。

「もしかしたら、ビルが逮捕されそうになったことかも」

「ビルが逮捕されたのか？」

「実際にはそうじゃないんだけど。それに近いことがあって」わたしはミセス・サンタクロースのこと、シスターの胸がチカチカ光っていたこと、ショッピングモールでビルがやっている仕事と何度も警報を鳴らしたこと、ボニー・ブルーとお昼を食べてエイブラハムの絵をもらったこと、ヘイリーにコートを買ったことを話した。コートの値段は除いて。

「絵はどこにあるんだ？」フレッドが訊いた。

わたしが居間に入っていくと、フレッドがついてきた。

「すてきでしょう？」わたしは絵を掲げた。「エイブラハムの絵よ。これも彼の本物の髪なの。自分で切って貼りつけたんですって」

フレッドは絵をじっと見た。「足が同じ方向に向いている。それに、どうして髪の下から鼻が伸びているんだ？」

「エイブラハムは独学の画家なのよ、フレッド。アラバマ州で指折りの民俗芸術家なの。ナッシュヴィルやアトランタの画廊でこの絵を買ったら、千ドルは払うことになるのよ」

「わたしなら払わないね」フレッドはわたしが持っていた絵を手に取った。「どこにかけるつもりだ？」

「ここよ――」指でさして言った。「――キッチンからも見えるように」

「そいつはどうかな」フレッドは絵をじっくり見た。「ここにプルタブでつくった吊り金具がついているが、真ん中ですらない。今夜きみが出かけているあいだに、まともな金具をつけておいてやるから、そのあとどこにかけるか決めよう」

わたしは絵をひったくった。「そんなことしないで！　このプルタブの金具は本物の絵の証なのよ。魅力のひとつなんだから。ぜったいにさわらないで」

「でもなあ、パトリシア・アン。見ていて、おかしいぞ」

「この絵に指一本でも触れたら、その指を食いちぎってやるから！」わたしは絵を抱きかかえ、髪の毛をつぶさないように気をつけながら、キッチンに戻った。そして宝物をテーブルにそっと立てかけて、ジャガイモを洗いはじめた。

数分後、フレッドが居間の入口に立った。「なあ、ハニー。怒らせるつもりはなかったんだ。ただ、それほど美しい絵じゃないから、それだけのことだ」

わたしが返事をしないと、フレッドはキッチンに入ってきた。「今夜、絵をかけておいてやるよ、な？　居間のあそこに。正確な場所を教えてくれ」

わたしは渋々うなずいた。

「でも、ひとつだけ」フレッドはもうテーブルまできて、絵を見ていた。「絵をまっすぐかけられるように、プルタブを真ん中に移動させてもいいか？」

メアリー・アリスが七時ちょうどに迎えにきて、クラクションを鳴らした。シスターはいつも時間に正確で、性格のほかの面にはそぐわないけれど、わたしにはありがたいことだった。わたしが車に乗りこむと、シスターはどんな靴をはいているのか知りたがった。

「茶色がかったグレーよ。それでいい？」

「あの〝冬の白〟じゃなければいいわ」

「わたしの靴にかまわないでよ、メアリー・アリス。靴なんて、自分の好きなものをはくわ」

「まあまあ、落ち着いて」

それから数ブロックを走るあいだ、わたしたちは何も話さなかった。メアリー・アリスはときおり鼻歌でごまかしながら『もろびとこぞりて』を歌っていた。

「フレッドはあの絵を気に入った？」車が州間高速道路（インターステート）に入るとき、メアリー・アリスが訊いた。

「どうして足が両方とも九十度左に向いているのか知りたがったわ」

「フレッドには想像力がないから」メアリー・アリスはインターステートを走る車に楽々と合流した。「だから、フレッドにはあんたが必要なのよ」

「フレッドにだって想像力はあるわ」

「ないわよ。で、あんたには常識がないの。だから、フレッドが必要なわけ」

「常識ならあるわよ、もちろん。すごくね」少しずつ話が見えてきた。「『オプラ・ウィンフリー・ショー』を見すぎなんじゃない？」

「ビルと一緒にアラバマ大学バーミングハム校の〝本当のあなた〟っていう講座を受けたのよ。あたしはＥＴＪタイプで、ビルも同じ。これは外向的、思考的、規範型ってことね」メアリー・アリスはわたしを見て続けた。「あんたは内向的、直感的、情緒型。間違いないわ。で、フレッドは内向的、思考的、規範型のITJタイプ。ぜったいよ」

「ねえ」わたしは言った。「わたしたち夫婦はうまくいっているの。わかった?」

「もちろん、そうでしょうとも。そういう組み合わせだからよ」

メアリー・アリスがビルと一緒に受けた性格診断の説明を続けているあいだ、わたしは窓の外を眺めながら、ぼんやりと考えをめぐらせた。いま車はダウンタウンの上のインターステートを走っており、窓の外には図書館の敷地内の公園で季節にふさわしい絵を形づくっているる木々や、特定の窓に特定の色のブラインドを下げて飾りつけをされてきらきら輝いているソナットビルが見えた。ビルの正面にはクリスマスツリー、側面には靴下。反対の側面にはクリスマスリースが、そして背面には〝JOY〟という大きな文字が描かれている。以前クリスマスまえにフレッドと一緒にフィラデルフィアから飛行機で帰ってきたときも、着陸する何キロもまえから、あのビルに描かれたクリスマスの挨拶が見えていた。

「でも、彼は物事に気づかないのよね」シスターはまだビルと性格診断について話していた。「だから、何度も警報を鳴らしちゃうわけ。あたしはこう言ったのよ。『ビル、どうしてそのひげに大きなプラスチックのかたまりが下がっていたことに気づかなかったの? 胸に当たったでしょうに』って。あれって、すごく大きいでしょ。そうしたら、ひげについていなきゃいけないものだと思っていた、だって」メアリー・アリスは右折のウインカーを出して、インターステートからおりた。「そもそもサンタクロースの衣装にプラスチックの万引き防止タグをつけてどうするもりだったのか、想像もつかないわ。意味がわからない」

それにはわたしも同意した。

「マウス、六番街が見えたら教えて。ここはどこ？　四番街？」

「ええ」本当のところは、わからなかった。眼鏡をかけていないから。でも標識が見えないなどと言ったらコンタクトレンズについて講義されるだろうし、コンタクトレンズは試したことがあるけれど、すぐになくしてしまうのだ。

それでも画廊を見失うおそれはなかった。〈マーシー・アーミステッド画廊〉は昔の瓶づめ工場を賢明な誰かがブティックやギフトショップとして使える広さに分割した建物内にあった。そこには数人の芸術家のアトリエと二軒の画廊が入っていた。建物はわたし好みのクリスマス用の電球で飾られており、とても祝祭らしい雰囲気で、駐車場は満車に近かった。

「すごい」メアリー・アリスが言った。「マーシーは集客に成功したようね」

「ところで、マーシーってどんなひとなの？」

「あんただって知っているはずよ、パトリシア・アン。マーシーのお母さんはベティ・ベッドソールよ。覚えているでしょう？　あの映画界の大物と結婚したミス・アメリカ」

「ああ、わかった」

「とにかく、マーシーは夏はおじいさんとおばあさんと一緒にここで過ごしていたわけ。〈ベッドソール鉄鋼〉って知っているでしょ？　あれが彼女の一族の会社。で、マーシーは一年ほどまえにここに越してきたの。あんた、新聞の社会面を読んでないでしょう」

「それで困ることってあるの？」

メアリー・アリスはその質問を無視した。「あたしは資金集めのパーティとかで二度ほど会ったことがあるし、マーシーはここに越してきてから、あたしと同じ美術館の理事をつとめているのよ。民族芸術（フォークアート）にすごく関心があるわけ。アウトサイダーは最先端の優れた芸術だと考えているの」

「本当に彼女がそう言ったの？　マーシーって、いくつなのよ？」

メアリー・アリスは車から降りて、ドアを勢いよく閉めた。「たまたまだけど、あなたへのクリスマスプレゼントはここで買おうと思っていたのよ。幸運を逃さないようにね」

わたしは車から飛び降りて、シスターに駆け寄った。

画廊に対する第一印象は、色の洪水だった。くらくらするほどの色であふれている。壁と床のやわらかな灰色では、壁にかけたキルトと絵の鮮やかさは抑えられない。作品の陽気さは鑑賞する人々にも映し出されていた。クリスマスの音楽が静かに流れるなか、グラスをあわせる音がする。これぞ、パーティ。メリークリスマス！

メアリー・アリスは集まっている人々を祝福するように両手をあげた。

「これを見てよ、マウス！」

「いらっしゃいませ。こちらにご署名いただけますか？」そう声をかけてきたのは、真っ黒な輝く髪をひれのようにカットした若く美しい女性だった。まっすぐな前髪を黒い眉の上で切りそろえ、横はうしろより長く、頬のあたりで揺れている。ルドルフ・ヴァレンティノの相手役にもなれそうだ。床まで届くグレーの細身のドレスは、彼女の身体が髪と同じく優雅であることを伝えている。

「クレア・ムーンです」彼女は真っ白な手を伸ばした。

「メアリー・アリス・クレインです」シスターは差し出された手を握った。「こちらは妹のパトリシア・アン・ホロウェル」

「ホロウェル先生」クレア・ムーンが言った。「クレア・ニーダムです。十二年まえに教えていただきました」

わたしと同じくらい長く学校で教えていれば、この手のことはたびたび起こる。そして、わたしが生徒を覚えていることもあれば、忘れていることもある。でも生徒を見て、口がぽかんと開いたままになるほど驚くことはめったにない。

クレア・ニーダム・ムーンはわたしの気持ちを汲んでくれた。「すごく変わったでしょう」ほんの少し弱々しく笑った。

「髪がね」わたしが嘘をついていることは、どちらも承知だ。

「すごく独創的な髪型だわ」シスターが言った。

クレア・ムーンは両手で艶やかな頭をなでた。「デルタです。〈デルタ・ヘアラインズ〉で切りました。デルタはどんな髪型もできるので」

わたしはまだクレアの変わりようにとまどっていた。彼女の言っていることが理解できない。デルタ・エアライン航空で髪を切ってもらったの？

「あたしもぜひともお願いしたいわ」シスターが言った。

「きっと満足されると思います」クレアはシスターにペンを渡した。「ご署名がすんだら、あとはおくつろぎください。マーシーは近くにいるはずですから。お会いできてうれしかったです、ホロウェル先生、ミセス・クレイン」クレアはチェシャ猫のように灰色の絨緞や灰色の壁のなかに消えていったように見えた。しばらく見えていたのは白い顔だけ。

「誰なの、あの子？」シスターが尋ねた。「すごい美人」

「わたしが教えていたときはクレリシー・メイ・ニーダムという名前で、思いつくかぎりで、いちばんかわいそうな子どものひとりだったわ。父親はアルコール依存症で、母親は自分自身も子どもたちも守れないひとで、ひどい虐待をする家庭で育ったの。結局、児童相談所が子どもたちを保護して、わたしが教えるようになったとき、クレアは里親の家にいた。内気で、身体が弱くて。泣いてばかりいたわ」

「本当に、その生徒なの？」

「信じられないわよね。でも、あの子だと思いたい。あのかわいそうな子のことは、いま頃どうしているだろうってよく思い出していたから」

「かわいそうに。でも、いまはとびきりの美人よ。デルタの店にいくわ。あたしもあんな髪にしたらすてきだと思わない？」

「真っ黒にするっていうこと？」

「悪くないでしょ」

この手の質問には答えないほうが賢明だと学んでいた。「ボニー・ブルーを探しにいきましょう」

画廊のなかは混雑していたが、客は何人かずつ固まっていたので、歩きまわるのは簡単だった。わたしは遠くの壁に飾られているエイブラハムの作品を見つけ、シスターと一緒に歩いていった。ボニー・ブルーは鮮やかな青のカフタン風シャツドレスを着て、椅子にすわってシャンパングラスを手にした、弱々しい老父を守るようにして立っていた。

「こんばんは」ボニー・ブルーは言った。「父のエイブラハム・バトラーよ。父さん、こちらがパトリシア・アン・ホロウエルとメアリー・アリス・クレイン。ふたりは姉妹なの」

エイブラハム・バトラーは頭をうしろに傾けて、遠近両用眼鏡の下側から、わたしたちをじっくり見た。「あり得ない」

「あたしたちは自宅で生まれたんです」メアリー・アリスは言った。「だから取りちがえられてはいないし、母親も同じだし、父親も同じ」

「いや、いや。ひとつの家族にこんなに美しい娘さんがふたりも生まれたことにびっくりしただけさ」

ボニー・ブルーは父親のうしろで白目をむいて、口からでまかせを言っているのだと身ぶりで示した。

「まあ、ミスター・バトラーったら」メアリー・アリスはにっこり笑った。「お上手ね」

「エイブと呼んでくれないか」

わたしは南部の昔の男たちの言い寄り方が大好きだ。それは残念ながら消えつつある芸術で、それが失われてしまったら、この世はつまらなくなるだろう。フレッドのような六十代の男たちでさえ習得していないのだ。でも、それがどれだけ大きな成功をもたらすのかを知ったら、若い男たちもきっと年老いた名人たちに教えを請うだろう。メアリー・アリスが年上の男たちに惹かれるのは、それも理由のひとつではないかと、わたしは常々思っている。

「エイブ」シスターはシャンパングラスを持っていないほうの手を取った。「あたしのことはメアリー・アリスと」

ボニー・ブルーがわたしを見て、にやりとした。「父さん、何か食べるでしょ？　パトリシア・アンと何か食べ物を取ってくるわ」

「ああ、何でもいい」エイブラハム・バトラーは言った。

「あたしにも」姉が言った。「それから、シャンパンも持ってきて」

「ふたりはしばらく忙しいわね」展示室を横切って料理が並ぶテーブルまで歩きながら、ボニー・ブルーが言った。

「どのひとがマーシー・アーミステッド？」わたしは尋ねた。「メアリー・アリスは知りあいだけど、わたしは知らないの」

「すぐにわかるわ」ボニー・ブルーは周囲を見まわした。「赤毛を『風と共に去りぬ』のミス・ピティパットみたいにくるくるの巻き毛にしているから。ちょっと変わっているけど、きれいよ。でも、あたしが父とここに着いたときは、フランケンシュタインの花嫁みたいだった。あの映画を覚えている？」

「チャールズ・ロートンと結婚したエルザ何とかという女優がやっていた役？」

「そう。髪がまっすぐ立っていた役よ。マーシーはまだどこかで髪をとかしているんじゃないかしら」

「何があったの？」

「ムースか何かを使って失敗したのよ」

「きっと、超巻き毛用ね。たまたま買ってしまったことがあるけど、糊みたいだったから」

「かわいそうに」ボニー・ブルーはにっこり笑って、優雅な変形アフロを片手でなでた。

「あれがマーシーの旦那のサーマン・ビーティよ」四十代前半に見える、プロスポーツ選手並みに首が太い、大柄なブロンドの男を指さした。シャンパンの瓶を持って、みんなのグラスに注ぎながら歩きまわっている。

「見覚えがあるわ！」

「当然よ。ミスター・ロール・タイド（「ロール・タイド」はアラバマ大学スポーツチームの応援のかけ声）だもの。アラバマ大学、バンザイ！」

「すごい選手だったわ」

「確かに」

サーマン・ビーティに会えていたら、フレッドはどんなに大喜びしたことだろう。サーマンの名前が出ると、いまでも彼がどんなふうに大学フットボールの年間最優秀選手賞の候補になったか、熱弁をふるうのだから。

「それから、あれがマーシーの大おばさんのリリアン・ベッドソール」

わたしはあたりを見まわした。

「こわばった顔のおばあさんよ」ボニー・ブルーは付け加えた。「オレンジ色の髪の」

リリアンはすぐに見つけられた。顔と禿げ頭までピンクに染めてしまうほど真っ赤なジャケットを着た中年男と話している。

「何回フェイスリフトの手術を受けていると思う？」わたしはリリアンを見て言った。

「リリアンは寝ているときも目を閉じないわね、きっと」ボニー・ブルーが忍び笑いをした。

「リリアンと話しているのはロス・ペリー、美術評論家よ。アウトサイダーについて本を書いているの。父の話を聞きに、うちにきたこともあるわ」

わたしたちは軽食が用意されたテーブルに着いた。

「見てよ、これ！」ボニー・ブルーが言った。「今夜は食べ過ぎてしまいそう」皿を取って、ストロベリー・チーズケーキとペカンパイとブルーベリー・トライフルをのせた。「果物とナッツだもの。それほどダイエットに反しないわよね」

わたしは夕食をしっかり食べたあとだったけれど、テーブルの上のものはどれもおいしそうだった。それで砂糖がかかったイチゴをつまんだ。その選択を見て、ボニー・ブルーはやっぱりわたしが食欲不振なのではないかと考えているようだった。だから、わたしは小さなキッシュとナッツとサンドイッチで皿を一杯にした。どちらにしても、この皿のものはメアリー・アリスがきれいに平らげてくれるだろうから。

「やあ、ボニー・ブルー。ジェイムズはどこ？」わたしたちがふり向くと、サーマン・ビーティが立っていた。

「すぐにくると思うわ」ボニー・ブルーはわたしたちを引きあわせた。「弟のジェイムズとサーマンはフットボールチームで一緒だったの」そう説明した。

「ジェイムズはアラバマ大学で史上最高のタイトエンドでした」サーマンはシャンパンの瓶を掲げた。「グラスは？」

「まだ取っていないの」

「それじゃあ、ぼくが取ってこよう」サーマンはしばらく姿を消すと、フルートグラスふたつを持って戻ってきて、にっこり笑った。「ご婦人方、どうぞ」

わたしはアルコール・アレルギーだけれど、メアリー・アリスのためにグラスを受け取った。そうでなくても、きっと受け取っただろうけれど。サーマン・ビーティは魅力にあふれていた。もしかしたら、若い世代の男たちを悪く言うのは早すぎたかもしれない。

「マーシーはどこ？」ボニー・ブルーが訊いた。

「そのへんにいるさ。いろいろ策を弄しているんだろう」誰かがサーマンの名前を呼んだ。「ジェイムズが着いたら、ぼくが会いたがっているって伝えて」

「彼だって、引き締まった（タイトエンド）いいお尻をしているのよね」ボニー・ブルーはサーマンが歩いていくのを目で追いながら言った。わたしは同意した。

メアリー・アリスはどこかで椅子を見つけて、エイブラハム・バトラーの隣に引っぱってきていた。わたしたちが戻ったとき、ふたりはすっかり話しこんでいた。わたしはメアリー・アリスにシャンパンを渡して、皿のものを食べていいと伝えた。

「ありがとう」メアリー・アリスはこっちに顔も向けずに言った。わたしはイチゴを取ってから皿をシスターの膝に置き、イチゴをかじったり作品に感嘆したりしながら画廊を歩きまわった。

キルトはどんな画廊や美術館に展示しても、ほかに引けを取らない作品だった。その夜、わたしがとくに感嘆したのは、作家が〝ストーリーキルト〟と呼ぶものだ。パッチワーク・キルトにアップリケや刺繡(ししゅう)や絵の具で描かれているのは、歴史上の人物や、ピクニックや庭で遊んでいる子どもたちといった家庭生活の情景だった。わたしはバスから降りてくる〝自由のための乗車運動参加者(フリーライダーズ)〟をマーティン・ルーサー・キングとジョンとロバートのケネディ兄弟が出迎えている『六〇年代』という作品に心を動かされた。バスの窓からはローザ・パークスが驚いた顔をのぞかせている。わたしは値札を見て、アウトサイダーたちが作品の価値を学んだことに気がついた。それは作品に見あった額だった。ただし、わたしは作家の名前を覚えて帰り、お金を貯めはじめなければならないけれど。

「欲しいものが見つかりましたか、ホロウェル先生？」クレア・ムーンが隣に立った。

「どれもすばらしいわ、クレア。あなたはここで働いているの？」

「マーシーのアシスタントをつとめています」

「仕事を気に入っている?」

真っ白な顔が初めて生き生きとした。「大好きです」にっこり笑った。「マーシー自身も芸術家なんですよ。おそらく、アメリカよりヨーロッパで有名でしょうけど。今後はそれも変わるはずです」

「でも、マーシーはバーミングハムで育ったんでしょう?」

「お母さまはそうでしたし、マーシーもよくきていました。でも、バーミングハムに家があるのはサーマンのほうなんです」

「だから何年も世界じゅうを引っぱりまわされたあと、喜んでここに戻ってきたってわけ」

背中から近づいてきてそう話したのは上品な顔立ちで、赤みかがった金髪を一本の長い三つ編みに結った、背の高い痩せた女性だった。わたしは若き日の女優ヴァネッサ・レッドグレイヴを思い出した。

クレア・ムーンに紹介されると、わたしは画廊の開業と展覧会に対するお祝いを述べた。

「とても誇りに思っています」マーシーは言った。「でも、展覧会のほとんどを仕切ってくれたのはクレアです」

クレアは驚き、うれしそうな顔をした。「そんな……マーシー、わたしは何もしていないのに」

マーシーはクレアの肩を抱いた。「いい、クレア? 出展している……アーティストのほとんどを探しあてたのはあなたじゃない」〝アーティスト〟という言葉のまえに、ほんの少し間があいた。わたしの注意を引き、クレアの顔に浮かんだ笑みを曇らせるくらいの間が。わたしがとっさに弁護したくなるほどの間が。

「こんなに美しい作品を見たのは初めて」わたしは言った。「アウトサイダーの才能はもっと評価されていいはずだわ」

「ええ、おっしゃるとおり」マーシー・アーミステッドは緑でも茶色でもなく、そのあいだの琥珀色の目でわたしをまっすぐ見つめた。

わたしはまだ呪文のような効果がある教師の目で見返した。

「さて、少し会場をまわってくるわね」マーシーはクレアの肩を叩いた。「お会いできてうれしかったです、ミセス・ホロウェル」そう言って人混みに消えていった。

「フォークアートに対する意識なんてこんなものよね」わたしはマーシーが会場に着いたばかりのカップルに挨拶するのを見ながら言った。

「マーシーはとてもいいひとなんです、ホロウェル先生。ただ、土壇場になって対応が必要になったことが多すぎて、まだ混乱しているだけで。ケータリング業者が遅れて、マーシーがあわてて準備しなければならなかったから。しかもお客さまが到着しはじめていたというのに、彼女の髪はめちゃくちゃで」クレアの黒い眉のあいだに、二本の縦じわが現れた。

「心配することないわ」わたしは言った。「ここにいるひとたちはみんな、展示作品に感銘を受けているから。わたしが買いたいと思ったキルトを教えてあげる。あとはアムサウス銀行がお金を貸してくれればいいんだけど」

しわが消えて、クレアが微笑んだ。「レオタ・ウッドの作品ですね」

「画廊は一定の割合の手数料を取るものなの?」

「四十パーセントですね、通常は。でもマーシーはお金なんてまったく必要じゃありませんから。お父さまは映画プロデューサーのサミュエル・アーミステッドなんです」

そう答えた瞬間、驚いたことにクレアがとつぜん宙に浮いて、大きな黒人男性の肩にかつがれていた。「クレア、クレア、酒はどこだ? 本物の酒は? きみが用意しているとサーマンが言ってたぞ」

「〈ジャック・ダニエル〉だ、クレア。マーシーがどこかに隠したんだ。さあ、ジェイムズ、クレアを投げて寄こせよ」

ジェイムズは悲鳴をあげているクレアを、サーマンの伸ばした手にそっと放った。「もう一度、投げ返すぞ」ボニー・ブルーの弟は地味なダークスーツにミッキーマウスのクリスマス用ネクタイをした巨体の男だった。

「もう、やめてください! 教えますから」クレアの真っ白な顔がほんのりとピンクに染まっていた。クレアも楽しんでおり、慣れ親しんだゲームなのだろう。

サーマンはクレアを床におろした。「バーボンだ、クレア。男の酒だぞ」

「もう飲んでいるみたいですけど」

サーマンはまたクレアを抱きあげようとして近づいた。

「やめて!」クレアは飛びのき、ドレスのしわを伸ばして、片手で髪をなでつけた。「取ってきますから」

「やったな！」ジェイムズがサーマンの肩を叩き、ふたりはクレアのあとをついて横のドアから出ていった。

わたしが戻ると、メアリー・アリスは会場を見てまわり、ボニー・ブルーは買い手になりそうなひとにエイブラハムの絵を見せていた。わたしはボニー・ブルーから贈られた絵についてエイブラハムに礼を言い、とても気に入っていることを伝えた。

「あまっているベニヤがあるかね？」エイブラハムが訊いた。

わたしはないと答えたが、手に入るよう心がけるつもりでいた。

「ベニヤは絵を描きやすいんだ」エイブラハムは言った。「カンヴァスみたいに曲がらない」

それが利点であることはわかると、わたしは言った。

「ボール紙も悪くない。あんたが持っていれば、使えるんだが」

わたしはうなずいてシスターを探した。そろそろ足が痛くなってきた。

「飲み物を持ってきてくれるとありがたい」エイブラハムが言った。

「はい？」

エイブラハムはグラスを掲げた。「シャンパンだよ」

わたしはグラスを受け取って、軽食のテーブルへ向かった。その途中でレオタ・ウッドのキルトに見とれているシスターを見つけて、遠まわりした。

「わたしのクリスマスプレゼントを買ってくれると言っていたわよね」わたしは言った。

「それが欲しいわ」『六〇年代』という題がついたキルトを指さした。

メアリー・アリスはキルトに近づいて値札を見た。「フレッドに伝えてあげる」

わたしは期待しないで待っていると答えた。

シスターはわたしが手にしているグラスを見た。「エイブのよ」わたしは説明した。

「エイブったらぐいぐい飲んでしまうのよ。誰かがかついで帰ることになるわね。あら、あの木の彫刻を見て」メアリー・アリスが言った。「椅子の脚でつくった小さなトーテムポールよ」

人混みのなかを歩いていくと、マーシーがオレンジ色の髪をした、大おばのリリアン・ベッドソールと話しているのが目に入った。わたしはシスターの背中を突っついた。

「マーシーと話したの。アウトサイダーのことはそれほど優れた芸術家だと思っていないようだったわ。それなのに、どうして画廊のオープニングにアウトサイダーの展覧会を開いたのかしら」

わたしたちは木の彫刻にたどり着いた。作品の大半はとても楽しく、明るい色を塗られた単体の彫像だった。しかしながら、とても官能的な作品もあった。ユーモラスなものも。ある作家は絡みあう人物の顔に〝どうだ！〟と言わんばかりの表情を描いていた。ほとんどの彫刻に〝売約済〟というピンクの小さな札がついている。

「そのピンクの札が理由よ。アウトサイダーの作品は売れるから」メアリー・アリスは彫像のひとつを手にした。「ビルに似ていると思わない？」

「あなたの夢のなかにいるビルね」

「似てるわよ。買って帰るわ」メアリー・アリスは彫像をひっくり返して値札を見た。「うわあ」

「マーシーにお金は必要ないって、クレア・ムーンが言っていたわ」

「で、あんたはクレアが優秀な生徒のひとりだったって言ったかしら？」シスターはハンドバッグを開けて小切手帳を取り出し、軽く叩いた。「ふん！　この金額を見るかぎり、あの子の言うことなんて、まったく当てにならないわ」姉はそう言うと、作家が一対の作品だと主張する、倒れてばかりいる二本の椅子の脚の彫刻を買いにいった。

3

家に着いたとき、フレッドはぐっすり眠っていた。わたしはすばやく服を脱ぎ、本を読んでくつろぐために居間に入った。ベッドの隣に滑りこんだときには、フレッドは小さくいびきをかいており、時刻は深夜一時近かった。わたしはフレッドにすり寄ると、次に気づいたときにはシャワーの音が聞こえていた。七時二十分。あくびをして向きを変え、とてもよい感じだったのに、すでに消えてしまった夢の中に何とか戻ろうとした。でも、だめだった。もう目が覚めてしまった。

天気予報が知りたくてテレビをつけると、ローカルニュースの時間だった。「どうやら心臓発作のようです」とアナウンサーが話している。ガウンを取ろうとして前かがみになり、テレビの画面に目をやって、改めて見直した。マーシー・アーミステッドがこっちを見て微笑んでいる。わたしはリモコンを取って、音を大きくした。

「ミズ・アーミステッドの遺体は夫であり、フッドボールの花形選手だったサーマン・ビーティ氏が、ミズ・アーミステッド所有の画廊で発見しましたが、昨夜そこではオープニングパーティが開かれたばかりでした」

フレッドがタオルを巻きつけた格好で寝室に入ってきた。

「マーシーが死んだわ」わたしは言った。

「シェイクスピアの引用か？　それともほかの話か？」フレッドはふざけて腰を突き出して、くねらせるようにまわした。

「服を着て」わたしは言った。「ずいぶんシェイクスピアに詳しいのね」

フレッドはにやりと笑ってショーツに足を入れ、身体を小さくふるようにして引きあげた。

「ゆうべ、わたしたちが出かけた画廊の女性よ。マーシー・アーミステッド。心臓発作で亡くなったの」

「いくつだったんだ？」

「さあ。三十代半ばかしら。サーマン・ビーティの奥さんよ」

「何だって！」サーマン・ビーティの名前がフレッドの関心を引いた。フレッドはベッドのわきに腰をおろした。「パーティのときは何ともなかったのか？」

「そう見えたけど。初めて会ったひとだから」

「心臓発作だって？」

「テレビではそう言っていたわ。どうやら心臓発作のようだって」

「若すぎるな」フレッドはわたしと同じことを考えている。マーシーはわたしたちの子どもたちと同じ年代だった。フレッドは立ちあがり、クローゼットにいって、シャツとズボンを出した。わたしは電話に手を伸ばし、シスターの番号にかけた。

「もしもし」ビル・アダムズが出た。

わたしは時計を見た。七時半。これで答えは出た。

「ビル、メアリー・アリスに替わってもらえる？」

「まだ寝ているんだ、パトリシア・アン」

「それじゃあ、マーシーが死んだから、起きたらすぐに電話をちょうだいって伝えて」

「マーシーが死んだ、ね。わかった」数秒、間があった。

「ビル？」

「書くものを探していただけだ。ここにはないから」

「あとでまたかけるわね」わたしは電話を切った。「シスターの家にビルがいたわ」シャツのボタンをとめているフレッドに言った。

「意外か？」

「ちっとも」わたしは立ちあがりかけた。「シリアルを食べる？」

「自分で用意するし、コーヒーを持ってきてやるよ。どうだい？」

「もう一度タオルだけになったらどう？」

フレッドは笑ってキッチンへ向かった。「チャンスを逃したな」

わたしはバスルームに入り、アメリカじゅうの女性が毎朝やっているように、無意識で便座をおろし、冷たい水で顔を洗って歯をみがき、フレッドがコーヒーを持ってきたときにはベッドに戻っていた。

「マーシーが亡くなったこと、新聞に載っていると思う？」わたしは尋ねた。

「何時に死んだんだ？」

「さあ。ニュースではサーマンが画廊で遺体を見つけたと言っていたけど」

「発見された時間によるな。勝手口に新聞をはさんでおいてやるよ」

「ありがとう」フレッドがシリアルを食べているあいだ、わたしはコーヒーを飲んだ。「今夜、クリスマスの買い物にいく？」

「いかずにすむのか？」

テレビが戦争や洪水や飢饉の映像を次々と映しているあいだも、わたしたちは小さな寝室で子どもたちのことやクリスマスプレゼントの話をしていた。世界じゅうで起きていることを寄せつけないようにしているのだ。指を交差させて祈りながら。

「もう出ないと」フレッドが言った。「渋滞がはじまるからな」顔を近づけてキスをしてくれた。そしてドアに向かう途中でふり向いた。「三十代で死ぬなんて不公平だよな」

涙がこみあげてきた。もちろんマーシーを思ってのことだけれど、三十四歳で死んだ義理の息子トム・ブキャナンのことも思い出していた。「そうね」

わたしが二杯目のコーヒーを飲んでいると、電話が鳴った。

「マーシーが死んだの？　ビルの聞きちがい？　何があったのよ？」

「ローカルニュースで言っていたの。どうやら心臓発作を起こして画廊で亡くなったようで、サーマン・ビーティが見つけたって」

「信じられない」メアリー・アリスが言った。「画廊を出るとき、マーシーは元気だったじゃない。いったい、どうしたの？　急に倒れたの？」

「わたしにわかるはずないでしょう。ゆうべ初めて会って、話していたときだって彼女は髪型が決まらなかったせいで、いらついていたんだから」

「髪はきちんとしていたわよ」

「ボニー・ブルーが画廊に着いたときは、フランケンシュタインの花嫁みたいだったらしいわ。使ったムースのせいじゃないかって」

「死んだのは、そのせいかも」メアリー・アリスは言った。「ムースに入っていた何かにアレルギーがあって、命にかかわる発作が起きてしまったのかも。モリー・ドッドの恋人が結婚直前に死んでしまったみたいに。ほら、覚えてない？　あれ、何ていうんだっけ？　ショックの一種なのよね」

「アナフィラキシー。それで誰が亡くなったって？」

「テレビドラマの『モリー・ドッドの昼と夜』よ。覚えているでしょ。録音された笑い声が入ってないやつ。あれのモリーの恋人」

「ああ、彼ね。間違えて、エビを食べてしまったのよね」

「エビだった？　エビが入っていたら、すぐにわかるでしょ」

「ほかのものだったかも」わたしは言った。「でも、そういうアレルギーは摂取後すぐに死んでしまうのよ。もしマーシーがヘアスプレーにアレルギーがあったなら、わたしたちが画廊に着いたときにはもう死んでいたはずだから」

「こんなの、信じられないわ。それに、すごく悲しい」

「マーシーには子どもがいるの？」

「いないと思う。話に出たことがないから」

ふたりともしばらく黙って、思いをめぐらせた。

「きょうは何か決まった予定がある？」シスターが訊いた。

「いいえ。屋根裏からクリスマスの飾りをおろそうと思っていたくらい」

「それならフェイとメイに会いにいきましょう」メアリー・アリスの娘デビーのたまらなくかわいい双子のことだ。もうすぐ一歳半で、ふたりの祖母メアリー・アリスにとっては最愛の存在だ。わたしにとっても。シスターはふたりに会いにいくのは抗うつ剤より効くと言っている。だから三十代半ばで独身の成功した弁護士であるデビーが、夫ではなくて精子バンクを選んだという事実さえ受け入れていた。

「ミセス・サンタクロースの仕事は？　性の奴隷なんでしょう？」わたしは訊いた。

「いやだ、忘れていたわ。ああ、もう」

「わたしがふたりを連れてサンタクロースに会いにいく？」

「そんなことをしたら、ふたりが混乱してしまうわ」

「どっちみち、サンタクロースについては、子どもは混乱するものなのよ」

「それもそうね。デビーに訊いてみて、また電話するわ」

わたしは勝手口にはさまれた新聞を取ってきて、マーシーの死について何か書いてあるかどうか探した。記事はなかった。それでスウェットスーツを着て、犬のおやつを少し持って、ウーファーの散歩に出かけた。

天候は変わりつつあった。中西部でとどまっていた寒冷前線が急速に近づいているのだ。メキシコ湾で発生した湿気のある上層の雲がすでに日光を陰らせている。たぶん日暮れには雷雨になるだろう。

歩きながら、昨夜のパーティのことを考えた。とてもにぎやかで、祝祭の時期にふさわしいパーティだった。わたしはクレア・ムーンを思い出し、彼女の変わりようやサーマン・ビーティのことを考えた。サーマンは妻を深く愛していたのだろうか？ 妻の死に打ちのめされるだろうか？ 家に帰ったらボニー・ブルーに電話して、もっと詳しいことを知っているかどうか訊いてみよう。

そのとき、ベニヤ板の宝庫を見つけた。キリスト降誕の場面をつくっていた住民があまったベニヤ板をゴミ箱のわきに積んでいたのだ。わたしはウーファーのリードを腕に巻きつけて、数枚をひろった。ベニヤ板からは東方の三博士が切り取られていた。飼い葉桶と聖母マリアとヨセフも。それがあまりにもあからさまで、ほんの少し気味が悪かった。ちょっとしたクリスマスをめぐる禅問答のようで。

ベニヤ板はもう一度取りにこなければならないほど、たくさんあった。エイブラハム・バトラーは喜んでくれるだろう。

「散歩はまだ終わりじゃないわよ、おじいさん」わたしはウーファーに言った。あーあ、たいへんよ。

家の近くまで戻ってくると、ウーファーが吠えだした。「また戻るのよ」リードを引っぱられたので言った。「このベニヤ板を置かせてちょうだい」

わたしはベニヤ板を胸のまえで抱えていたので、裏の階段が視界に入っていなかった。だからベニヤ板を置いたとき、飛びあがりそうになった。ひどく汚れた子どもが階段にすわっているように見えたのだ。ウーファーは狂ったように吠え、子どもが顔をあげると、わたしは後ずさった。

「わたしです、ホロウェル先生」クレア・ムーンだった。「ごめんなさい。でも、ほかにいく当てがなくて」

シスターの口癖を借りれば、クレアは天罰が下ったような格好だった。顔にはマスカラが流れた筋がつき、昨夜も着ていた細身のグレーのドレスは破れて汚れている。クレアはその長いドレスで裸足を隠そうとした。「ごめんなさい」もう一度言い、泣きながら顔を膝にうずめた。

「ああ、クレア。いったい、どうしたの？」わたしはクレアに駆けよろうとして、ウーファーのリードに引っかかって転びそうになった。「ちょっと待ってて。この子を庭に入れてくるから」渋るウーファーをフェンスのなかに入れ、クレアの隣に腰をおろして肩を抱いた。

「寒くてたまらない」クレアが泣きながら訴えた。

「けがをしているの？」

「くたびれて、寒いだけ」

「暖かいところに入りましょう。立てる？」

「はい」

　立ちあがるのに手を貸すと、クレアの全身が冷えきって震えているのが感じられた。まずは優先すべきことからよ。何があったのかを訊くのは、あとからでいい。いまはとにかくクレアを家に入れて温めなきゃ。

　わたしは小柄だけれど、幸いなことにクレアはさらに小さく、身長は百五十センチくらいで、幽霊みたいに痩せている。わたしはぐったりと寄りかかったクレアを居間のソファに連れていって、アフガン編みの毛布をかけた。そしてクローゼットから電気パッドを持ってきて、引っかき傷がある汚れた足の下に敷いた。

「コーヒーなら飲めそう？」わたしは訊いた。

　クレアはうなずいて目を閉じた。黒い眉の下の瞼（まぶた）が青くなっている。医者に診せなくちゃ。ショック症状や低体温症ならここでも対処できるけど。

「病院にはいきたくありません」クレアはわたしのためらいを感じ取って言った。「お願いですから、病院へは連れていかないで。コーヒーをいただければ、よくなりますから」

「クレア、あなたには助けが必要よ」わたしはクレアの額にかかった髪をかきあげた。

「お願いです、ホロウェル先生」閉じた目から涙がこぼれ落ちた。「お願い。もう、だいぶ気分がよくなりましたから」

嘘をついていることは身体の震えでわかったが、これ以上興奮させるのはよくないだろう。

「コーヒーを持ってくるわね」わたしは言った。

クレアは大きく息をついた。「ありがとうございます」

わずか一、二分後に戻ってくると、クレアは眠っていた。一瞬、わたしは肝をつぶした。

クレアはわたしが離れたときのまま、あお向けで毛布をかけて寝ていた。口を少し開け、頬にはまだ涙がこぼれていたものの、呼吸は静かで、身体の震えもだいぶ治まっている。

「クレア？」眠っているだけなのだろうかと思いながら、小さな声で呼びかけた。

「だいじょうぶ？」

クレアは何か言うと、胎児のように丸くなった。

「やめて」

「何をやめてほしいの、クレア？」

クレアはまた不明瞭な言葉を口にすると、片手を頬の下に入れた。わたしは腰をおろして、クレアを見つめた。呼吸が次第に深くなってきており、ひどく疲れているせいで寝入ってしまったのだろうと判断した。クレア・ムーン。休ませるのがいちばんだ。じっと見つめていると、黒い髪が手の上に滑り落ちた。クレア・ムーン。美しいクレア・ムーン。夢のなかでは、あなたはまだクレア・ニーダムなの？

わたしはそっと居間から出て、シスターに電話して、サンタクロースを見せに双子を連れていけなくなったと伝えた。

「クレア・ムーン？」事情を説明すると、シスターが訊いた。「彼女がどうしたの？」

「身体が冷えきっていて、とても疲れているの。どうやってここまできたのか、わからないけど」

「訊かなかったの？　パトリシア・アン、あんたったら」

「訊く暇がなかったのよ。しばらくは救急車を呼ぶか、救急救命室に連れていくかしようと考えていたから」

「クレアはマーシーのことを知ってるの？」

「さあ」

シスターはあきれたような声を出した。「信じられない。また〈ローズデール・モール〉からかけるわ。わかった？　その頃には何かわかっているかもしれないから」

「受話器をはずしておく」

「いいわよ。やってごらんなさい、ミスＩＮＦ」

「何それ。何なのよ？」電話はもう切れていた。わたしはもう一度シスターに電話をかけようとしたところで、ＩＮＦというのがメアリー・アリスが死んでもなりたくないという三つの性格の特徴、内向的、直感的、情緒型の略称だと気がついた。

わたしはクレアのためにいれたコーヒーを飲みほしてからボニー・ブルーに電話をかけた。

すると弟のジェイムズが出て、十二月は働いているお店の開店時刻が早いので、ボニー・ブルーはもう出かけたと言った。そしてマーシー・アーミステッドが死んだことを聞いたかと尋ねると、サーマンが電話をしてきたと言う。

「とても驚きました」ジェイムズが言った。「午前中のうちに会いにいってこようと思っています」

「あのご夫婦は奥さんの心臓が悪いって知っていたの？」

「心臓に病気を抱えているのは、サーマンのほうです」ジェイムズは言った。「だから、フットボールをやめるはめになったって。皮肉だと思いませんか？」

わたしはその言葉に同意し、エイブのためにベニヤ板を数枚手に入れたことを思い出して伝えた。

「きっと喜びます」

わたしは受話器をはずしたまま、クレアの様子を見にいった。クレアが身動きしていなかったので、キッチンでそっとシリアルとトーストを用意して、寝室に運んで食べた。

そしてふと、クレアはマーシーの死に動揺しているのかもしれないと思いついた。昨夜、画廊の仕事について話していたとき、クレアはとても輝いていたし、マーシーがアウトサイダー・アーティストに意地の悪い物言いをしたときも、言い返したのはわたしであって、クレアではなかった。クレアはひたすらマーシーとその仕事に敬服していたのだから。でも、どうやってクレアはうちの裏の階段まできたのだろう？　クレアの車は？　靴は？　それに「ほかにいく当てがない」というのは？　どこかに住まいがあるはずだし、もうクレア・ニーダムではなくクレア・ムーンだというのだから、きっと夫もいるだろうに。

わたしは動揺すると、食欲がなくなる。何とか食べようとしたけれど、シリアルはまるで紙のようだった。そこでボウルを置いて書棚にいき、クレアが在籍していた学年のアルバムを出した。そしてダークブロンドの髪を真ん中で分け、顔にだらりと垂らした青白い顔をした十代のクレアを見て驚いた。ゆうべ彼女を見て気づかなかったのも当然だ。変わらないのは、アジア人のように少し吊りあがった黒い目だけ。かわいい少女ではあるが、大勢のなかに入れば目立たなくなってしまう。写真の隣の表彰や課外活動の欄には〝美術クラブ〟としか記されていない。クレアはわたしが受け持っていた、大学の単位が得られる課程（アドヴァンスト・プレイスメント）の英語の授業を取っていたけれど、ほかの生徒と協力しあうディベートや文芸誌や演劇のクラブには参加していなかった。

クレアは里親と暮らしていた。それは覚えている。でも、大学には進学したのだろうか？　まったくわからない自分に腹が立った。あまりにも多くの生徒がいるから。あまりにも多くの人生があるから。わたしはアルバムを閉じて、もう何百回もくり返してきたことだけれど、生徒たちはわたしの授業で、人生に役立つことを何かしら学んだのだろうかと自問した。詩人のロバート・リー・フロストは生徒たちに間違った選択を促してしまったのだろうか？　クレインの詩は本物の勇気を示しただろうか？　作家エイジーは喪失感に対処する方法を教えてくれただろうか？

「ちょっと、マウスったら」

メアリー・アリスの声にぎょっとして跳ねるように立ちあがると、放り出されたアルバムが音をたてて床に落ちた。

「やめてよ、シスター」わたしは怒って言った。「きっとクレアが起きてしまったわ」

「様子を見てくる」メアリー・アリスは戸口の向こうに消えたが、すぐに戻ってきた。「だいじょうぶよ」

わたしはアルバムをひろって、鼓動を落ち着かせた。「どこからきたの？」

「家よ。どこからきたと思ったのよ」

「だって、どうしたら、そんなに早くこられるわけ？」

「着がえてないから」姉がレインコートのまえを開くと、短いピンクのネグリジェと広い面積のメアリー・アリスが見えた。「きてよかったわよ。また、いつもの存在意義についての悩みにはまるところだったんでしょう？」

「誰かに頭を殴られたって、存在意義についての悩みなんかわからないくせに。それより、パンツははいているの？」

「あたりまえじゃないの、パトリシア・アン。ママがお墓のなかで悲鳴をあげるような真似をすると思う？　ねえ、勝手口にはちゃんと鍵をかけておきなさいよ」

「何ですって？」メアリー・アリスの思考回路についていくのは、たやすくない。

「誰だって入ってこられるから」

確かにそのとおりだ。

「とにかく」メアリー・アリスはどすんとベッドに腰をおろした。「マーシーが死んだことについて、あんたに知らせたい特ダネをつかんだし、クレアの様子も見たかったから」

「ずいぶん親切なのね、ミセス・サンタクロース」そうは言ったものの、腰をおろして耳を傾けた。

「これはボニー・ブルーから聞いたことだし、ボニー・ブルーはジェイムズから聞いて、ジェイムズはサーマンから聞いたんだから、間違いない話よ。いい？」

わたしはうなずいた。

「最後の客たちが画廊を出たのは十一時頃で、サーマンはマーシーと一緒に帰るつもりだったらしいの。別に治安の悪い地域じゃないけど、マーシーにひとりで画廊の戸締まりをさせて、自分で運転して帰らせたくなかったからよ。それで少し片づけを手伝ってから、あとからすぐにくると思って、先に車に乗りこんだわけ。でも、マーシーはこなかった」

「クレアはどこにいたの？」

「そのまえにジェイムズ・バトラーが家に送っていったそうよ。マーシーは残ってお客と話していたみたい」

「クレアはマーシーが亡くなったことを知っているのかしら」

シスターは肩をすくめた。「この話を最後まで聞くつもりはある？」

そのつもりだった。

「マーシーがすぐに出てこなかったから、サーマンは電話がかかってきたか、トイレにいっているんだと思ったらしいわ。でも、とうとう様子を見にいったら、胸をつかんだままドアの近くの床に倒れていたそうよ」

「ドアの近くの床に」

メアリー・アリスは豊かな胸をつかんで実際にやって見せた。「心臓発作ですって。サーマンが九一一に電話して、ボニー・ブルーの話では救急隊員がＡＥＤとかできるかぎりの処置をしたけど、手遅れだったって」

「心臓の病歴はなかったのよね」

「まったく」わたしもメアリー・アリスもしばらく何も話さなかった。ゆうべは生き生きと画廊を歩きまわっていた、健康そうに見えた赤毛の女性を思い出していたのだ。

「それで、クレアは？」メアリー・アリスが訊いた。

「『クレアは？』というのは、どういう意味？　さっき様子を見たでしょう」

「どうしてここにきたのか、理由がわかったのかと思って」

わたしは首をふった。「静かに寝ているみたいだから、起こさないつもり。どんな問題を抱えているにしても、そのうちわかるでしょう」

「うーん」シスターは言った。「クレアは熱があるのかも」

「そうかもね。でも、だからって、突っついたりしちゃだめよ。クレアには睡眠が必要なんだから」

「何年も会っていなかったのに、こんなふうにあんたを訪ねてくるなんて変だって認めなさいよ」

「クレアはゆうべ、わたしと久しぶりに会ったのよ。それで頭に残ったんだわ」

「旦那に虐待されているのかも」メアリー・アリスが言った。

手を貸して家に入れたとき、クレアがひどく弱々しいように感じたことを思い出して、わたしは震えた。「まさか、そんな。クレアはこれまでだって耐えられないほどの虐待をされてきたのよ」

「どんな虐待だって耐えられないわよ」メアリー・アリスが言った。

今回にかぎっては、姉の意見に心から同意した。「クレアが目を覚ましたら事情を訊くわ。マーシーが亡くなって動揺しているだけかもしれないし」

「事情がわかったら、あたしにも知らせて。〈ローズデール・モール〉の仕事は二時からだけど、十一時に〈デルタ・ヘアラインズ〉に予約を入れているの」

「嘘でしょう？　まさか、髪を黒く染めるんじゃないでしょうね！」

「デルタには意見を聞きたいって言ってあるわ」

「セカンド・オピニオンを求めるべきよ」

「一緒にきなさいよ、パトリシア・アン。あんたの髪もどうにかしてもらいましょう」

わたしはカールした白髪を片手で梳(す)いた。「けっこうです」

メアリー・アリスはベッドから立ちあがって、白いメキシコ風サンダル(ワラーチ)に足をすべらせた。

「それは〝冬の白〟なの？」わたしは訊いた。

「真っ先に見つけたのが、このサンダルだったのよ、この小姑！」

わたしはメアリー・アリスのあとから廊下に出て居間に入った。そして姉と一緒に、あお向けに寝ているクレアをしばらく見おろした。

「だいじょうぶだと思う？」メアリー・アリスが小声で訊いた。

とつぜんクレアの目がぱっちり開き、わたしたちを見つめた。

「警察」クレアが口を開いた。「ああ、どうしよう。警察に連絡してください。いますぐに」

4

クレアは起きあがって、両手で顔をおおった。

「ああ」身体を前後に揺らしながら、うめいた。

「クレア」わたしは呼びかけた。「クレア」ソファのはしにすわり、彼女を落ち着かせようとして、腕をまわした。「怖い夢を見たのね」

「ちがいます」音をたてて息を吐いた。「警察に電話してください」

「どうして、クレア？」

クレアが目を開けたときに飛びあがったメアリー・アリスが、サイドテーブルにのっている電話に手を伸ばした。わたしはその手を叩いた。

「何をするつもり？」

「警察に電話してって言ったから」

わたしはメアリー・アリスをにらんだ。「あわてないで。きっと悪い夢でも見たのよ。そうよね、クレア？」

クレアは両膝を引き寄せて腕で抱き、毛布に顔をうずめた。

「あたしもあんなふうに身体を丸められればいいのに」シスターが小声で言った。

「黙って」わたしは言った。

「ゆうべ、殺されそうになったんです」クレアはくぐもった声で言った。

「何ですって？」メアリー・アリスとわたしは同時に言った。

クレアが顔をあげた。「殺されそうになったんです。ゆうべ、誰かに」

「誰に？」

クレアは肩をすくめて、また毛布に顔をうずめた。

「ほらね？」メアリー・アリスが言った。「だから、警察を呼んでほしがったのよ」

「クレア、間違いないの？」わたしは訊いた。

「アパートメントで。わたしが帰ったら、ナイフを持っているひとたちがいて。わたしはとにかく逃げて、すごく怖かった」クレアは傷ついた動物のようにすすり泣いた。

メアリー・アリスが電話に手を伸ばした。今度は止めなかった。わたしは怯えているクレアの隣にすわって、その身体をそっと叩き、何も心配することはないと声をかけた。クレアの肩は恐怖でこわばっている。わたしの目に涙が浮かぶと、クレアがゆっくりと片手をわたしの手に重ねた。

「警察は数分でここに着くそうよ」シスターがフレッドのリクライニングチェアにすわり、視線をあわせてきた。姉妹になって六十年、わたしたちは言葉にしなくても会話ができる。

〝何がどうなっているの？〟シスターは頭を傾けてそう伝えてきた。

〝わからない〟わたしは黙って肩をすくめた。

メアリー・アリスは、まだうずくまったままでわたしの手を握っているクレアを見つめた。

〝心配だわ〟シスターはひとさし指を唇に当てた。

〝わたしもよ〟わたしはうなずいた。

「クレア」メアリー・アリスは前かがみになって言った。「精神安定剤を飲む？」

クレアはうなずいた。

「やめたほうがいいわ」わたしは言った。「ショック状態かもしれないから」

「気持ちを落ち着かせるものが必要よ」

「精神安定剤を持っているの？」

「いいえ。でも、あんたが持っているでしょう？　あんたが〈スクート&ブーツ〉の事件でうろたえたときの薬がまだ薬品棚に残っているはずよ」

「うろたえた？　頭蓋骨を砕かれそうになったのに、あれを〝うろたえた〟ですませるの？それに、うちの薬品棚のことをどうして知っているのよ？」

「もちろん、アスピリンを探したのよ」

「アスピリンはキッチンの棚にあるのを知っているくせに」

「アスピリンはバスルームに置いておくべきよ」メアリー・アリスはリクライニングチェアから立ちあがった。「精神安定剤を持ってきてあげるわね、クレア」

シスターが目のまえを通ったとき、足を伸ばすのに絶好なタイミングが訪れた。わたしはそんな衝動に駆られたけれど、メアリー・アリスのことはよくわかっている。きっとこっちに倒れてきて、わたしが腰をしこたま打ちつけるにちがいない。だから、がまんした。

「何か飲みものを持ってくるわ」わたしはクレアに言った。「コーヒー、それともコーラ？」

クレアはうなずいただけで、選択はこちらにまかされた。わたしはキッチンにいき、グラスに氷をたくさん入れた。コーヒーはカフェイン抜きだけれど、コーラにはカフェインが入っている。もしかしたら、精神安定剤の効果が緩和されるかもしれない。

わたしがコーラを注いでいると、メアリー・アリスがキッチンに入ってきた。「これは、何？」突き出してきた手のひらにはピンクの錠剤がひとつのっている。「安定剤のヴァリウムは真ん中に穴が空いているわ。また薬を混ぜたの？」

「ジェネリック医薬品よ。薬を混ぜたことなんて一度もないわ」

「混ぜてるわよ。あんたがちがう瓶に入れてたから、あたしがペニシリンだと思って飲んだ薬がじつは筋肉弛緩剤で、ひどく気持ち悪くなったことがあったじゃない。覚えてない？」

「メアリー・アリス、それでも、ほかのひとの薬は飲んじゃいけないっていう教訓が身にしみなかったの？」

「あたしの身にしみた教訓は、あんたは薬を正しく保管しないってことよ」

わたしはグラスを包むためにナプキンを取った。「それはヴァリウムだけど、クレアに飲ませるのは賢明じゃないと思う」

「気分がよくなるわ」

「お医者さんに診てもらうべきなのよ」わたしはそう言いながら、クレアがまだクエスチョンマークのように身体を丸めている居間へ、メアリー・アリスと戻った。

「さあ、クレア」メアリー・アリスはピンクの錠剤を渡し、わたしはコーラを渡した。最初に一瞬顔をあげたときを除けば、マスカラが流れ落ち、汚れたクレアの顔をシスターが見るのは初めてだった。「まあ、かわいそうに」シスターは言った。「マウス、タオルをぬらしてきて」ソファから滑り落ちていた毛布をつかんで、まっすぐに直した。「きっと気持ちいいわよ、クレア？　温かいタオルで顔と手をふきましょうね。マウス、早くぬらしてきて」

「タオルの置き場所なんか知っているくせに」そう言わずにいられなかった。メアリー・アリスがふり向いてにらんできたので、わたしはリネン用クローゼットに向かった。その場を離れていたのは一分ほどだったのに、居間に戻ると、シスターが襲ってきた犯人について訊きだしていた。男？　それとも女？　どんなナイフだったの？　何か言ってた？　クレアは小さく首をふるだけだった。

「やめてよ、シスター」わたしは言った。「そんなことは警察が訊くことでしょう」

実際、そうなった。約二分後、呼び鈴が鳴った。一瞬、ボニー・ブルーがきたのかと思った。ドアの向こうに立っていた女性はボニー・ブルーと同じくらい大きくて、肌も黒かったから。それでも、すぐに勘ちがいだと気がついた。目のまえの女性はボニー・ブルーよりずっと若く、たぶん三十歳くらいで、警察の制服を着ていた。

「ミセス・クレインですか？」女性警察官は言った。「わたしはボー・ミッチェルです。何かお困りですか？」

ボー・ミッチェルはこれまで見てきたなかで、いちばん美しい笑みを浮かべた。フレッドとわたしはこんな笑顔が見たくて子どもたちの歯並びに何千ドルも投資したというのに、彼女には遠く及ばない。

わたしは自分の名前はホロウェルであり、ミセス・クレインは姉で、友人が昨夜脅されたか襲われたかしたのだが詳しいことはわからず、本人はいま居間のソファにすわっていると説明した。

「おじゃましてもよろしいですか？」ボー・ミッチェルが言った。

「ええ、もちろん」わたしは不安になるときの癖で、いまも早口になっていることに気がついた。「こちらです」

クレアは足を床におろして身体をきちんと起こしていた。その姿はベルベット・ペインティングでよく見かける、黒髪で大きな目をした悲しそうな子どもにそっくりだった。シスターがマスカラの跡と汚れを拭ったらしく、顔はぎょっとするほど真っ白だった。

「こちらは警察のミズ・ミッチェル」わたしはメアリー・アリスとクレアに紹介した。

「警官はいつもふたり一組で行動するんだと思っていたわ」メアリー・アリスが言った。

「動物を番いで乗せたノアの方舟みたいに？」ボー・ミッチェルは魅力的な笑顔を見せた。

「いつもというわけではありません。状況に応じてです」

「コーヒーかコーラはいかが？」悪魔がやってきてもわたしは軽食を勧めるだろうと、フレッドは言う。たぶん正解だ。

「いいえ、けっこうです」ボーはソファにすわっているクレアの隣に腰をおろした。「お困りになっているのはあなたですね、ミズ・ムーン」

クレアはうなずいた。「ゆうべ、誰かに殺されそうになりました」小さいけれど、しっかりした声で答えた。「ナイフを持って、アパートメントにいたんです」

「だいじょうぶですか？　どこもけがをしていない？」

「はい。でも、夜間用の鍵をかけていたら死んでいたと思います」

「どうして？」

「足を止めて鍵を開けなければならなかったら、という意味です。ドアにナイフが当たった音が聞こえたから」

メアリー・アリスとわたしは顔を見あわせた。ミッチェル巡査はクリップボードに何かを書きつけている。「それでは基本的なことを聞かせてください、ミズ・ムーン。ご住所は？」

「ヴァレー・トレース一七二九番地です」

「結婚していらっしゃいますか？」

「主人は亡くなりました。殺されました」

「この町で？」

「カリフォルニアで。高速道路でした」

わたしは目をつぶった。娘へイリーの苦しみを目の当たりにしてきたから、クレアがどんな悲しみを経験してきたのかは察することができた。

「年齢は?」

「三十歳です」

「ご職業は?」

「画廊に勤めています」ボー・ミッチェルに顔を向けた。「すみません、ひどく疲れていて」

「疲れていらっしゃるのはわかりますし、お気の毒だとも思います。でも、問題に対処するまえに、やらなければならない手順なので」

クレアはうなずいてため息をついた。

「その画廊ですが」ミッチェル巡査は言った。「名前を教えていただけますか?」

「〈マーシー・アーミステッド画廊〉です」

ボー・ミッチェルがクリップボードから視線をあげた。「昨夜、女性が亡くなった画廊ですか?」

「誰が死んだんですか?」クレアが顔をあげた。

「マーシー・アーミステッドという女性です」

クレアがメアリー・アリスとわたしを見た。「マーシーが死んだ?」

わたしたちはうなずいた。「クレア」わたしが口を開いた。

「マーシーが死んだ?」クレアの声が泣き声に変わった。「ああ、あいつらがマーシーのところへいったのよ」立ちあがり、風をよけるかのように両手を顔のまえに掲げた。そして立ちあがったときと同じくらいに、すばやく倒れこんだ。ミッチェル巡査は敏捷で、クレアが床に身体を打ちつけるまえに受け止めて、そっと身体をおろした。シスターとわたしも駆け寄って手を貸した。

「足を高くあげて」ミッチェル巡査が指示した。メアリー・アリスはソファの上のクッションをつかんで、クレアの足の下に入れた。わたしがメアリー・アリスの隣に膝をついてクレアの手を握ると、まるで氷のようだった。クレアの目は半分開いているものの、瞳孔がはっきり見えない。わたしは脈拍を感じられるかどうか確認するために、頸動脈に触れた。脈は感じられた。ただし、とても弱かった。

ボー・ミッチェルは電話に手を伸ばした。「応援が必要です」聞こえたのはそれだけだった。同感だ。

最初に救急救命士が到着し、そのあとに消防車と、おそらくパトカーが停まったときから見ていたにちがいない近所のひとたちがやってきた。別にかまわない。くだらない好奇心ではないから。人生の大半をともに過ごしてきた知人や友人である、高齢者が暮らす地域なのだから。近所の人々はフレッドとわたしが無事で、お客である若い女性の具合が悪くなったのだとわかると帰っていった。そういうひとたちが近所にいるというのはいいものだ。

ボー・ミッチェルが救急救命士を居間に連れてくると、まだ意識がはっきりしないクレアのそばで、メアリー・アリスが膝をついていた。

「ちょっと待って。待ってったら。いまどこうと思っているんだから！」シスターの声がした。

「手を貸しましょうか、奥さん」救急救命士のひとりが言った。

「いいえ。平気よ」シスターは膝立ちのままフレッドのリクライニングチェアまで後ずさり、ひじ掛けにつかまって身体を引きあげた。椅子が倒れるか、シスターが立ちあがるか、そのどちらかになるという瞬間があった。運命の女神が微笑んだのはシスターのほうだった。メアリー・アリスはわたしが立っているドアまで歩いてきて、膝をこすって、レインコートの裾を引っぱった。そのとき、シスターがネグリジェのままだということを思い出した。

わたしたちはじゃまにならないところで、目のまえの状況を見守った。血圧計と心拍計が取り出された。

「クレアにヴァリウムを飲ませたことを言わないと」わたしは小声で言った。

「クレアは飲まなかったのよ」メアリー・アリスがささやき返した。

「ああ、よかった。シスターのせいでクレアが死んでいたかもしれないんだから」

メアリー・アリスは目のまえで忙しなく動いているひとたちと、その真ん中で動かないクレアをじっと見た。「すぐに戻ってくるから」

「どこにいくの？」

メアリー・アリスはピンクの錠剤を掲げた。「ヴァリウムを飲んでくるのよ」

シャツのポケットに〝ロジャーズ〟と刺繍されている救急救命士が近づいてきた。

「こちらはあなたのお嬢さんですか？」

「友人です」

「これから救急車を呼びます。血圧がヨーヨーみたいに上下していて、心拍も不規則なので。意識が戻りつつあるので状態はかなり安定してくると思いますが、きちんと診察を受けたほうがいいでしょう」

「ショックを受けたせいで、こういう状態になることもありますか？」

「精神的なショックという意味ですか？」若者は頭をかいた。「あり得るとは思いますけど、健康なひとであれば、普通は身体がストレス信号を出して、次第に落ち着きます。言っていること、わかりますか？」

わたしはうなずいた。

「こちらの方はストレス信号を出せなかったようですね」

わたしはこの簡潔な説明が気に入った。〝アドレナリン〟とか〝不整脈〟なんて言葉に煩わされたくない。

「主治医はどなたですか？」彼が訊いた。

「さあ、わかりません」

「誰かに連絡して訊けませんか？」

誰の連絡先も知らない。

「救急車でどこの病院に運びたいですか？」

何と答えたらいいかわからなかった。フレッドとわたしは限度額いっぱいまで救急医療の保険に入っている。でも、クレアはどうだろう？　三十歳で画廊のアシスタントとして働いているのであれば、おそらくそこまで入っていないだろう。とても辛いけれど、それほど知らないひとのために、医療費は支払えない。

「モーガン病院にしますか？」救急救命士はわたしの考えを読んで、そう訊いたにちがいない。モーガンは慈善病院であり、悪くない病院だけれど、あくまでも慈善病院にすぎない。

「メモリアル病院に連れていって」メアリー・アリスが隣に立った。「あたしが責任を負うから」

こんなときには、シスターのすべてが許せてしまう。

救急車が赤色灯を派手に輝かせ、サイレンを響かせて到着した。近所のひとたちがポーチに出てきて、クレアが運びこまれるのを見守った。

「よろしければ、一緒に乗ってもかまいませんよ」若い救急隊員が言った。

クレアはだいぶ意識が戻っており、口はきかなかったが、救急車に乗せられるまでずっとわたしの手を握っていた。

「戸締まりはしておくわ」メアリー・アリスが言った。「家に帰って着がえたら、病院にいくから」

ミッチェル巡査と救急隊員がわたしを救急車に押しこんだ。このうえなく格好悪い乗り方であり、まだスウェットスーツを着ていてよかった。

幸運なことに、わたしの人生はまずまず平穏無事だった。齢(よわい)六十にして、救急車に乗るのはこれが初めてなのだ。病院に着いたときには、救急車に乗ったことがなかったから六十歳まで生きてこられたのだという結論に達した。運転免許を取ったのは一週間まえかもしれないと思えるほど運転手はどうかしていた。それしか言いようがない。一時停止もせずに交差点を走り抜け、道路の路肩を高速で走り、大あわてで救急車を避けようとしている人々を嘲笑ったのだ。そのあいだもずっと赤色灯をつけ、サイレンを鳴らしていた。同乗している若い救急隊員は気にならないようだった。医療機器を確認しながら《ピープル》誌をめくっている。口にくわえた楊枝を唇のはしからはしへと移しながら。

「彼はいつもこんな運転なの？」十数台の車を追い越し、中央分離帯を走る救急車のなかで、わたしは訊いた。

救急隊員は《ピープル》から顔をあげ、口から楊枝をはずすと、にやりとした。「インディ五〇〇に出ても優勝できるかも」

窓の外は見ないほうがよさそうだ。「彼女はだいじょうぶ？」眠っているらしいクレアを身ぶりで示した。

彼はモニターを横目で見た。「たぶん」

これ以上、話をしても無駄だろう。

メモリアル病院は山腹に建っているが、バーミングハムの大半の病院が同様だった。つまり、吹雪のときは救急医療を受けられない。救急医療を受けられるのは四輪駆動車を持っているひとだけで、ラジオ局が救急要請を放送する。だから、少なからぬ地域で子どもが四輪駆動車のなかで生まれているのだ。

運転手は救急救命室に続いている斜面に救急車を乗りあげ、速度をあげて、救急入口のまえで急停止した。もしクレアが寝ているストレッチャーがきちんと縛りつけられていなかったら、わたしがそのストレッチャーに必死にしがみついていなかったら、わたしは真っ先に病院に運びこまれていただろう。

「ああ、もう！　もらすかと思ったわ」わたしは喘ぐように言った。

救急隊員が笑った。「そういうひともいますよ」病院から駆け出してきた救急救命室のスタッフのためにドアを開けた。

「ひとりにしないで」クレアが言った。「お願いだから、ひとりにしないでください」

「そばにいるわよ」

それから約一時間、わたしはクレアに付き添った。そのあいだ医師や看護師がクレアが運びこまれた部屋に次々とやってきては病歴を訊き出そうとした。

「糖尿病だと診断されたことはありませんか？」クレアは医師たちをぼんやりと見つめた。

「アレルギーは？　心臓病はどうですか？　肝炎は？　がんは？　狼瘡（ろうそう）は？　そのほかの炎症はどうです？」クレアの表情はぼんやりとしたままだった。

医師や看護師が答えを期待して、わたしを見た。病院に付き添ってきたのだから、そういうことを知っているのはわたしの務めなのだろう。

「すみません」実際に責任を感じはじめながら言った。

とうとうラングフォードと名乗った若い女医がわたしを廊下に呼び出して、クレアには経過観察と精神医学的評価が必要だと言った。おそらく神経学的検査も、と。

「クレアはゆうべ誰かに殺されそうになったんです」わたしは言った。

「それは聞きました」ドクター・ラングフォードは何でもないように言って、廊下にいたひとに手をふった。「その件についても調べます」

「そうしてちょうだい、スイーティ」

びっくり仰天した目が、教師であるわたしの目とあった。ドクター・ラングフォードの顔は真っ赤になっていた。「患者さんのことはきちんとお世話します――」カルテを見てから続けた。「――ミセス・ホロウェル」

わたしはドクター・ラングフォードの腕を叩いた。「そう信じています」

「患者さんには入院が必要ですね」

「そのまえに、クレアと話せますか?」

「ええ、もちろん」ドクター・ラングフォードと一緒に病室に戻ると、クレアはまた眠りに落ちたようだった。腕には点滴がつけられている。

「ブドウ糖です」ドクター・ラングフォードは説明した。「ミズ・ムーンは脱水症状を起こしているので。それに、軽い鎮静剤も投与しています」

鎮静剤のことはメアリー・アリスにはないしょにしておこう。

「クレア」わたしは彼女の手を取った。「入院手続きをしてくるから。すぐに戻るわ」

クレアは手を握り返したが、目は開けなかった。

「あの」ドクター・ラングフォードが小声で言った。「『華麗なるギャツビー』に出てくるみたいな女性じゃありません？」

何だかんだいって、この若い女医には希望があるのかもしれない。

メモリアル病院の心臓手術科ではヘイリーが働いている。それでも、ヘイリーにばったり会う可能性は低いと思っていた。けれども救急救命室の待合室のドアを抜けると、緑色の手術衣を着てダイエットコークを飲んでいるヘイリーが立っていた。

「ヘイリー！」

娘はふり返って、わたしを目にして凍りついた。「ママ！　どうしたの？　パパに何かあったの？」

「いいえ。わたしもパパもだいじょうぶ」

「それじゃあ、シスターおばさん？」

「シスターもだいじょうぶ。あなたが知らないひとに付き添ってきたの」

ヘイリーは青いファイバーグラスの椅子にへなへなとすわりこんだ。

「ああ。死ぬほどぞっとしたわ」

「ごめんなさい」

「誰に付き添ってきたの？」ヘイリーは持っていた缶を握りつぶした。それはわたしの嫌いな癖で、ヘイリーはその缶をゴミ箱に放り投げた。

「クレア・ムーンという女性よ。ママの教え子。ゆうべシスターといったパーティで会ったんだけど、今朝うちの裏の階段で具合が悪そうにしていたの。ゆうべ誰かに殺されかけたと言って」

「けがをしたの？」

「お医者さまはおおかた精神的なものだろうと考えているみたい。それでも、経過を見るために入院させるようだけど。いくつか検査をするんですって。正直に言うと、クレアのどこが悪いのかも、どうしてうちにきたのかもわからないのよ」ヘイリーの隣の椅子にすわった。

「あなたはここで何をしているの？」

「アニストン病院から転院してくる銃創の患者を待っているのよ。銃弾が心臓をかすめたから、手術をするわけ」

「幸運なひとね」わたしは言った。

「確かに、幸運ね」

「今夜は夕食を食べにいらっしゃい」わたしは言った。「野菜のラザニアだから」

「お客さんがきたわ」

救急車が入口で停まった。「わたしが待っていたひとみたい」ヘイリーは立ちあがり、入口に駆け出した。わたしは患者が救急車から降ろされるのを娘が見守り、血圧を測る様子を見つめた。まえを通りすぎていくとき、ヘイリーは指をふった。

「うちの娘なんです」わたしのまえにすわって、編み物をしている老女に言った。老女は答えなかったが、それでもよかった。

わたしは表示に従って入院窓口へ向かったけれど、メアリー・アリスを待たなければならないことはわかっていた。神経学的検査をするのであれば、フレッドとわたしの退職金をあわせても医療費にはたりそうにないからだ。それでもロビーのわきに着いたとき、シスターが正面のドアから入ってきて、とても驚いた。シスターはまだレインコートを着ていたけれど、赤いスパッツが見えており、〈ローズデール・モール〉のミセス・サンタクロースの仕事用の衣装を着ているようだった。

「〈デルタ・ヘアラインズ〉の予約をキャンセルしたわ」シスターは開口一番に言った。「デルタは日時を変えてくれたけど、不満そうだった」

「たいへんだったわね」わたしは言った。

「クレアはどう？」

「検査のために入院が必要らしいわ」

「まあ、当然よね」メアリー・アリスはあたりを見まわして、くんくんにおいを嗅いだ。

「とんでもない状況になっちゃったわね、マウス」

わたしはヘイリーが救急救命室に急いで運びこんだ男のことを思い出した。「本当にね」

クレアを入院させるのは簡単ではなかった。わたしたちは数分かけて面倒な手続きをした。それからやっとソーシャルワーカーが呼ばれた――その女性のバッジには〝患者支援係〟とあったが、仕事の内容を考えると、じつに適切な名称だ。彼女はどうにかしてうまく取りはからって、必要な情報や保険証などが用意できるまで、少し不安は残るけれど、クレアが仮入院できるようにしてくれた。

「〝など〟っていうのは?」メアリー・アリスが訊いた。

「たんに〝など〟としか聞いていないわ」

わたしたちはそう理解したが、メアリー・アリスが署名できるように指を刺すためのピンが欲しいと言ったときには、その要求はほぼ取り下げられていた。

手続きが終わるとすぐに、メアリー・アリスは〈ローズデール・モール〉に急ぎ、わたしはクレアが運ばれた部屋を探しにいった。クレアは四九二号室にいた。病衣を着て、赤ん坊のように眠っている。

「こんにちは」仕切り用カーテンの向こうのベッドにすわっている女性が声をかけてきた。

「このひとのお母さん?」

「いいえ」わたしはクレアの手を取った。

「きれいなひとね」

「ええ。きれいな子です」

「かなり悪いの?」

「そんなことはないと思うけど」

「わたしもよ。ただ、ときどき呼吸を止めるだけ」

「また呼吸ができる程度に止めているのね」

「そのとおり」

わたしは眠っているクレアを見つめた。こうして鎮静剤が効きつづけるなら、一度家に帰って、夜にまた戻ってくればいい。わたしはナースステーションにいって尋ねた。

「だいじょうぶですよ」担当の看護師が言った。「電話番号を教えてくだされば、患者さんが何か必要としたときには連絡しますから」

「ガウンを持ってきたほうがいいかしら」

「ええ、ぜひ」看護師は微笑んでカルテを手にした。

わたしはエレベーターに着きそうになったところでやっと、家に帰る手段がないことに気がついた。タクシーに乗るお金さえないのだ。フレッドに電話するお金さえ。看護師に助けてもらうために踵(きびす)を返そうとしたとき、エレベーターが開いてボー・ミッチェル巡査が降りてきた。

「ミズ・ホロウェル」ミッチェル巡査は言った。「ミズ・ムーンの具合はどうですか?」

「いまは寝ています。いくつか検査をするみたい」

「いまは、ひとりで?」

「同じ部屋にほかの女性がいます。入院している患者さんですけど。どうして?」

「ミズ・ムーンの話は本当でした。誰かに襲われたのは間違いありません」ボー・ミッチェルがエレベーターのわきの椅子を指さし、ふたりですわった。「ミズ・ムーンのアパートメントにいってきましたが、めちゃくちゃに荒らされていました。それにドアにはナイフで刺された深さ五センチの傷まであって。ミズ・ムーンが話したとおりに」

「そんな！」心臓がどきどきしてきた。

「いまアパートメントには数人の警察官がいますが、わたしはミズ・ムーンの様子を見たほうがいいと思ったので」

「クレアは眠っています」そのとき、ふと気がついた。「その犯人がまたここにクレアを襲いにくると考えているんですか？」

「そのようなことがないように万全を期します」ボー・ミッチェルが立ちあがると、わたしもあとをついて廊下を歩いた。

「四九二号室です」わたしは言った。

「ええ」

部屋に入ると、わたしが出たときには静かだった部屋がいまは騒がしく、大勢のひとがいた。いちばん遠くの女性が、五人はいる医療スタッフたちの関心を集めていた。そのなかのひとりが部屋に入ってきたわたしたちに気づいて、にこやかに微笑んだ。「だいじょうぶです」彼女は言った。「呼吸を止めただけですから」

わたしたちに近いほうのベッドでは、美しいクレアが眠っていた。

5

ボー・ミッチェルはすべての入院記録からクレアの名前を消して、地下にある精神科の個室に彼女を移した。意外にも地下は明るくて風とおしがよく、開けた広い吹き抜けには自然光があふれ、草や二本の小ぶりな木さえ繁っていた。

「ここのほうが彼女をしっかり見ていてもらえますから」ボー・ミッチェルは言った。廊下にいるスタッフの人数からも、それが正しいにちがいないとわかった。「何が起こるかわからない場合、ときどきこうするんです」

「高級ホテルみたい」わたしは言った。

「うーん」ボー・ミッチェルはナースステーションへ歩いていった。

「あら、ボー・ピープ（マザーグースの歌に出てくる羊飼いの少女）」赤いナイロンのジャンプスーツを着た小柄なブロンドの女性がうしろから近づいてきた。「お客さんを連れてきてくれたの？」

ボー・ピープですって？　わたしは彼女をにらみつけた。

「ああ、コニー。こちらはミセス・ホロウェル」

「わたしは患者ではありませんから」コニーに言った。「もちろん、患者だとしてもかまい

ませんけど。つまり、心の病だって病気に変わりはないもの。そうでしょう?」

「ええ、そうです」コニーとボー・ミッチェルが同時に言った。

わたしは自分に腹が立った。否定しすぎだ。でも、リチウムや鎮静剤や抗うつ剤が処方される時代に育ったふたりの若い女性たちに、精神病の怖さがわかるはずがない。祖父の妹であるジョセフィーンおばさんは〝発作〟が起きると、日常生活が続けられなくなった。ベッドで横になって泣き、ときおり夫や子どもたちを罵るのだ。誰にも何もできなかった。それどころか、〝発作〟はおばの弱さだと思われていた。

わたしはいまでもおばさんの様子を祖父と見にいったときのことを覚えている。祖父は決して思いやりがないひとではなく、おばさんは壁のほうを向いて横になっていた。「起きるんだ、ジョージー」祖父はそう言った。「仮病はよせ。おまえのせいで、みんなが迷惑しているんだ」その数週間後、おばさんは手首を切った。

わたしは身震いしたが、コニーもボー・ミッチェルもこっちを気にしてなどいなかった。

ふたりはクレアの話をしていた。

「ほとんど終わっているわ」コニーが言った。

「ありがとう。確認してみます」

エレベーターが開いて、ふたりの職員がクレアのベッドを押して出てきた。

「この患者さん?」コニーが訊いた。

ボー・ミッチェルはうなずいた。

「それなら、ここの部屋に運んで」コニーはナースステーションの正面の部屋を身ぶりで示した。

「ああ、いいわね」ボーが言った。

「これ以上ないくらい安心よ」コニーが言った。

クレアが目を覚ましてわたしを呼んだときのために電話番号のメモを机に置くと、わたしはボー・ミッチェルに家まで送ってくれないかと頼んだ。

「ええ、いいですよ」パトカーは駐車禁止区域である病院の正面玄関の真ん前に停まっていた。「役得です」ボー・ミッチェルはあの完璧な歯並びを見せて笑った。

これは、わたしにとってきょう二度目の〝初めて〟だった。救急車に乗ったと思ったら、今度はパトカーだ。乗ってるあいだずっと、無線機からやかましい声が鳴り響いていたけれど、まったく訳がわからなかった。でも、ボー・ミッチェルには理解できるようだ。ボー・ミッチェルは二度つまみをひねって応答した。一〇－四（テン・フォー）とか九〇－八（ナインティ・エイト）といった言葉が何度も聞こえてきた。テレビでやっているみたいに。

ボー・ミッチェルがこっちを向いた。「クレア・ムーンについて教えてください」

「あなたのミドルネームはピープというの？」

ボーは笑った。「母がそんな名前をつけると思います？　みんなからそうやって呼ばれているんです。署ではちがいますけど。警察ではこう言われましたからね。『なあ、お嬢ちゃん。おまえはどんなふうに見せようとしているんだ？　おまえの呼び名はボーだ。以上』」

ボー・ミッチェルはわたしを見た。「わたしがお宅にうかがったとき、『ボー・ピープ・ミッチェルです』と言っていたら、どうでした？」

「言っている意味はわかるわ」

「お腹を抱えて笑ったでしょう」ボー・ミッチェルはパトカーをインターステートに乗せた。

「さて、クレアのことを教えてください」

わたしは十代だった頃のクレアについて知っていることを残らず話し、昨夜十二年ぶりに再会したいきさつを説明した。そして家の裏の階段にやってきたことや、そのときの状態について伝えたが、わたしが知っているのはそれだけだった。クレアが住んでいる場所も知らなかったし、夫を亡くしていたことも、クレアが質問に答えたときに初めて知ったのだ。

「マーシー・アーミステッドについて何か知っていることは？」

「ゆうべ初めて会ったんです。姉がオープニングパーティの招待状を持っていたので。どうして？」

「いいえ、ただ何となく」ボーはハンドルを指で軽く叩いた。妙に軽い感じだった。

「マーシーは心臓発作で亡くなったのよね？」

「そうらしいです」

「でも、あなたは疑問を抱いている」

「ああ、ミセス・ホロウェル、わたしは医師ではありませんから」

わたしはクレアが「あいつらがマーシーのところへいったのよ」と叫んだことを思い出し

て、ボーにそう言った。

「覚えています」ボーは言った。

「何か関係があると思っているのね？　だって、心臓病でもなかった三十代の女性が急死して、同じ日の夜にそのアシスタントが誰かに殺されそうになったんだもの。警察はどう考えているの？」

「わかりません」そのあと車がインターステートを一、二キロ走るあいだ、わたしたちは何も話さなかった。

「あの、ミセス・ホロウェル？」

「パトリシア・アンと呼んで」

「パトリシア・アン、クレアの着がえを取りにいきますか？　彼女のアパートメントは次の出口のすぐ近くにあるんです」

アパートメントには警察官がいるはずだ。「いいの？」

「見ていただきたいものがあるので」

「どういうこと？」

「あなたがどう思うか知りたくて」

わたしはため息をついた。「いいわ。その機械は個人の電話にもかけられるのかしら」がなり立てている箱を指さした。「主人が電話をかけてきたかもしれないから」

「どうぞ」ボー・ミッチェルはポケットに手を入れて小さな携帯電話を取り出した。「これを使ってください」

　フレッドが家にいないのはわかっていたが、わたしは携帯電話で自宅の番号にかけて、留守番電話にメッセージが残っていないかどうか確かめた。図書館は予約していた本が入ったと言い、ボニー・ブルーは電話が欲しいと言い、メアリー・アリスはクリスマスのことは心配いらないと言っていた。

「問題はなかったですか？」携帯電話を返すと、ボーが訊いた。

「姉がクリスマスの心配はいらないって」

「いいですね」

「そうとはかぎらないのよ」

　車は第二次世界大戦直後に建てられたアパートメントが並ぶ地域に入った。とても魅力的なしっかり建てられたアパートメントで、十年まえに賃貸から分譲になったときには、高い天井や廻り縁（モールディング）やアーチ天井のアルコーヴなどを称賛する人々が競って購入した。谷全体を見わたせる角のアパートメントのまえでボーが車を止めたとき、わたしはとても驚いた。

「クレアはここに住んでいるの？」

「ええ」

　車から降りて玄関までいき、犯罪現場用の黄色いテープをまたいだ。

「高いでしょうね」わたしは言った。

「すべて、クレアのものです」ボー・ピープ・ミッチェルはポケットを手探りして鍵を見つけ、白いドアを開けた。そして、わたしを先になかに入れた。「どう思いますか？」

まるで雪の吹きだまりに落ちたみたいだった。部屋じゅうが真っ白で、それもただの白ではなくて輝いているのだ。絨緞も、壁も、家具も、絵や装飾品まで、すべてが白だった。わたしはハンドバッグから黒いサングラスを取り出したくなった。

「どう思いますか？」ボー・ミッチェルがもう一度訊いた。

「真っ白としか言えないわ。荒らされたものかと思っていたけど」

「よく見てください」

今度は白い詰めものが飛び出ているソファの裂け目や白い暖炉で光っているガラスの破片が見えた。じっくり目をこらすと、被害状況がはっきり見えてきた。

「ここがナイフが刺さったところです」ボー・ミッチェルが玄関のドアを閉めると、真っ白ななかで黒っぽい傷が血痕のように浮かびあがった。「おそらく肉切り包丁でしょう」

身体が震えた。「わたしに見せたかったのは、これ？」

「二階です」

最初に建てられたとき、このアパートメントはどの家の二階にも寝室が三つあった。そして住人の多くは小さな寝室ふたつをつなげて、広い主寝室として使っていた。クレアか、クレアがこの部屋を購入したまえの持ち主も、そうして使っていたことはすぐにわかった。その主寝室も真っ白で、大きな天窓から十二月の陽光がキングサイズのベッドの上に長方形に射しているせいで、よけいに眩しかった。

「うわ、すごいわね」わたしは目を閉じた。

「見ていただきたいものは、ここにあります」ボーのあとから、来客用の小さな寝室に入った。隣の部屋に比べれば、かなり暗い。その変化に目が慣れるまでしばらくかかった。

「どう思いますか？」ボーが訊いた。

「何のこと？　何も見えないのよ」

「しばらく目を閉じていてください」

　言われたとおりにしたあと、しばらくして目を開けると、もう白さなどどうでもよくなった。すべての壁に派手な原色の落書きがされていたのだ。壁一面の卑猥な言葉。白い壁にスプレー缶を向けるのを楽しんだかのように、ペンキの幅広い色が縦横に広がっている。

「何てことを」

「よく見て」ボー・ミッチェルが頭上の明かりをつけると、被害の全貌が目に飛びこんできた。真っ赤な色が壁を流れ落ちている。それはまるで爆発した太陽が壁全体に炎の雨を降らせているかのようだった。

「いやっ」わたしは吐き気をこらえながら叫んだ。

「ここを見てください」

　わたしは膝をついて、ボー・ピープ・ミッチェルが指さした隅に目をやった。縦二十五センチ横三十センチくらいの小さな長方形のスペースに田園風景が描かれている。とてもやわらかな色調のなかで、野原に赤毛の女がすわり、黒っぽい髪をした人物の絵を三枚描いているのだ。赤毛の女はこちらに背を向けているため、見えるのは三つのイーゼルにのった肖像画だけだ。

「これは、何?」わたしはボーに訊いた。「懐中電灯はある?」

わたしはボーから懐中電灯を受け取ると、片手で持って絵を照らし、片手で遠近両用眼鏡を顔から離して絵を見た。

「三つの絵に描かれているのは、どれもクレアみたいな髪をした女性のようね」わたしは言った。「でも、どれも目鼻立ちが描かれていない」

ボー・ミッチェルはわたしの隣で床にすわりこんだ。「その眼鏡を貸していただけますか?」

顔から離して眼鏡を持って、絵をじっくり見た。

「マーシー・アーミステッドは赤毛だったわ」わたしは言った。

眼鏡が返ってきた。「そうらしいですね」ボーが頭上の壁を身ぶりで示した。「どう思います?」

「どう思うというのは、どういう意味?わたしに訊かないで。精神科医じゃないんだから」

わたしはドアの取っ手につかまって立ちあがり、ほかの部屋に戻った。とうとう、朝からのことで参ってしまったのだ。「普通の人間が壁にああいうものを描くと思うかってこと?」

〝娼婦〟という言葉を指さした。「そんなことはないって思いたいわ。でも、わたしに精神分析ができる?　できないわよね」

ボー・ミッチェルがあとから主寝室に入ってきた。

「それに、いまは具合が悪い女性のために寝間着を取りにきたわけだから」

「きっと白ですね」ボー・ミッチェルが言った。

当たりだ。


家に着いたときには、ぐったりしていた。ピーナッツバターとバナナのサンドイッチとミルクを用意して、腰をおろして昔のテレビドラマ『奥さまは魔女』を見た。そしてサンドイッチを食べ終わったときに、電話が鳴った。

「何してるの？」メアリー・アリスだ。

「サンドイッチを食べながら『奥さまは魔女』を見ていたわ」

「まえのダーリンのやつ？　それとも新しいほう？」

「まえのダーリンのほうよ」

「あんなふうに俳優の交代を受け入れたなんて、いまでも信じられないわ。サマンサが途中で旦那を替えたっていうのに、あたしたちが何も気づかないと思っていたのかしらね？」

「魔女ってそういうものかも」

メアリー・アリスは黙りこみ、これを自分への皮肉と取るかどうか考えていた。そして、やめることにしたらしい。「留守番電話のメッセージを聞いた？」

「クリスマスのこと？」

「あんたはいつもあわてているでしょう。だから、今年はみんなで〈フォックス・グローブ〉で食事をしようと思って」

「フォックス・グローブ？　それ、ジギタリスという毒のことよ」

「ちがうわよ。最高にすてきなお店。このあいだの夜もビルとディナーにいったんだから」

「メアリー・アリス、フォックス・グローブなんて名前をレストランにつけるひとはいないわ」

「そういうひとだっているし、現にいたのよ。もう個室を予約したから。ヘンリーは料理をつくりたがったけど、今年はみんなでレストランにいって、ゆっくりしようと言ったの」

　ヘンリー・ラモントはメアリー・アリスの娘デビーの〝ツレ〟だった。デビーは〝ツレ〟などという言葉は決して使わないので、これはシスターがテレビで耳にした呼び方にちがいない。ヘンリーはとても気立てのいい青年で、シスターはデビーが双子のフェイとメイを妊娠したアラバマ大学バーミングハム校の精子バンクでヘンリーがドナーになったことがあるというそれだけの理由で、ヘンリーが双子の父親だと信じていた。ヘンリーは食通の料理人でもあり、おそらくクリスマスに新しい料理をわたしたちに食べさせたいと楽しみにしていたにちがいない。

「クリスマスイブには子どもたちがくるでしょうから、クリスマス当日はレストランでみんなで食事をすればいいわ」

「〈フォックス・グローブ〉で」

「そう。一時でどう？」

「ええ、いいわ」承知したほうがよさそうだ。

「お店にもそう伝えておいたから。クレアの様子はどう？」

「精神科病棟に入れられたわ。鎮静剤を投与されて。わたしはボー・ミッチェルと、あの女性警察官と一緒に、クレアのアパートメントにいってきたの」

「ハンドバッグは見つかった？」

「何ですって？」

「保険証が入っているバッグよ」

「いいえ」探してみようとも思わなかったけれど、医療費を持つことになっているシスターに、それを認めるのはいやだった。「でも、壁にひどいことが描いてあったの。とんでもないこと。とても口にできないような」

「つまり、あんたが持っているノーマン・ロックウェルのプレートにはあわない言葉ってことね」

わたしはカチンときた。ノーマン・ロックウェルのプレートが大好きなのだ。

「クレアはどこかにハンドバッグを置いているはずなのよ」メアリー・アリスは続けた。「アパートメントか画廊に。あの警官に連絡したほうがいいかしら」

「そうして。クレアの部屋に描かれていた、落書きとは思えない絵を見てどう思ったか聞きたいから」

「ねえ、マウス。あんたは信じないでしょうけど、あたしは芸術に関してはかなりの目利きなのよ」

「クレアの家の壁に描かれていた作品についてどう評価するのか、楽しみにしているわ」

シスターが電話を切ると、わたしは電話番号を調べて病院に電話した。クレア・ムーンという名前の患者はいなかった。それはそうだ。もちろん、いないはず。わたしはボー・ミッチェルが命じたことを忘れていた。そこで警察署に電話をかけると、たまたまボーを捕まえることができて、精神科のナースステーションの番号を教えてもらった。クレアに問題はなく、まだ眠っていると、看護師のコニーが教えてくれた。わたしは受話器を置いて、恐ろしい落書きが描かれていた、クレアのアパートメントの部屋のことを考えた。何から何まで真っ白だった、ほかのもののことも。かわいそうな子。怯えていたかわいそうな子。

次に〈大胆、大柄美人の店〉に電話をすると、ボニー・ブルーが出た。「休憩中よ。靴を脱いでいるの。こんなのをはいてきちゃって失敗だったわ。ちょっと待ってて」喘いだり、唸ったりしているボニー・ブルーの声が聞こえてくる。「もう無理ね」すぐにまた声が聞こえた。「ストッキングだけで働くことになりそう。それで用件はなあに、パトリシア・アン？」

「そっちが最初に電話してきたのよ」

「ああ、そうだったわね。用件はふたつあるの。ひとつは、とてもすてきなジャケットが入荷したってこと。裏地なしで、オフホワイトにベージュの貝殻の飾りがついているのよ。ゆったりと流れるような形で。メアリー・アリスにぴったりで、二四Wのサイズもあるの。あなたが見られるように取り置きしておく？　クリスマス用に」

「よさそうね」

「ふたつ目の用件は、マーシーの遺体が解剖されたってこと。ジギタリスって知ってる？」

「クリスマスはそこで食事をするのよ」

「ええ？　あたしは薬の話をしているのよ」

「ジギタリスが何かってことは知っているわ。強心剤でしょ。メアリー・アリスの旦那は三人ともその薬を飲んでいたわ」

「マーシーもそうだったみたい。といっても、処方されたわけじゃなくてね。心臓は悪くなかったから。でも、ゆうべはどうやらかなりの量を飲んだらしくて、それが死因みたい。サーマンがジェイムズに電話してきて、ジェイムズがあたしに電話してきたの。サーマンはもう事情聴取を受けたって」

「警察は誰かがマーシーを殺したと思っているの？」

「そのようよ」

「何てこと！」

「ボニー・ブルー！」誰かが呼ぶ声が聞こえた。

「いかなきゃ。ジャケットは取り置きしておくわね。それじゃあ」

「ええ、また。ありがとう」わたしは電話を切って、ボニー・ブルーから聞いたことについて考えた。ミッチェル巡査は病院にきたときも、わたしをクレアのアパートメントに連れていって壁を見せたときにも、マーシーについてすべて承知していたのだ。マーシーの死に疑問があることも。

皿とコップとナプキンを集めてキッチンに持っていくと、流し台にはまだクレアがコーラを飲んだグラスが残っていた。あんなに怯えて、かわいそうに。きょう起きたことを誰かに話したい。わたしと同じように、昔のクレアを知っているひとに。そのとき、それが誰か、ずっとまえからクレアを知っている人物が誰か、思いついた。

時計をちらりと見てから、また電話をかけた。

「ロバート・アレグザンダー高校です」ロイス・アダーホルトが出た。

「ロイス？　パトリシア・アンよ。元気？」

「元気よ、パトリシア・アン。あと一週間持ちこたえればクリスマス休暇だもの。あなたは？」

「元気にやっているわ。ロイス、フランシス・ゼイタはいる？」

「ええ、たぶん。電話してみるわね。ねえ、ここにも遊びにきてよ、パトリシア・アン」

「近いうちにいけるかも」

フランシスの部屋で電話が鳴っているのが聞こえたあと、電話口にロイスの声が戻ってきた。「ポケットベルを鳴らしてみるわ、パトリシア・アン」

「ありがとう」待っているあいだは、録音された『クリスマス・キャロル』が流れていた。

ロバート・アレグザンダー高校は、わたしが教員生活後半の二十年を過ごした学校だった。校舎には窓がなく、教室を仕切る壁もほとんどない。そんなふうに建てられたのは生徒たちの柔軟性を高めるためで、それが地域社会における個性につながると考えられたのだ。とりあえず、そのようなものが育つと。その年の教育標語が何だったにせよ。なかには明るい色のカーテンやポスターや本棚があって楽しく過ごせるのだから、外を見る必要などはないと考えられたのだ。たとえ外に美しい森や小さな湖があったとしても。そして外から隔絶された繭（まゆ）の中央には、クラシック音楽が静かに流れる図書室があった。

それを理想的な環境だと思うひとたちもいた。あの煉瓦造りの長方形の建物に入ってしまえば、もう不安はついてこないのだから。だが、それを苦痛に思うひとたちもいた。そんなふうに感じる教師や生徒は幸いなことに、ただちにほかの学校に移された。

フランシス・ゼイタは開校以来勤めている生徒指導員で、わたしと同じくらい、その職を愛していた。だからわたしが退職を決めたときには、昼食に誘われて、決断を覆すよう説得された。「暇になったら、何をするつもり？」フランシスは訊いた。

「やりたいことを全部するわ」わたしはそう答えた。

「フランシス・ゼイタよ」その声の向こうから、ナイフやフォークを引き出しに放りこんだようなやかましい音が聞こえてきた。

「何をしているの？」

「こんにちは、パトリシア・アン。いま、どこかのお役所が送ってきた麻薬撲滅運動の〝ノーと言おう〟バッジがぎっしり詰まった段ボール箱を持って、三号室にいるの。生徒たちがこんなものをつけなきゃいけないなんて最悪よね。ちょっと待って」テープが裂けるような音がした。「さあ、いいわ。元気？　戻ってくる気になった？」

「近いうちに給料があがりそう？」

「自信家ねえ。あがりっこないじゃない。土曜日のお昼のお誘い？」

「いいわね。でも、もっと早く会いたいの。きょうの午後か、明日の午前はどう？」

「何かあったの？」

「クレア・ニーダムを覚えている？」

「クレリシー・メイのこと？　もちろんよ、かわいそうだったわ。でも、どうして？　クレアに何かあったわけじゃないわよね？」

「長い話になるのよ。わたしの知らないことを教えてもらいたくて」

「少年裁判所の記録は機密事項なの。でも、おおかたの内容は新聞に載ったから。明日の朝、こられる？」

「何時？」

「九時でどう？」

「いいわ」

フランシスがため息をついた。「困った事態になっているのね？　かわいそうな子。ああいう子たちがかわいそうでならなくて」

まったくの同感だった。

その夜の夕食はなかなかの見物(みもの)だった。フレッドが炭酸入りリンゴジュースの瓶とデイジーの花束を持ち、にっこり笑って弾むようにしてキッチンに入ってきたのだ。きっと、朝中断したところから再開しようと一日じゅう考えていたにちがいない。

「ヘイリーがすぐにくるわ」わたしは言った。

「すぐって、どのくらい？」

「もうすぐよ」

「本当に、すぐ？」

「いまにもって感じ」

「わかった」フレッドはあきらめたようだった。顔を近づけてキスをしてきたので、手のひらで頬を包むと、いつものようにチクチクした。

「眠らないでね」わたしは言った。

「もちろんだ」フレッドはわたしのお尻を軽く叩いて、廊下に出ていった。「きょう一日どうだった？」呼びかけてきた。

「きっと信じられないわよ。ヘイリーがきたら話すわ」

グツグツと音をたてはじめたラザニアの様子を見てから、サラダにする野菜を切った。トマトソースのなかでチーズが溶ける、強めのにおいがキッチンに漂いはじめた。十二月の夜にはぴったりのにおいだ。

ヘイリーも同じ考えだった。「いいにおい」コートを脱ぎながら、キッチンに入ってきて言った。ヘイリーは片手で赤っぽいブロンドの髪をなでつけた。「風が強くなってきたわ」わたしを抱きしめてから、オーブンの窓からなかをのぞいた。「うわあ、おいしそう」

「冷凍食品よ」わたしは言った。

「それでも、おいしそうって思うんだもの」ヘイリーは冷蔵庫からビールを取り出して、プルタブを開けた。

それで思い出した。「居間の壁を見て」わたしは言った。

思いがけない幸運が舞いこんできた。ヘイリーが絵を目にしたとき、フレッドもそのうしろから居間に入っていったのだ。

「まさか」ヘイリーは言った。「嘘でしょう？　ママ、本物のエイブラハムの絵なの？　本当に？　ねえ、あれを見て」手を伸ばして髪の毛に触れた。「信じられない。いったい、どこで手に入れたの？　どこの銀行を襲ったわけ？」

これ以上ないほどの反応だった。フレッドはヘイリーの横に立つと、途方に暮れた顔でエイブラハム・バトラーの自画像を見た。

「ねえ、パパ」ヘイリーは父親に抱きついた。「ママへのクリスマスプレゼントなんでしょう？」

「いや」フレッドは言った。「プルタブでぶら下げるんだぞ」

「ええ、知ってる。すてきよね？」ヘイリーはもう一度エイブラハムの髪に触れて笑った。

「ボニー・ブルーにもらったのよ」わたしは言った。「エイブラハム・バトラーはボニー・ブルーのお父さんなんだって話したかしら。それはエイブラハムの本物の髪の毛なのよ」

「嘘よ。信じられない」

「ビールを取ってくる」フレッドはキッチンへ向かった。

「冷蔵庫にセロリとニンジンのスティックが入っているから」わたしは言った。「一緒に持ってきて。ナプキンも」

「ねえ、見て」ヘイリーは続けた。「あの小さな歯。あの、ちょこんと置かれている感じ。それに足も」

「わたしは杖が好きよ」

フレッドが野菜のスティックとディップをコーヒーテーブルに置いた音がした。「ほら」ヘイリーとわたしにペーパータオルを差し出した。「ナプキンが見つからなかった」

フレッドはリクライニングチェアに、ヘイリーとわたしはソファに腰をおろした。偽物の暖炉の火が本物そっくりに見えた。

「いい感じね」ヘイリーはそう言うと、背もたれに寄りかかった。

「銃で撃たれた患者さんはどうなの？」

「だいじょうぶだと思うわ。ママの知りあいのひとは？　名前は何というの？」

「クレア・ムーン」

「ドビュッシーの『月の光（クレア・ド・ルーン）』みたいな名前ね」ヘイリーは数小節口ずさんだ。「タ、タータ、タタタタタ……」

「知らないわ。精神科に入院して、いくつか検査をするそうよ」

フレッドが読んでいた夕刊を置いた。「クレア・ムーンというのは誰なんだ？」

「わたしの教え子よ。ゆうべ画廊で会ったんだけど、今朝具合が悪そうな様子でうちにきたの」

「どこが悪いんだ？」

「さあ。でも、マーシー・アーミステッドが亡くなったことをボー・ピープ・ミッチェルが話したら、倒れてしまって。それで救急救命士に連絡して、救急車で病院へ運んだの」

「ボー・ピープ・ミッチェルっていうひとは？」ヘイリーが訊いた。「マーシー・アーミステッドは？」

「マーシー・アーミステッドなら知っているぞ」フレッドが言った。「サーマン・ビーティの奥さんで、サーマンはいま奥さんが殺された件で尋問を受けている。夕刊のここに書いてある」

「サーマン・ビーティというのは？」ヘイリーが訊いた。

「ちょっと待って」わたしは教師らしく片手を挙げた。「待ってちょうだい」

フレッドとヘイリーが期待をこめた目でわたしを見た。

「最初から話すから」

わたしは話をはじめ、中断したのはオーブンからラザニアを取り出したときだけだった。

まず話したのは、〈マーシー・アーミステッド画廊〉のアウトサイダー展覧会でクレア・ムーンと再会したが、彼女は旧姓ニーダム、もともとの正式な名前はクレリシー・メイ・ニーダムであり、家庭でひどく虐待されて育ったということだ。それからクレアとマーシーの様子を説明し、マーシーが髪型がうまく決まらなかったことで、ひどくいら立っていたことを話した。それからジェイムズ・バトラーとサーマン・ビーティについても説明し、今朝クレアがやってきたときの哀れな姿についても話して聞かせた。続けてボー・ピープ・ミッチェルのこと、救急車に同乗したことを話し、最後にクレアの家の壁に描かれていた落書きについて説明し、マーシーがジギタリスが原因で死んだらしいことを伝えた。

「これで全部よ」口をぽかんと開けているヘイリーとフレッドに言った。「さあ、夕食にしましょう」

三人でテーブルに着くと、電話が鳴った。わたしが出た。

「店の名前は〈フォックス・グレン〉だったわ」メアリー・アリスが言った。

6

翌朝早く新聞を取りにいってダイニングテーブルで読んでいると、フレッドがキッチンに入ってきた。

「何か新しいことが書いてあるかい？」フレッドがコーヒーを注ぎながら訊いた。

「マーシー・アーミステッドの事件について？　ないわ。警察は事情聴取をしたあと、サーマン・ビーティを帰したって」

「あのサーマン・ビーティという男は、アラバマでフットボールをやっていた若者のなかで、いちばん優れた選手だった。パトリシア・アン、きみだって知っているだろう。いや、アメリカ代表選手のなかでも、いちばん優れていた。年間最優秀選手賞をとってもよかったくらいだ。こんな事件に関係しているなんてあり得ない」

「ふーん」わたしはフレッドに新聞を渡し、ふたつのボウルにシリアルを入れて、バナナ半分を切って、そこに加えた。雨が窓に叩きつけている。ウーファーを小屋から引きずり出して散歩に連れ出しても喜ばないだろう。今朝は寝かせておくことにした。

「デイジーを買ってきてくれてありがとう」テーブルの真ん中の青い花瓶に活けられたデイ

ジーは、どんよりした朝のなかで、そこだけが明るく輝いていた。

「いつだって買ってくるさ」フレッドはにっこり笑うと、朝刊をめくった。

「どうして〝ファウルプレー〟って呼ぶのかしら」わたしは見出しを見ながら言った。

「何だって？」

「〝社交界花形の死に殺人(ファウルプレー)の疑い〟」わたしは見出しを読んだ。「〝不正(ファウル)〟っていうのはわかるわよ。でも、プレーっていうのは？」

「野球用語だからな」

「どうして、それを殺人に使うの？」

フレッドは肩をすくめた。「ここにマーシーの祖父は〈ベッドソール鉄鋼〉の故エイモス・ベッドソールだと書いてある。昔はよくクズ鉄を買ってもらっていたんだ。あのベッドソールのじいさんは死んだのか？」

「〝故〟エイモス・ベッドソールよ、フレッド」わたしはシリアルをバリバリかんだ。「ねえ、それも意味がわからないのよね。どうして死ぬと、〝故(レイト)〟ってつくの？　そうそう時間ぴったりには死ねないんだから、遅刻(レイト)したって言われてもね」

フレッドは新聞を置いて、わたしを見た。「きょうの予定は？」

「学校にいってみんなにクリスマスの挨拶をしてから、病院に寄ってクレア・ムーンに着がえを届けるわ。少し買い物もしてくるかも。どうして？」

「こんな天気だから、暖炉のまえで本でも読んでのんびりしたほうがいいんじゃないか」

わたしはうなずいた。「じゃあ、そばにいて」

「無理だ」わたしたちは顔を見あわせた。気をつけてな。あなたもね。

「コーヒーのお代わりは？」わたしは訊いた。

ロバート・アレグザンダー高校まで車を運転する途中、通りがかったセントラル銀行ビルの温度計には七度と表示されていた。冷たい雨は重いこぬか雨に変わり、すべてのものを油のように覆っている。予報どおりに気温が急降下するまえに、雨があがってくれればいいけれど。クリスマス直前に地面が凍ってほしくない。

駐車場に車を入れると、来客用の区画が空いていた。子どもたちが〝いばり虫(チエスティ・マゴット)〟と呼んでいる（ただし、ぜったいに聞こえないところで）チェスリー・マドックス副校長が駐車場をきちんと管理しているのだ。マドックス副校長は痩せていて小柄だが、ダーティー・ハリー並みのにらみが利くので、生徒たちは副校長のことを笑っているときでも内心では震えている。「ほら、こいよ」マドックス副校長ならこう言いそうだ。「教員用でも来客用でも停めてみるといいさ」そんなセリフに応じるひとはいない。

フランシス・ゼイタは電話中だったが、わたしにすわるようにと身ぶりで示した。フランシスの部屋は明るくて陽気な感じだった——もちろん窓はないけれど、チボリ公園と大英博物館と有名な『地球の出』のポスターが壁を明るくしている。

「お待たせ」フランシスは電話を切って言った。「ハグしてちょうだい。会いたかったわ」

フランシスはわたしと同い年だけれど、とても六十歳には見えない。わたしの祖母が

〝凛々しい〟と呼んだ類の女性だ。早々と自分の好みが上品なスタイルであることに気づき、それが功を奏している。髪はダークブロンドでシニヨンにしているが、ときどき編みこみのお下げにしている。服はシンプルなシルクのブラウスに、スカートはストレートかAラインで、たいていはベージュか黒、ヒールの低いパンプスをはいている。イヤリングはパールか金のループ。そして、わたししか知らないことだけれど、数年まえに年下の男性に夢中になって、フェイスリフトの手術を受けている。メアリー・アリスが話していた性の奴隷のひとりだ。恋愛はうまくいかなかったけれど、フェイスリフトはうまくいった。フランシスはとてもきれいだ。

「コーヒーはどう？」お互いの家族について尋ねあったあと、フランシスが言った。フランシスには弁護士のひとり息子がいて、うちのアランの友だちだ。

わたしはいらないと首をふった。

フランシスはうしろに手を伸ばして、書棚から茶封筒を取った。「クレア・ニーダムの資料よ。わたしはクレアのために裁判所にもいったから、そのときの資料も入っているわ。特別に許可されたものは何もないけど。少年裁判所にいけば誰でも見られるものよ」ファイルを差し出した。「パトリシア・アン、クレアに何があったの？」

「いまメモリアル病院の精神科に入院しているの」わたしはクレアにはもう何年も会っていなかったけれど、マーシー・アーミステッドの画廊のオープニングパーティで再会したのだと話しはじめた。すると、そこで話をさえぎられた。

「それって、殺された女のひと？」

　わたしはうなずいた。

「ミス・アメリカのベティ・ベッドソールの娘さんでしょう？」

「メアリー・アリスの話ではそのようね。ふたりとも、どうしてその手のことに詳しいの？」

「まあまあ、落ち着いて。ちょっと待ってよ」フランシスは机をまわりこんできて、開いたばかりのファイルをつかんだ。「ちょっと待って、待ってよ」資料をめくっていく。

「いったい、何なの？」

「やっぱり！　そうだと思った。あなたがくるまえにこの資料を見ていたから、名前に覚えがあったのよ。ここを見て、パトリシア・アン」フランシスが開いたページをわたしの顔の真ん前に突き出した。わたしはファイルを受け取って、目の焦点をあわせた。「ここよ」フランシスが指さした。

　最初にタイプされたリリアン・ベッドソールの名前が目に入った。そのあと、視線を左に動かした。「後見人」

「意味がわからない」わたしは言った。

　フランシスは机のはしに腰をおろし、ファイルを取り返してもう一度見た。「ごめんなさい。話を続けて。名前を聞いてハッとしたものだから」

「リリアン・ベッドソールがクレアの後見人だったの？　リリアンはマーシーのおばさんよね。大おばさんか」

フランシスはうなずいた。「何か繋がりがあるのかもしれないと思ったの。リリアン・ベッドソールは虐待のことを新聞で読んで憤慨して、三人の子どもたちのために裁判所に後見人になることを願い出たの。女の子たちはやっと幸運に恵まれたってわけ」

「弟がいたような気がしていたわ」

フランシスは首をふった。「クレアと五歳下の双子の妹よ。かわいい子たちだった。名前は思い出せないけど」

「三人ともかわいらしかったのね」わたしはぽつりと言った。

「あの子たち、強制収容所か何かに入っていたみたいに痩せていた。双子の妹たちよ。クレアは栄養は取れていたみたいだったけど。たぶん学校に通ってお昼を食べていたからね。でも、双子の妹たちはとうとう児童相談所に収容されるまでは学校にもいかせてもらっていなかったから」

「ただし、クレアは父親から性的虐待を受けていた」

「ええ」フランシスは机から滑りおり、椅子に戻って腰をおろした。「パトリシア・アン、裁判に出るとね、目のまえのひとたちは怪物でも何でもないように見えるのに、そのひとたちが子どもたちにしたことを聞かされると、身体の芯から震えてしまうの」

「そのひとたちは、いまどこにいるの？　クレアたちの両親は」

「ふたりとも死んだはずよ。父親は刑務所で喧嘩して、受刑者仲間に殺されたの。母親はドラッグの過剰摂取」

「それでリリアン・ベッドソールが子どもたちを引き取ったってわけね」

フランシスは椅子の背に寄りかかって、机の上にあった鉛筆をいじった。「勇気がいることよね。子どもって、わたしたちが思うほど立ち直りが早くないから」

「クレアのことを話すわ」わたしは言った。「いま、彼女に起きていることを」わたしは画廊で再会した話に戻り、その場にリリアン・ベッドソールもいたことを伝えた。クレアがとても美しく、痩せてはいたけれど優雅だったことも。そしてクレアがわが家の裏の階段に現れたときの様子を説明し、誰かに殺されそうになったと話していたけれど、それがどうやら本当らしいとも話した。クレアがなぜわたしのもとにやってきたのかは、おととい再会したからではないかということくらいしか思いつかないと。

「安心できるからよ」フランシスが言った。

わたしは肩をすくめた。

「あら、本当よ。教師は生徒の命に対する自分たちの役割を軽視しているのよね」

「そうかもしれない」わたしは話を続け、クレアが倒れたことや、ボー・ピープ・ミッチェルと一緒にクレアのアパートメントにいったことを話した。

フランシスはいまや身を乗り出している。そして落書きについて話しているうちに、その目がどんどん丸くなってきた。

「いやだ！」最後にドアに残っていたナイフの跡の話をすると、フランシスは悲鳴をあげた。

「どういうことだと思う？」

「精神科に入院してよかったということだと思うわよ。しっかり見守ってくれているといいんだけど」

「双子の妹たちはどこにいるのかしら」

「さあ。たぶん、リリアン・ベッドソールのところじゃない？　体力がついてから、私立の学校に通うことになったはずだから」

そのあとフランシスは校長室で行われる保護者会に出なければならず、わたしにファイルを預けて言った。「パトリシア・アン、何かあったら知らせてね。それから、土曜日にお昼を食べましょう。都合はいい？」

「〈ローズデール・モール〉の〈ブルームーン・ティールーム〉はどう？」

「いいわよ。もっと近い場所じゃなくていいの？」

「そこまでいく価値があるのよ。保証するわ」

フランシスが出ていくと、わたしはファイルを開いて読みはじめた。教師たちによれば、クレアは静かで、従順で、けがをしやすく（痣が多いせいで、こんな記述になったのだろう）、空想に耽り、授業中の居眠りが多いとある。いじめの対象になっていたことも多く、〝言い返して反撃すべき〟と促した教師もいた。衛生的な習慣の不足（翻訳すれば、風呂に入って服を洗濯すべきという意味だ）と両親が保護者会に出席しないことを指摘する記述もいくつか見られた。

それは虐待あるいは少なくとも育児放棄されている子どもの典型的な姿だった。教師は子どもたちにとって安心できる存在だと、フランシスは言ったのに？　わたしは目に浮かんできた涙を拭った。

　クレアが美術クラブ以外の課外活動に参加していなかったことは、アルバムを見て知っていた。成績はリリアン・ベッドソールが後見人となってからあがったものの、ＡＣＴの結果はまずまずの二十三点だった。

　わたしはフランシスの机にファイルを置き、ドアの鍵をしめて部屋を出た。何を探しにきたのか自分でもわからなかったけれど、自分を頼って逃げてきた怯えた女性のことを理解したかったのかもしれない。結局、何が見つかったのかはわからず、さらに疑問が増しただけだった。まずベッドソール家との繋がりが大きな疑問だった。マーシー・アーミステッドを殺した犯人がクレアも殺そうとしたというのは筋が通る話なのだろうか？　そうだとしたら、最大の疑問が浮かんでくる。それが事実なら、いったいなぜ殺そうとしたのか？

　わたしは職員室の女性たちに手をふって挨拶し、楽しい休暇になりますようにと伝えた。

「あなたがいなくて寂しいわ」彼女たちが口々に言った。

「わたしもよ」本音だった。六十歳で退職したことが正解だったのかどうか、いまでも百パーセントの確信はない。

　きょうは一日雨のようだが、これ以上冷えこむことはなさそうだ。わたしは駐車場ビルに車を停めると、ガラス張りの歩道橋を渡った。下では救急車が猛スピードで丘をのぼり、救急救命室に向かっていく。

精神科病棟はきのうと同じように明るく輝いていたが、吹き抜けを照らしているのは自然光ではなかった。わたしはコニーが勤務中かどうかを確認し、コニーがいなければ、見舞いができるように身元を確認してもらうために、ナースステーションに向かった。

「クレアがいないんです」うしろから声がした。ふり返ると、コニーが薬剤がのったトレーを持って立っていた。「ミセス・ホロウェルですよね？」

わたしはそうだと返した。「いないって、どういうこと？」

「出ていったんです。夜のあいだに」

「ひとりで？」

「誰かと一緒でなければ」わたしは本気で言っているのかどうか確かめるためにコニーを見た。本気だった。

「寝間着を持ってきたんだけど」わたしはビニール袋を掲げてみせた。

「いただいておきましょうか？」

「クレアのために持ってきたのよ」

「預かっておきましょうか、という意味です。つまり、クレアが戻ってくるまで」

「戻ってくるかしら？」

「おそらく」

そのときになって、クレアが精神科からいなくなったのはコニー看護師の責任なのだと気がついた。「何があったのか教えて」

「今朝、係の者が朝食を持っていくと、もういなかったんです。わたしにはそれしかわかりません」

わたしは急に心配になった。「警察には連絡したの？」

「ええ、もちろん。ボー・ピープがきています」

「ボーは何と？」

「〝これ以上ないくらい安心〟なんてこんなものねって。あなたがきたらボーに電話をするよう伝えてほしいと言われました」

「ありがとう」

「いいえ」

わたしはきのうのコニーはこんなにぼんやりしていただろうかと、思い出そうとした。トレーにはたくさんの薬剤がのっていた。もしかしたら、睡眠薬に手を出しているのかもしれない。

わたしが電話をかけると女性が出て、ミッチェル巡査は不在だと言った。彼女はわたしの名前を聞いて折り返し連絡させると言った。わたしは自宅の電話番号を伝えた。わたしが公衆電話を使っている正面ロビーからは気が滅入るような天気が見えた。人々が駐車場を足早に歩いて車にたどり着き、ドアのまえで濡れた傘をどうすべきか迷っている。クレアもこの外のどこかにいるのだ。とまどい、体調を崩し、コートも靴もなく。ああ、もう！　わたしは電話機の下の壁を蹴った。こんな事件を起こした大ばか者のせいよ！　結果として、靴を傷つけ、爪先を痛めただけだった。

いまや、わたしの気分は天気と同じだった。電話をかけるのに二十五セント硬貨を使い果たしてしまったので、足を引きずりながらギフトショップにいってミントを買い、駐車場ビルで使う二十五セント硬貨を釣りでもらった。ドアの近くに両替機があったけれど、側面を叩いている男がいて、あまりいい予感がしなかったのだ。それにギフトショップのドアには〝購入以外での両替はご遠慮ください〟という手書きの表示が貼ってあった。ケチッ！

駐車場ビルの出口にある計器に二十五セント硬貨を三枚入れると、遮断バーがゆっくりあがりはじめた。バーが充分な高さまであがるとすぐに車を走らせた。下を通っているときに、バーが車の真ん中にガツンと落ちてくるのではないかと心配でたまらないのだ。メアリー・アリスに告白してしまうほどに。そんなことが起きるはずはないと、シスターが安心させてくれたか？　とんでもない。メアリー・アリスは遮断バーで首を切られたひとの話を聞いたことがあると言い放った。その話はたぶん嘘だろうけれど、わたしは遮断バーを無事に通過できると、いつもほっとするのだ。

わたしは左にまがって、家へ向かった。クレアが消えたという事実がまだうまく呑みこめない。クレアは鎮静剤を投与されていたので、それほどひどくはないにしても、正常な判断力を損なっていたのだろう。お金もなければ、コートも、靴も身に着けていない。それに点滴を取り付けられていたのだ。点滴をはずしたとすれば、暴風雨の凍える夜のなか、歩いて病院の外に出ていったのだろうか？　もうひとつの可能性については考えたくなかった。何者かに、おそらくはナイフをふりまわしていた者に抱きかかえられて連れ去られたという可能性だ。でも、あり得る。クレアはとても小柄で、か弱い女性なのだから。看護師たちさえ、クレアをしっかり見張っていてくれていたら！

家へと帰る道すがら、わたしは指を交差させながら、もしかしたらクレアがわたしの家にいるかもしれないと期待した。でも、いなかった。ウーファーが犬小屋から飛び出してきて挨拶をすると、またすぐに戻っていった。ウーファーはばかじゃない。留守番電話を確認してもメッセージは一件も残っておらず、いつものようにがっかりした。わたしはメアリー・アリスに電話をかけた。

「クレインでございます」明るく若々しい声が答えた。

「ミセス・クレインをお願いします。わたしは妹です」

「申し訳ありません。ミセス・クレインはただいまお留守です。わたしは〈マジックメイド〉社のティファニーです。ご伝言があればお伝えしますけど」

「わたしから電話があったことだけ伝えておいて」

「かしこまりました。それでは失礼いたします」

「さようなら」わたしは電話を切ると、受話器をじっと見つめた。〈マジックメイド〉社のティファニー？　ティファニーがトイレをごしごしするの？　ティファニーは手っ取り早くお金を稼いでゆくゆくは権力を握るようになるのかもしれない。それに清掃業が重労働の立派な仕事だと認められてもいい頃だとは思う。でも、それでもティファニーですって?
わたしの家にも〈マジックメイド〉社のティファニーが間違いなく必要だった。わたしはジーンズをはいて、作業に取りかかった。ベッドのシーツを換えて、山盛りの服を洗濯した。便器に洗浄剤をまき、掃除機をかけにいった。そしてプラグにコンセントを差しこもうとしたとき、電話が鳴った。

「ミセス・ホロウェルですか?　ミッチェルです。電話をいただきました?」

「何を言ってるのよ、ボー・ミッチェル」わたしは言った。「クレア・ムーンが行方不明になっていることは知っているのよ」

「病院にいったんですね」

「コニーと話したの。いったい、どうなっているの?」

「わかりません」

「マーシー・アーミステッドが殺されたってことは、きのうの時点でもう知っていたんでしょう?　それで同じ犯人がクレアを襲ったと考えた」

「可能性はあります」

「〝可能性はある〟というのはどういう意味?」ぴんときた。「そばに誰かがいて、話せないのね。そうなの?」

「そうです」

またしても、ぴんときた。「警察が病院からクレアを連れ出したの?　もっと安全な場所に移したのね」

「ちがいます」

「それなら、クレアはどこにいったのよ？　あの子は具合が悪いのよ、ボー・ミッチェル」

「理解しています」

「だんだん心配になってきたわ。ねえ、ロボットみたいに話さなくてすむようになったら、電話をしてきて」

わたしは電話を切り、掃除機をコンセントにつないで、絨緞に掃除機をかけた。〈マジックメイド〉のティファニーだって感心するくらいに。それから埃を払い、洗った服を乾燥機に入れ、クリスマスカードを何枚か書こうかと考えた。でも、そんな気分ではなかった。テレビをつけて天気予報を見ると、気温は三度まで下がったという。そうだ、クッキーを焼こう。わたしは息子たちがいつもクリスマスに食べたがるフルーツのドロップクッキーをつくることにした。冷凍しておけば、クリスマスに食べられる。

わたしは勝手口の外に目をやった。クレアが階段にすわっていたらいいのにと思いながら。もちろん、クレアはいなかったけれど。わたしはスパイスを利かせた紅茶をいれて、クッキーづくりを開始した。果物の入った容器を持ってくると、気分が高ぶるのがわかった。砂糖漬けにした果物の色は、どれひとつとして自然に存在するものはなく、とても刺激的だ。赤や黄色はまだ自然の色に近いけれど、緑色だなんて！　まさに芸術品！

わたしはレシピの二倍の量がつくれるように、いちばん大きなボウルを手に取った。うちの家族はフルーツケーキは食べないのに、同じ材料でつくったフルーツ・ドロップクッキーは魔法のように消えてしまう。いまからつくってしまったら、クリスマスまえにまたフルーツ・ドロップクッキーを焼くはめになりそうだ。

わが家には料理上手がいないので、張りあわなければならない相手がおらず、それが気楽でよかった。母は感謝祭の日とクリスマスにだけつくってくれたフライドチキンとコーンブレッドの添え物（ドレッシング）が得意で、フレッドはわたしと結婚したのは、そのためだったと言っている。母はレシピを残していなかったけれど、わたしは母が調理しているところをよく見ていたので、つくり方はわかると思っていた。でも、そうじゃなかった。母が亡くなったあとに初めて迎えた感謝祭は、ひとりの人間が本当に逝ってしまったことを実感した瞬間だった。わたしたちはドレッシングをつくるにおいが恋しくて、一日じゅう悲しみに沈んだのだ。母が恋しくて。祖母の場合はメレンゲがたっぷりのったスイートポテトパイだ。遺されたわたしたちはどちらも正確なレシピではつくれないけれど。母も祖母も得意料理以外にもまずまずおいしいものを家族に食べさせてくれたし、それで充分だった。

フルーツ・ドロップクッキーはわたしが覚えているかぎり、ずっとまえから家族に伝わっているレシピだった。わたしは毎年レシピカードを取り出して、母が几帳面な字でつづった指示にしたがうのだ。最後の一文にはこうある。「クッキーの種をかきまぜるので、友だちと一緒につくるのが最善の方法」機械を使うより楽しいからだけれど、きょうはハンドミキサーでがまんしなければならない。わたしは紅茶を飲み、ラジオを『ゴールデン・オールディーズ』にあわせて、ナツメヤシの実とチェリーとパイナップルとペカンを刻みはじめた。

わたしはドリス・デイと一緒に鼻歌をうたいながら、クリーム状になるまでバターを練り、バニラとレモンとオレンジのエッセンスを加えた。クッキーを焼くのにぴったりの歌だわ、ドリス。またレコードを出せばいいのに。シナモンとナツメグとクローヴと砂糖を入れる。次に小麦粉。それを細かく刻んだ果物の入ったボウルに移す。さあ、親友のハンドミキサーさん、混ぜてちょうだい。

そして一回で焼く分を大きなボウルに入れると、もう一回同じことをくり返した。するとラジオからローカルニュースの最新版が流れはじめたが、どれも国際的に有名な芸術家マーシー・アーミステッドの殺害事件に関することばかりだった。夫である元フットボール全米代表選手のサーマン・ビーティを事情聴取、国際的に有名な芸術家であり、元ミス・アメリカのベティ・ベッドソールが町に到着、元ミス・アメリカである美しいベティ・ベッドソールの義理の息子サーマン・ビーティが……云々。

「ああ、もううんざり」わたしはラジオに手を伸ばし、また音楽が流れはじめるまでボリュームを下げた。マーシー・アーミステッドは若くて美しく、才能があり、この先にまだ人生が残されているはずだった。どんなに有名だったとしても――そのことに疑問はあるけれど――関係ない。どんなひとたちであれ、家族には身内だけで悲しむ権利があるはずだ。マスコミはその権利を否定しているようだけれど。

オーブンを百六十度に予熱して、クッキングシートにティースプーン一杯ずつの種を落とした。それからタイマーをかけて、もう一杯紅茶をいれて、本を読むために居間に入った。名著勉強会に備えて『リア王』を読み直すつもりだったのだ。でも、コーヒーテーブルに置いてあったトニイ・ヒラーマンの新作を見たらがまんできなかった。とりあえず、リア王に起こったことは知っているから。

二十五分後にタイマーが鳴って、ヒラーマンの描くナヴァホ・ネイションから戻った。そして仕方なく本を置いて、クッキーを取り出しにいった。はしがちょっぴり焦げたけれど、出来は最高。ナヴァホ・ネイションでは、愛するエマが死んでしまったいま、誰がジョー・リープホーン警部補にクリスマスのクッキーを焼いてあげるのだろう？

玄関の呼び鈴が鳴り、驚いて現実の世界に引き戻されたわたしは、危うくクッキングシートにのったクッキーを落としそうになった。窓の外に目をやると、雨はまったく弱まっておらず、日は暮れはじめている。宅配便か、ボー・ピープ・ミッチェルかもしれない。わたしはふきんで手をふいて、玄関に出た。

「ミセス・ホロウェル？」

ドアの外に立っている女性を見ても、初めは誰なのかわからなかった。画廊のオープニングパーティで一度会ったきりなのだから、仕方ない。

「リリアン・ベッドソールです。おじゃましてもいいかしら？」

驚いた。「ええ、もちろん」ドアを開けた。

「すっかり濡れてしまって」リリアンはなかに入るのをためらった。おとぎ話から抜け出たように見えるけれど、高級なデザイナーズ・ブランドに間違いなしといった赤いフード付きのレインコートを着ている。手にしている紅白のストライプの傘からは、ポーチに滴がたれている。

「傘はこちらに」わたしは言った。「どうぞ、入ってください」

リリアンは傘を閉じて、なかに入った。「まあ、すてきな帽子掛けだこと」わたしが濡れた傘を入れると、リリアンは帽子掛けをほめた。

「祖母の形見です」わたしは言った。「コートをお預かりしても?」

リリアンが赤いフード付きレインコートを脱ぐと、わたしは初めて彼女をきちんと見た。リリアンの顔は引きつっていたけれど、それは何度もフェイスリフトの手術を受けたせいではなく、不安と睡眠不足が原因のようだった。目の縁が泣いたばかりのように赤く腫れている。リリアンはとても老け、すっかり疲れきっているように見えた。黒いタートルネックのセーターを着ているせいで肌のしみが目立ち、かつてはストロベリーブロンドだった髪はいまでは完全なオレンジ色に変わっている。

「なぜこちらにうかがったのか、怪訝に思われているでしょうね」リリアンは言った。

「お話は居間で」わたしは言った。「スパイスを利かせたお茶を飲むところだったんです。いかがですか?」

リリアンはため息をついた。「ええ、喜んで」

居間に通すと、リリアンはソファに沈みこむようにしてすわった。「いいにおいがするわ」

「クリスマスのために、フルーツ・ドロップクッキーをつくっていたんです」

「それなら、どうぞクッキーづくりを続けて」

「ちょうど、きりがいいところだったので」

リリアン・ベッドソールはうなずいた。わたしはキッチンにいって、紅茶をいれるためにヤカンでお湯を沸かし、引き出しからへらを取り出した。クッキーは一枚もくっつかずに完璧にはがれた。一個、食べてみた。おいしい。わたしは数枚を皿にのせて居間まで持っていった。

「このエイブ、すてきだわ」

ふり返ると、リリアン・ベッドソールは絵のまえに立っていた。

「彼の娘さんからもらったんです」わたしは言った。

「あの髪。ソファから見たとき、まさかあり得ないと思ったのだけれど、やっぱり本物なのね。すばらしいわ」

「ありがとうございます」ああ、フレッドに聞かせたい。わたしは紅茶を注ぎ、カップとクッキーをトレーにのせて居間に持っていった。

「まあ、おいしそう」リリアン・ベッドソールはソファに戻ってきて腰をおろした。そしてクッキーを一枚取って、じっと見つめた。「母がよく焼いてくれたわ」

わたしはリリアンの隣にすわった。「南部で昔からつくられてきたレシピですね」

「ええ」リリアンがクッキーをかじり、わたしもかじった。そしてリリアンが紅茶を飲み、わたしも飲んだ。リリアンは天窓を伝う雨を見あげた。

わたしはつい口を滑らせた。「クレアを捜しているのでしょう？」

「ええ」

「わたしにはわかりません」

リリアンはため息をついた。「クレアはわたしの里子なの。あなたならクレアから何か聞いているんじゃないかと思って。きのうクレアがこちらにきて、あなたが病院に運んでくださったと聞いたものだから」

「ミズ・ベッドソール、クレアがどうしてうちにきたのか、まったくわからないんです。十年以上まえにクレアを教えていましたけど、おとといの夜に画廊で再会するまで一度も会っていませんでしたから」わたしはクッキーを置いて続けた。「姪御さんが亡くなられたこと、お悔やみ申しあげます」

リリアンは未来が読み取れるかのように、紅茶をじっと見つめている。「ありがとうございます。マーシーが死んでしまったなんて、まだ信じられなくて」しばらくしてから、こう言った。「クレアのことを教えてください。女性警察官の話では、クレアは気を失ったのだとか」

救急救命士から聞いたことをそのまま伝えられればいいのだけれど。クレアはストレス信号を出せなかった。それがクレアの状態を正確に言い表している。でも、リリアン・ベッドソールにはそれだけではたりない。わたしはクレアの家の壁の落書き以外のことをすべて話した。落書きのことはボー・ピープ・ミッチェルにまかせればいい。わたしはただ家が荒らされていたことだけを伝えた。

リリアンは質問をはさまずに黙って聞いていた。そして話が終わると、身を乗り出してティーカップをテーブルに置いた。「ミセス・ホロウェル、クレアの状態をどうお思いになる?」

「よくないと思います」このひとも、わたしがどう思うかって訊くわけ? わたしは急に腹が立ってきた。「クレアの状態については、あなたが知っておくべきではありませんか、ミズ・ベッドソール?　クレアはあなたの里子なんですから」

リリアンがわたしを見た。「クレアはわたしの大姪なんです、ミセス・ホロウェル」

「それはマーシーだと思っていましたけど」

「ええ、マーシーもクレアも大姪なの」

「おっしゃっていることがわかりません」

「この話に関わっていたひとたちはもうほとんどこの世にいないし、わが家が秘密にしてきたことなんて、いまの社会では問題にもならないでしょうからね」

わたしはリリアンをじっと見て、その先を待った。いったい何を話そうとしているのか、まったくわからない。

「ミセス・ホロウェル、わたしの兄エイモス・ベッドソールは〈エリートカフェ〉でウエイトレスをしていた娘と駆け落ちして結婚したことがあるんです。兄が十八歳のときでした。とてもきれいな娘だったわ。エイモスが彼女を連れてきた夜に、一度会っただけでしたけど。彼女の父親は炭鉱夫で、アメリカ人でさえなかった。ユーゴスラヴィアかどこかの出身でした」

「とにかく――」リリアンは身を乗り出した。「――ふたりが誓いの詞を口にしてまもなく、結婚は無効にされました。たぶん、父が買収したんでしょう。彼女は決して金めあてではなかったと思いますけど。結局エイモスは大学にいき、エドナと結婚して、ベティが生まれた。そして父の会社に入って、経営を引き継ぎました。正直に言うと、わたしはその娘さんのことは忘れかけていました。デイニアという名前でした。とてもきれいな娘で」リリアンはもう一度言った。

リリアンはしばらく黙ったまま、遠くのデイニアを見つめていた。それから大きく息を吸って話を続けた。「十六、七年まえにデイニアがエイモスの会社に現れたの。彼女はがんを患っていて余命わずかで、自分たちには娘がいると言って。エイモスがどんな気持ちだったか、誰にもわからないでしょうね。ミセス・ホロウェル、兄は誠実なひとでした。だから、もし子どもができたと知っていたら、ぜったいにデイニアのもとに残ったはずよ。でも、デイニアが兄のもとを訪れたのは娘のためではなくて、孫たちのためだった。デイニアは長年フロリダに住んでいたから、娘が結婚してどれだけひどい目にあっていたのか知らなかったのね。エイモスに話したところでは、孫たちを見て助けが必要だと感じて、役所の青少年課に連絡したそうよ。そうしたら、カウンセリングを勧められたって。信じられる？　食べ物を与えられずに乱暴されている子どもたちに、カウンセリングを勧めるなんて」リリアンは首をふった。「虐待はデイニアの予想以上にひどかったの。デイニアが実情を知らずに亡くなったのは幸いだったたって、エイモスはいつも話していたわ」

「お兄さまはどうしたんですか？」わたしは訊いた。

「真っ先に妻のエドナに話したわ。エドナはいいひとだったのよ、ミセス・ホロウェル。それから、その日のうちに児童相談所の職員を孫たちの家にいかせた。そのあとのことはご存じよね」

「娘さんのお名前は？」

「エリザベス。エイモスは彼女を薬物依存症のリハビリ施設に入院させたの。でも、退院してすぐにドラッグの過剰摂取で死んでしまった」

わたしはポケットからティッシュペーパーを取り出した。ああ、やりきれない。

「お兄さまには偶然にもエリザベスという名前の娘さんがふたりいたんですね」

「ええ。ベティの本名はエリザベスだから」

わたしは涙を拭った。「クレアは知っているんですか？　自分がエイモス・ベッドソールの孫娘だということを」

「ええ」

「クレアの妹さんたちはどうしているんですか？　双子の」

リリアンが微笑んだ。うれしそうな表情が浮かんだのは初めてだった。

「グリンとリンは高校を卒業した日に家を出ていったわ。いまニューヨークでモデルをしているの。ときどき双子が出てくるコマーシャルがテレビで流れるのよ。もちろん、ふたりもクレアと同じようにカウンセリングを受けたけれど、お医者さまの話では、あの子たちはお互いがいたことで、まわりの環境から自分たちをある程度は守れたんじゃないかって。少なくとも、精神的な意味では。栄養失調ではあったけれど」

「それで、あなたがお兄さまのために子どもたちを里子にしたんですね」

「あの子たちを里子にしたのはわたしのためよ、ミセス・ホロウェル。とにかく、いまはクレアを見つけないと。あの子はまだ若いのに、マーシーが死んで、また辛い思いをすることになってしまったから」

「ご主人を亡くしたと、クレアから聞きました」

リリアンはうなずいた。「高速道路で、恐ろしい悲劇だったわ。彼が亡くなって、クレアはすっかり参ってしまって」

ヘイリー。ヘイリー、あなたならわかるわね。

天窓にあたる雨が急に音をたてはじめた。わたしたちは天窓を見あげた。「みぞれだわ」わたしは言った。

「まあ、たいへん。帰れるうちに帰らないと」リリアン・ベッドソールは立ちあがった。黒のタートルネックのセーターを着ているせいで、骨粗鬆症で背中がまがっているのが目立つ。

「何かわかったら連絡します」わたしはリリアンにレインコートを着せながら言った。

「こちらにうかがったということは、クレアがあなたを頼っているということだから」

「ふと頭に浮かんだだけでしょうけど」

「でも、どうしてわたしを頼ってくれなかったのかしら」リリアンはオレンジ色の頭にフードをかぶりながら言った。

わたしも同じことを思っていたけれど、口にはしなかった。「お気をつけて。まっすぐ帰ってくださいね」

リリアンは傘を持った。「生まれてからずっとこの町に住んでいるのよ。凍った道には慣れているわ」

わたしは赤いレインコートとすべすべした顔を見た。ここにもひとり、気骨のある女性がいた。「とにかく、気をつけて」

玄関を閉めると、キッチンにいって残りのクッキーを焼き、リリアンから聞いた話について考えをめぐらせた。ベッドソール家の秘密については、リリアンの言うとおりだろう。世間の倫理観は確かに変わった。わたしはエリザベスという名のふたりの娘のことを考えた。ひとりは夫に虐待されて薬物依存になり、もうひとりはミス・アメリカに選ばれて、いまは映画界の大物とハリウッドで暮らしている。そしてエリザベスという名の姉妹は、どちらも娘を失っている可能性がある。

わたしはクッキーをオーブンに入れ、フレッドに電話をかけてチーズを買ってきてくれるよう頼んだ。それから暖炉をつけて、ヒラーマンの本を手にした。でも今回はナヴァホ・ネイションにはそれほど心を惹かれなかった。

7

フレッドが帰ってきたときには、みぞれはまた雨に変わっていた。ふたりで暖炉のまえのクッションにすわって鶏肉のアーモンド衣揚げと小海老の甘酢ソースを食べながら、わたしはリリアンが訪ねてきたことを話した。

「それで、リリアン・ベッドソールはその子がきみに連絡を取ってくると思ったのか？」

「ええ」

「いったいどうやったら、そんなふうに病院から歩いて抜け出せるんだ？」

「簡単よ」わたしはコニー看護師のことを思い出して言った。「問題はクレアが服もお金も持っていなかったことなの。それじゃあ、どこへもいけないでしょう？」

フレッドが立ちあがって、コーヒーをふたつ持ってきた。「リリアン・ベッドソールはどんなひとだった？」

「感じがよかったわよ。弱々しくて、とても心配していたわ」

「聞いたところでは、心配するのももっともだからな」スプーンとダイエット甘味料を渡してくれた。「クレアと妹たちはエイモス・ベッドソールの遺産をいくらか相続したのか？

かなりあったはずだぞ」

「したと思うわ。クレアは高そうなアパートメントを持っているし、格好だってビシッと決まっていたもの」

「なあ、ありがたいことに、今回の件はうちとは関わりのない問題だ」フレッドは言った。

「でも、その子を心配せずにはいられないんだろうな」

どちらも何も話さずに暖炉を見つめていると、フレッドがとつぜん叫んだ。「うわっ！」急に立ちあがったせいで、コーヒーが少しこぼれた。

わたしが驚いて見あげると、胸の電飾を陽気に光らせたミセス・サンタクロースが居間の戸口に立っていた。

「こんばんは」シスターが言った。

「メアリー・アリス、ノックくらいできないのか。ここでナニをしていたかもしれないんだぞ」フレッドはナプキンでコーヒーを拭った。

「していたら、よかったのに」メアリー・アリスはコートを椅子にかけると、暖炉のまえにきた。「いいにおい」わたしたちの皿を指して言った。「それは何？」

「小海老の甘酢ソースと鶏肉のアーモンド衣揚げ」わたしはフレッドにナプキンを渡した。

「まだ、ある？」

「キッチンに」

「お腹がぺこぺこなのよ」メアリー・アリスは食べ物を取りにいった。

フレッドににらまれ、わたしは肩をすくめた。「いったい、どうやって入ったんだ?」フレッドがメアリー・アリスに訊いた。

「勝手口よ。どっちがおいしいの? 海老? それともチキン?」

「海老ね」

「虫歯の神経みたいにいらつくな」フレッドがぶつぶつ言った。

わたしはもう一度肩をすくめた。フレッドとメアリー・アリスの小競りあいを四十年以上も目にしていれば、たいていのことでは動じない。

「醬油はないの?」メアリー・アリスが呼びかけてきた。

「ない」フレッドが答えた。

「冷蔵庫のドアを見て」わたしはコーヒーを飲んだ。「おいしい」フレッドに言った。

「冷蔵庫に醬油を入れておくひとなんていないわよ」キッチンから声がする。

「パトリシア・アンは入れるんだ」

わたしはコーヒーを飲んで、足を暖炉のほうへ伸ばした。

「あーあ、またなの」メアリー・アリスはフレッドとわたしがすわっているクッションのあいだにキッチンの椅子を持ってきて、腰をおろした。「ふたりとも、そんなところにすわっていたらくつろげないわよ」

「わたしたちは身体がやわらかいんだ」フレッドは証明するために、手を伸ばして爪先に触れた。関節痛のクリームはどこに置いたかしら。

「あなたのサンタクロースはどこ？」わたしは訊いた。

「ポーカーをやっているわ」メアリー・アリスは皿の料理にフォークを刺した。「これ、おいしいわね」

「お気に召してよかった」フレッドは軽々と立ちあがり、野球を見にいくと言った。

「野球って、どこの？」シスターが訊いた。

「アトランタ・ブレーブス対モントリオール・エクスポズ」

わたしはコーヒーを飲んだ。

「あら、まあ」メアリー・アリスが言った。「野球シーズンって、毎年どんどん早くなると思わない？」フレッドが廊下の向こうに消えるのを見送りながら言った。「パトリシア・アン、フレッドって利口ぶるのよね。あんたがどうしてがまんできるのか不思議だわ。ねえ、春巻きは買わなかったの？」

「食べちゃった」

「あんたも丸々一本食べたの？」

「ええ」

「奇跡ね。クレアは見つかった？」

「行方がわからなくなったことを、どうして知っているの？」

「ショッピングモールでボニー・ブルーに会ったのよ」

「ボニー・ブルーはどうして知っているのかしら」

「サーマンがジェイムズに話して、ジェイムズがボニー・ブルーに話したのよ」

「サーマンはどうして知ったの？」

「そんなこと、わかるはずないじゃない」

何だかお笑いコンビ〝アボットとコステロ〟の掛けあいみたいになってきた。わたしは空のコーヒーカップを炉床に置いて、クレアの病院へいったこと、クレアが自ら歩いて病院を抜け出したのか、何者かに連れ去られたのか、誰にもわからないことを話した。そしてクレアがエイモス・ベッドソールの孫娘であり、リリアン・ベッドソールの里子であることと、きょうの午後リリアンがこの家を訪ねてきたことも話した。

「よかった。それならクレアはきっと保険に入っているわね」シスターは言った。

「入っているはずよ。問題はクレアがいま生きているかどうかということだけど。クレアが『あいつらがマーシーのところへいったのよ』と言ったあとに気を失ったのを覚えている？確か、クレアはそう言ったわよね？」

「そのとおりの言葉よ」

「マーシーが殺されたのなら、クレアはその犯人を知っていて襲われたのかもしれない」

「でも、どうして？」

「わからない」わたしはそのなかに答えがあるかのように、暖炉の火を見つめた。

「あたしはあんたが知らないことを知っているわ」メアリー・アリスは言った。「マーシーがどうやって殺されたか」

「ジギタリスでしょ」わたしは言った。「それで心臓発作が起きたのよ」

「あたしは犯人がマーシーにジギタリスを摂取させた方法も知ってるの。ディーエムソーよ」

「何ですって？」

メアリー・アリスは空の皿を渡して寄こした。「はい」わたしは炉床の上のコーヒーカップの隣に置いた。「ディーエムソーよ」

「その〝ディーエムソー〟っていうのは何なの？　ねえ、シャツがチカチカ光るのを止められない？　まぶしくて仕方ないのよ」

「無理。見なければいいじゃない」メアリー・アリスはそこで口ごもった。

「それで？」

「ジメチルスルホキシド、略してＤＭＳＯという物質があってね、透明の液体で、皮膚にすりこむと、混入した物質が体内に吸収されるのよ。マーシーはそのＤＭＳＯを使われたわけ」

「まだ何を言っているのかわからないんだけど」

「いいわ、説明してあげる。あたしたちが画廊に着くまえ、マーシーの髪がすごく乱れていて、直しにいってたのを覚えてるでしょ」

「ええ、覚えている」

「遺体を解剖したら、ＤＭＳＯが――そのジメチル何とかが――見つかったので、画廊を捜索したら、ヘアムースの缶から出てきたんですって。ジギタリスを混入したやつが」

わたしはいまや背筋をぴんと伸ばして聞いていた。「ヘアムースに入っていたジギタリスがマーシーの身体に入ったってこと？」

「DMSOされてね」

「やめてよ、シスター。そんな言葉はないわ！」

「なら、つくるべきよ」

わたしはしばらく考えてから口を開いた。「そのDMSOという物質は、皮膚から浸透して薬剤を運ぶ役割を果たすということ？」

シスターはうなずいた。

「つまり、マーシーは髪にヘアムースを噴きかけて、その成分が頭皮についたときに、ジギタリスを吸収してしまったってことね」

「そのとおり。たぶん両手でもみこんだんでしょうから、きっと手からも入ったはずよ」

「ひどい話ね。これは誰から聞いたの？」

「サーマンがジェイムズに言って、ジェイムズがボニー・ブルーに言ったのよ」

「フレッド！」わたしは叫んだ。

「何だ？」

「ちょっと、こっちにきて。大切な話だから」

フレッドが戸口までできた。「何なんだ？」

「ＤＭＳＯっていう言葉を聞いたことがある？」

「ディーエムソー？　いや。何だ、それ？」

「マーシー・アーミステッドを殺したものよ」メアリー・アリスが言った。「混入した成分を皮膚から浸透させるの」

「マーシーの場合は、ジギタリスが混入していたのよ」わたしが付け加えた。

「聞いたことないな」フレッドはそう言うと、また廊下の向こうに消えていった。

「あたしがそんなことをでっちあげられると思う？」メアリー・アリスが怒鳴った。

「ああ」フレッドが怒鳴り返した。

「利口ぶるんだから」シスターがぶつぶつ言った。「マウス、カップを取って。コーヒーをいれてくるから」

「ヘイリーに電話してみるわ」わたしは言った。「耳にしたことがあるかどうか訊いてみる」

「クッキーも持ってくるわね。立ちあがるのに手を貸しましょうか？」

「けっこうよ」勢いよく立ちあがると、筋肉がバイオリンの弦のように弾かれた気がした。関節炎のクリームはナイトテーブルの引き出しかもしれない。わたしは電話機までよろよろと歩いて、ヘイリーの番号にかけた。

「もしもし」娘が出た。

「ヘイリー、ＤＭＳＯって言葉を聞いたことがある？」

「ないと思うけど。ママ、こっちからすぐにかけ直すわ。いま、キャッチホンで取っているから」

わたしは電話を切って、受話器をじっと見た。「こういうときって、少し傷つかない？」クッキーを片手にいっぱい持って居間に戻ってきたメアリー・アリスに訊いた。「子どもたちに保留にされたり、忙しいからあとでかけ直すと言われたとき」

「傷ついたりしないわよ。何で傷つくの？」

「わからない。でも、傷つくのよ」

「あたしはそんなんじゃ傷つかないわ」メアリー・アリスがクッキーを一枚くれた。「これ、おいしいわね」ランプをつけてソファに腰かけた。「ということで、クレアはマーシーのいとこってことね」

「半いとこね」

「どうしたら〝半いとこ〟になるわけ？」

「だって、おばあさんがちがうから」

「それでも、いとこよ」

シスターはクッキーを丸ごと口に放りこんだ。「でも、ベッドソール家のひとり娘でミス・アメリカのベティ・ベッドソールには半姪が三人もいるなんて、簡単には納得できなかったはずよ。そういえば、きょうの夕刊の一面にベティの写真が載っていたわ」

「口を食べ物でいっぱいにしてしゃべらないで。それに半いとこだっておかしいんだから、半姪だって変よ」幸いにも、そのとき電話が鳴った。

「ママ？　さっきはごめんなさい。ジェド・リユーズと話していたものだから。警察のダンスパーティに一緒にいくの」

わたしは送話口を片手で押さえた。「ヘイリーはジェド・リユーズと警察のダンスパーティにいくらしいわ」シスターに伝えた。

「やったわね。さぞかし大規模なダンスパーティなんでしょうね？」

「ママ？」

「聞いているわよ。シスターおばさんと一緒にね。警察のダンスパーティはどのくらいの規模なのか知りたいみたい」

「おばさんが知らないなんて、びっくり」

その言葉を伝えると、メアリー・アリスは笑った。

「わたしたちが訊きたかったのは」ヘイリーに言った。「ＤＭＳＯという物質に聞き覚えがあるかということなの。ジメチル何とかという物質だって、シスターおばさんは言っているんだけど」

「調べてみる。薬理学の教科書がこのあたりにまだ二冊あるはずだから。どうして、そんなことを知りたいの？」

「警察はそれがマーシー・アーミステッドを殺した方法だと考えているって、サーマン・ビーティがジェイムズ・バトラーに話して、ジェイムズがボニー・ブルーに話して、ボニー・ブルーがメアリー・アリスに話したのよ」

「ジゴキシンのせいだと思っていたけど。つまり、ジギタリス」

「ジギタリスを体内に運ぶ方法として使われたってことなの。このDMSOという物質は混ざっている物質と一緒に皮膚から吸収されるんですって」

「へえ。それじゃあ、調べてみるわね。四、五分でかけ直せると思うから」

「調べてくれるって」シスターに言った。

わたしたちはふたりともコーヒーテーブルに足を乗せて、夕刊を一枚ずつ持って読んだ。

「ここにベティ・ベッドソールの写真が載ってるわ」シスターが一面を差し出した。「いまでもきれいじゃない？」カメラマンに名前を呼ばれ、ふり返ったところを撮られたような写真だった。隣でベティの腕を支えているのは、画廊のオープニングパーティで真っ赤なジャケットを着て目立っていた美術評論家のロス・ペリーだ。「夫は病気で同行できなかったって書いてあるわ」

わたしは新聞を受け取って、写真に添えられた記事を読んだ。マーシーの葬儀は明日の午後三時にセントポール大聖堂で行われ、エルムウッド墓地に埋葬されるとある。わたしは身震いした。「わたしはマーシー・アーミステッドに一度しか会っていないのに、愛想なく言い返してしまったのよ。あのとき、マーシーはもう死にかけていたんだわ。マーシーがあんな態度を取ったのは、ジギタリスが効きはじめていたせいかもしれなかったのに」

「そんなに罪悪感を覚えることなんてないわ」シスターは言った。「マーシー・アーミステッドは年じゅうみんなを怒らせていた。ジギタリスが効いていようが、なかろうが」

「マーシーのことをそんなふうに言わないでよ、メアリー・アリス。彼女は若くて美しかったのに死んでしまったんだから」

「たぶん、みんなをひどく怒らせていたせいよ」

わたしは新聞を返した。「読んで」

「だって、本当だもの。美術館の会合であんたに会わせてやりたかったわよ。新聞に載っていた男がいたでしょう？　ロス・ペリーっていう男。彼なんて、マーシーに〈ドクター・ペッパー〉の缶を投げつけられたことがあるのよ。ほとんど空だったけど、信じられない光景だった」

「嘘でしょう！　それで、あのひとはどうしたの？」

「投げ返したわよ。マーシーを〝娼婦〟って呼んでいたわね」

「すごいわね！」

「マーシーがいないときは、そんな会合じゃないんだから。どうやら、マーシーはサーマンともうまくいっていなかったらしいわ」

「シスターって本当に情報の宝庫ね。いったい、どこでそんなことを聞いてくるの？」メアリー・アリスが答えるまえに片手をあげた。「いいの。知っているから。サーマンがジェイムズに言って、ジェイムズがボニー・ブルーに言って、ボニー・ブルーがシスターに言ったのでしょう」

「どうしてわかったの？」

わたしは新聞を叩いた。「早く、読んで！」

メアリー・アリスは立ちあがった。「もっとクッキーを持ってくるわ」

電話が鳴った。「ママ、わかったわ」わたしが出ると、ヘイリーが言った。「ジメチメスルホキシド、シスターおばさんの言うとおりだった。ほぼどんな成分でも皮膚に浸透させることができるの。ジギタリスにも有効なはずよ。数時間から、飲酒していなければ長くても六時間で効いたはず。もちろん、どのくらいの量を摂取したかにもよるけど」

「有効ですって」メアリー・アリスに伝えた。

「だから言ったでしょ」メアリー・アリスはまた片手にいっぱいのクッキーを持ってきて、腰をおろした。

「でも、医師か薬剤師じゃないと手に入らないんじゃない？　それなら、犯人を追うのは簡単ね」

「処方薬でさえないのよ」ヘイリーは言った。「馬の膝が腫れたときによく使われる薬なの。患部に直接すりこむから、それ自身が抗炎症剤として使われるか、ほかの薬剤を加えて浸透させるために使うかのどちらかね。動物に塗るときはゴム手袋を着けて薬剤を吸収しないようにすることとか、いろいろな注意点が書いてあるわ。おもに獣医が使用、ですって」

「獣医からもらわなきゃいけないってこと？」

「処方薬じゃないんだから、そんなことないわ。きっと農業用品を売る店なら手に入るはず。ちょっと待ってて。確かめてくるから」

ヘイリーがぶつぶつ言う声が聞こえてくる。「透明の液体かクリーム、最高度の注意を要する、経皮投与」

「いま教科書を読んでいるの」メアリー・アリスに伝えた。

「やっぱりちがうわ、ママ。販売は制限されていなかった。この教科書は五年くらいまえに出た本だけど、当時は誰でもジメチルスルホキシドを自由に買えたわ。たぶん、いまでも。うわあ、すごい方法ね。これを使ってマーシーは殺されたの？」

「シスターおばさんはそう言っているわ」

「本当よ」何の話をしているのか知らないくせに、メアリー・アリスが言った。

「マーシーには獣医の知りあいがいる？」

「マーシーには獣医の知りあいがいる？」メアリー・アリスに訊いた。

「ジェイムズ・バトラー」

「ええ？　ボニー・ブルーの弟のジェイムズは獣医なの？」

「そうよ。ジェイムズを何だと思っていたの？」

「とくに、何も。ただお父さんとボニー・ブルーと一緒に暮らしているのだと思っていたから。保険会社か何かで働いているのかなと思っていた程度よ」

「ばかなこと言わないでよ、マウス。ジェイムズ・バトラーはインディアン・トレイルズで新しい二十四時間診療の動物病院をやっているのよ」

「〈ペット・ヘイブン〉？」

「そんな名前だったかも」

「ヘイリー？」電話の向こうに呼びかけた。「いまの話は聞こえた？」

「〝ジェイムズ・バトラー〟っていう名前が聞こえたわ。誰？」

「ボニー・ブルー・バトラーの弟よ。エイブの息子さん。それに獣医なんですって」

「シェルビー郡にカントリークラブみたいな家があるんだから」メアリー・アリスが言った。

「シェルビー郡にカントリークラブみたいな家があるんですって」ヘイリーに伝えた。

「奥さんとたくさんの子どもたちも」

「奥さんとたくさんの子どもたちも」

メアリー・アリスが手を伸ばしてきて、わたしから受話器を奪った。「ヘイリー、どうもありがとう。きょうママがフルーツ・ドロップクッキーを焼いたから」電話の向こうの声にうなずいた。「パパはブレーブス対モントリオールの試合を見ているわ」にっこり笑った。

「ええ、わかってる。じゃあね、おやすみなさい」

メアリー・アリスが話しているあいだに、みぞれがまた天窓を叩きはじめた。外の電灯をつけると、ウッドデッキの温度計には〇・五度と表示されていた。

「みぞれよ」わたしは言った。

「あらあら。ヘイリーはＤＭＳＯについて何と言っていた？」

「獣医が使うことが多いんですって。たいていは馬だけど、ほかの動物にも使うって。抗炎症剤としてね。でも、いちばん重要なことは薬を使いたいところに、直接与えられること。

経皮投与でね」

「それに、処方箋も必要ない」

「誰にでも買えるらしいけど、獣医がよく使うらしいわ」

「ジェイムズ・バトラーも知っているわけだ」

「当然ね」エイブの絵に目をやると、ハンサムなジェイムズが画廊に現れたときの父親の表情を思い出した。純粋な愛情と誇りに満ちていた。

「警察は全部わかっているわけよね」メアリー・アリスが言った。

「当然よ。たぶんジェイムズにも事情を訊いたでしょうね」

「みぞれだ」フレッドが居間の戸口で言った。「地面に落ちると、すぐに凍っているぞ。あと五分もしたら、道が走りにくくなりそうだ」

「サーマンはジェイムズから薬を手に入れたのかもしれない」メアリー・アリスはフレッドを無視して続けた。

「あるいはジェイムズから薬の話を聞いて、農業用品店で買ったのかも。そして、サーマンは普段からジギタリスを服用している」

「雪に変わるかもしれないぞ」フレッドが言った。

「アトランタの野球場にいるひとたちは寒いでしょうね」メアリー・アリスはまたクッキーをかじった。「フレッド、このクッキー、おいしいわよ」

「お気に召していただいて何よりだ」フレッドは廊下の向こうに戻っていった。

「そろそろ帰ったほうがいいかも」わたしは言った。「シスターの家のまえの道はすぐに凍ってしまいそうだから」

「わかってるわよ」メアリー・アリスは立ちあがると、クッキーの食べかすを払って、掃除機をかけたばかりの敷物に落とした。「ねえ、パトリシア・アン。画廊はどうなるのかしら。アウトサイダーたちはクリスマス用に販売するつもりで作品を展示したのに、警察が画廊を立入禁止にしてしまったでしょう」

「シスターがわたしに買ってくれるつもりだったレオタ・ウッドの『六〇年代』というキルトとか？」

「勝手に言ってなさい。まあ、デビーにはエイブの絵で、ヘイリーにはシルバーのアクセサリーでもいいかなとは考えているんだけど。それに、おばあさんがつくったドリームキャッチャー（クモの巣状に網を張った輪に羽根やビーズや貝殻で飾りを付けたもの。悪夢を捕らえ、よい夢だけ見せてくれるとされるお守り）も気に入っているの。自分用にひとつ欲しいわ。寝室に飾って、いい夢を見たいから。あんたも気に入ってなかった？ あのネイティブ・アメリカンみたいなの」

わたしは気に入っていたと言い、ヘイリーにシスターおばさんへのクリスマスプレゼントにはドリームキャッチャーがいいと教えてあげようと頭に入れた。「アウトサイダーたちが作品を運び出せるように、警察がサーマンか誰かに一時的に画廊を開けさせてくれるかもしれないわね。それにしても、最悪の時期に事件が起きたものよね」

「いい時期に起きたとは言えないわね」メアリー・アリスがコートに手を伸ばすと、胸のチカチカが消えた。

「どうやったの？」

「運がよかっただけ」メアリー・アリスはキッチンを通るときに、クッキーを何枚かポケットに入れた。

「気をつけて運転してね」

メアリー・アリスは裏の階段で立ち止まって、外の電灯を見あげた。「雪よ！」

あわてて外に出てみると、メアリー・アリスが言っているのは本当だった。雨に雪が少し混じっている。

「雪だわ！」わたしたちはふたりで金切り声をあげ、舌を突き出して雪を捕まえた。「雪！」

「最悪だわ」メアリー・アリスはそう言いながら、両手を広げてくるくる回転した。

「困ったわね。雪で閉じ込められちゃう」わたしは階段から飛びおりた。

「食品の買い置きがあまりないの。スープにするわ」

「シチューでもいいわね。たくさんつくって、暖炉で温めるの」

雪だ。町じゅうを止めてしまう雪。雪が降ると、あらゆる問題が起こる。雪。最悪の雪。けれども、空から降ってくる白いものをあまり見たことがない年老いた南部の女ふたりは荘厳なクリスマスの贈り物を祝って、庭ではしゃぎまわった。するとウーファーがこの騒ぎは何事だと小屋から出てきたが、どうかしていると一度だけ吠えると、また小屋へ戻っていった。

「急いで帰ったほうがよさそうね。冗談じゃなくて」シスターが車へ向かうと、わたしは暖かいキッチンに走って戻った。

「雪よ！」廊下の向こうにいるフレッドに叫んだ。「見にきたら？」

メアリー・アリスやわたしと同じく、フレッドも〝雪〟と言われただけで、いても立ってもいられなくなった。アラバマ南部で生まれ育ったフレッドはわたしとシスターより雪を見た回数が少ないのだ。わたしたちは裏の電灯をつけて出窓にすわり、降ってくる雪を眺めた。数えられるほどの雪であっても、わくわくする気持ちに変わりはない。

「明日の夜は、ぜったいにクリスマスツリーを飾ろう」フレッドが言った。「それでこの週末で買い物を終わらせるんだ。どうして計画どおりに、このあいだの夜にいかなかったんだろうな？」

「ヘイリーが夕食にきたからよ」

「DMSOのことは何と言っていた？」

「話していたとおりに作用したはずだって。誰かがDMSOにジギタリスを入れれば、体内に吸収させることができたのよ。獣医がよく使うんですって。馬の膝が腫れたときとかに」

「モート・アドキンズがゴルフをするまえに関節に塗っているやつだな。きみの目薬みたいな小さな容器に入れているんだ。スポイトみたいなのが付いている。モートは関節全部にそいつを塗りこまないと、ティーショットを打たないんだ」

「確かに、同じ薬かも」モート・アドキンズはウーファーの主治医で、大のゴルフ好きだった。ゴルフ好きが長じて、診療時間がどんどん短くなっている。「処方箋がなくても買えるそうよ」

「何だか危ない薬だな」

「ええ、確かに」

わたしたちは雪に見とれながら、思いをめぐらせた。

「ボニー・ブルーの弟のジェイムズが獣医なの」わたしは言った。「インディアン・トレイルズで二十四時間診療の動物病院を経営しているんですって」

「そいつは気になるな。その男のことは何か知っているのか？」

「シスターに聞くまでは、獣医だということも知らなかったくらいよ。でも、薬はどこでも買えるそうだから」

「でも、そんなこと、誰にわかる？」

わたしは肩をすくめた。「クリスマスの話をしましょうよ。今年は本物のツリーにしない？」

「お断りだ。危険すぎる。カメリア・ダンスホールでどれだけ激しく木が燃えたか、覚えているだろう。全焼しなかったのが不思議なくらいだ」

「そうなると、また瓶を洗うブラシみたいな古いツリーをおろさないとならないわよ」

「パトリシア・アン、クリスマスツリーはポップコーンみたいなものだ」もう何度も聞かされた言葉で、わたしはフレッドと一緒に口を動かすことができた。「唯一のちがいは、そこに何をかけるかということだけだからな」

「においもちがうわよ。うちのツリーは防腐剤と防虫剤のにおいがするから」

「そういうスプレーも用意しておかないとな。なあ――」フレッドはガラスが白く曇るほど、窓に顔を近づけた。「――雪が激しくなっていないか？　ウッドデッキの手すりがきらきら光っている」

「常緑樹のリースはどう？」わたしは言った。「暖炉の上に飾れば、いいにおいがするわ」

「考えてみるか」

わたしは明日買おうともう予定を立てていた。〈グリーンサム〉で見かけた大きなリースがいい。値段もかなりいいけれど。

「本当だわ。雪がひどくなっている」


午前二時、珍しい物音で目が覚めた。ウーファーが吠えているのだ。わたしはベッドから出てガウンをつかんだ。

「どうした？」フレッドがもごもご言った。「だいじょうぶか？」

「ウーファーが吠えているの」ガウンを着て廊下を急いだ。ウーファーが苦しんでいるのかもしれない。具合が悪いのかも。

裏の明かりをつけると、ウーファーは犬用の庭を囲む金網フェンスのそばにいた。わたしはスニーカーをはいて、勝手口を開けた。雪はもうやんでいた。しかも霞（かすみ）がかった月が出ていたけれど、薄ぼんやりとしていて、月明かりだけでは辺りが見えなかった。それでも、ウッドデッキはうっすらと白くなっていた。

「どうしたの、ウーファー？　だいじょうぶ？」わたしは急ぎ足で庭を歩いた。

ウーファーはわたしを見て、喜んで吠えた。そしてフェンスに飛びついて挨拶をした。

「どこか痛いの？」見たところ、具合は悪くなさそうだ。庭を走って二周してから、赤いボールをくわえてわたしのまえにやってきた。「遊びたいの？」驚いて訊いた。「午前二時よ？　どうかしてるんじゃない？」

ボールをくわえたまま突っついてきたので、一度だけ投げてやった。「これでいいでしょ。もう寝なさい。凍えちゃうわよ」

ウーファーはボールをフェンスまで持ってきて、わたしが家に入るのを見つめていた。キッチンではフレッドが立ったまま、液状の胃薬を瓶から直接飲んでいた。

「中華料理のせいだ」フレッドは言い訳した。「ウーファーは平気か？」

「だいじょうぶ。遊びたかったみたい。信じられない」

「夕食に小海老の甘酢ソースと春巻きを食べてないからな」フレッドは言った。

わたしも胃薬の瓶を手にして飲んだ。「でも、おいしかったわ」

フレッドがわたしの背中を叩いた。「少し雑誌でも読むよ」

フレッドは《タイム》の最新号を取って、ソファに腰かけた。すぐに寝てしまうと、わたしにはわかっていたけれど。

わたしもすぐに眠りに落ちた。しばらくして、またウーファーの鳴き声が聞こえた。あるいは、そんな気がしただけかもしれない。でも、とてもいい夢を見ていたので、起きようとは思わなかった。

8

「くるんだ、パトリシア・アン。ちょっと見てくれ」フレッドに肩を揺すぶられた。

「雪が積もったの？」フレッドのほうを向くと、すぐに目が覚めた。「雪に閉じこめられちゃった？」

「いや。日が照っている。とにかく、こっちにきて。見てほしいものがあるんだ」

「なあに？」ガウンに手を伸ばしながら尋ねたけれど、フレッドはもう廊下に出ていた。わたしは裸足のまま、あとを追った。

「あれを見て」フレッドはキッチンの出窓のまえに立って、ウッドデッキを指さした。

「なあに？」わたしはもう一度訊いた。

「足跡だ」

「ウーファーがどうして吠えているのか確かめたときについたのよ」

「きみの足跡はこっちだ」フレッドがウッドデッキの左側にある、金網フェンスに向かう三段の短い階段を指さした。「それで、こっちはほかの誰かがつけた」今度は私道に出る急な階段のほうを指さした。クレアがわたしを待っていた階段だ。うっすらと積もった雪の上に、

居間の出窓の下まで歩いてきた足跡がはっきり残っている。そして階段を戻っていった足跡も残っていたが、その足跡がときおり大きくなったり、いびつになったりしているのは、往きについた足跡の上を歩いたからだろう。

「それでウーファーが吠えたんだわ。ウーファーの様子を見にいったとき、誰かが近くにいたのね」身体が震えた。

フレッドが勝手口を開けた。

「出ないで」わたしは言った。「足跡がめちゃくちゃになってしまうわ。警察を呼ばなきゃ」

「もう通報した。この程度の雪じゃ、長くはもたない。だから、足跡を見ておきたいんだ」

「もう警察に連絡したの？」

「あと数分でくるだろう」

「歯をみがいて、髪をとかさなきゃ」フレッドが勝手口を出て雪を踏みしめる音がした。わたしはバスルームに急ぎ、最低限の身だしなみを整えて、スウェットスーツを着た。お利口なウーファー。わたしたちを守ろうとしたんだわ。

キッチンに戻ると、フレッドはまだ外にいて、窓にいちばん近い足跡の横で膝をついていた。

「なかに入って」わたしは勝手口を開けた。「風邪を引くだけよ」

フレッドは凍った地面で滑って転びそうになりながら、雪を踏みしめる音をたてて勝手口まで戻ってきた。「くそっ。ここまできて、うちをのぞいていたんだ」

また身体が震えた。「コーヒーをいれるわ」

フレッドは濡れた靴を脱いで、じっと見つめた。「小さな足だ」

「サイズ十二が小さいっていうの？」

「うちに入ってきたやつの足だよ。底に渦巻きの溝がついているランニングシューズみたいな跡だった」

「警察が調べてくれるわ」コーヒーメーカーに水を入れながら答えた。

「警報装置をつけよう」フレッドは言った。「メアリー・アリスの家みたいに」

シスターの家の警報装置が二カ月まえに殺人犯にまんまと素通りされたことは指摘しなかった。

「麻薬をやっているやつか、強盗だな」

フレッドがテーブルでぶつぶつ言っているあいだ、わたしはもう一度窓の外を見た。クレアの足跡という可能性はあるだろうか？　クレアがわたしに会いにきたのだろうか？　そんな考えが頭に浮かんだが、すぐに消し去った。この家にはクレアが怖がるものはない。クレアならこそこそ窓からのぞいたりせずに、ドアをノックしたか、あるいは呼び鈴を鳴らしただろう。

呼び鈴が鳴って、わたしは飛びあがった。

「警察だ」フレッドが家に招きいれた。

「おはようございます」ボー・ピープ・ミッチェルがフレッドのあとからキッチンに入って

きて明るく挨拶をした。

「あなたはずっと働いているの？」わたしは不躾に言った。

「やらなければならない仕事があれば」

フレッドが怪訝そうにわたしたちを見た。「クレアの件を担当していた警察官よ」わたしが説明した。

「彼女がいなくなったのは、わたしの責任です」ボー・ミッチェルはフレッドのほうを見た。

「ミスター・ホロウェル、何があったのですか？」

「こっちです」フレッドは勝手口を開けた。

わたしはコーヒーをいれて、窓の外にいるふたりを見た。ボー・ミッチェルは小さなカメラを取り出して、写真を何枚か撮った。それから巻き尺を延ばした。ふたりはしゃがみ、前かがみになって足跡を測り、ときおり笑いさえした。わたしは食器棚からシリアルを出した。お腹が空いたのだ。

「ふーっ」フレッドはきのうモップをかけたばかりの床で足を踏み鳴らした。「寒いなあ」

「ふーっ」ボー・ミッチェルもまったく同じことをした。

「ふたりとも、コーヒーはいかが？」

「いいね」

わたしは食べかけのシリアルが入ったボウルを置いて、コーヒーを注いだ。

「ありがとうございます」ボー・ミッチェルはダイニングテーブルで、三枚複写になっているらしい書類に何事かを書いている。わたしはまたシリアルを食べはじめた。

「フレッド、わたしは何て言いましたっけ？　かかとについて」ボー・ミッチェルがペンをかじりながら訊いた。

「真ん中に四角い模様が入っていた」

「でも、片側だけすり減っていた。どっちだったか覚えていますか？」

「内側だ」

「石膏（せっこう）で型を取るんじゃないの？」わたしは訊いた。ボーのやり方は控えめに言っても、いい加減だと思ったのだ。テレビに出てくる刑事たちとはぜんぜんちがう。

「雪だとすぐに解けてしまうので。どちらにしても、石膏がありませんし」ボーはティースプーンでカフェイン抜きコーヒーに砂糖を三杯入れてかき混ぜた。「ああ」できあがったシロップを飲んで、感嘆の声をもらした。

「低血糖なの？」わたしは訊いた。

「砂糖が好きなだけです」ボーはコーヒーカップを置いて、またペンを取った。「それじゃあ、ゆうべ犬が吠えたときの様子について教えてください。ほかに何か聞こえませんでしたか？　何時頃のことですか？」

「午前二時頃だったな」フレッドが答えた。

「わたしがウーファーの様子を見にいったの。具合が悪いんじゃないかって、とても心配になったから。ウーファーは年寄りで、夜は吠えないのよ。寒いときはとくに。でも、ウーフアーの具合は悪くなかった。遊びたがったくらい」

「何か、いつもとはちがうことはありませんでしたか？」ボーが訊いた。

「よく見ていなかったから。ウーファーが心配だったの。そのあと、またウーファーの吠え声が聞こえた気がするわ」

「わたしも聞いたよ」フレッドが言った。

ボー・ミッチェルは聞いた話を手帳に書いている。「二度目に吠え声を聞いたのは何時頃ですか？」わたしたちは首をふった。ボーは〝カフェイン抜きのシロップ〟をまた飲んだ。

「ウーファーはたぶん興奮していただけでしょう。ウッドデッキまで続いていた足跡はひと組だけでしたから」

わたしはシリアルのボウルを流し台に持っていった。「足跡は男のもの？　それとも女？」

「わかりません。近所の若者がこっそり入りこんだ可能性もありますし」ボー・ミッチェルは肩をすくめた。

でも、赤ん坊や幼児ではないはずだ。わたしは横をちらりと見たが、フレッドはミッチェル巡査が名言でも発したかのように、その顔をじっと見つめていた。男って制服に弱いのね。とりわけ、朝のテーブルでは。

「ありがとうございました」ボー・ミッチェルはコーヒーを飲みほして立ちあがった。「この件は記録しておきます。率直に言って、今回のことで何か起こることはないと思います。もし自分に同じことが起きても、心配しないでしょうね。きちんと鍵をかけて、ブラインドをおろしてください。いつもと同じように。たぶん近所にのぞき趣味の人間がいるんでしょう。雪が降らなければ、気づきもしなかったでしょうね。ほかにも苦情が出ていないかどうか調べてみます」

「ただののぞき趣味？」フレッドが言った。

「玄関まで送ろう」誰かにのぞかれていると思うだけでぞっとした。

わたしはボーが差し出した空のコーヒーカップを受け取った。「もしかしたら、クレア・ムーンかもしれない」

「クレアではありません」ほんの一瞬、ボーが困ったような顔をした。

「クレアは死んだって考えているの？」

「彼女はきっと姿を現します」ボーはそう言って、フレッドのあとをついて玄関から出ていった。

でも、どういう状態で？　食洗機に皿を入れながら、考えをめぐらせた。

きょうは午前中に地元の中学校で教える日だった。それも、よりによって数学を。最初、学校から依頼の電話があったときは躊躇した。英語なら、もちろん引き受ける。でも、数学？　わたしは自分が生徒だったときも数学を必死に避けてきたし、家計簿は収支があったことがないと正直に打ち明けた。だが、採用担当者は落ちこぼれている子どもたちよりは理解しているはずだと請けあった。それに、子どもの扱いにも慣れていると。

わたしが誘いに乗ったのは、おそらく〝落ちこぼれた子どもたち〟という言葉のせいだと思う。試しにやってみると、それはすばらしい経験となった。わたしは数学の教師ではないので、きちんとした説明ができない。だから負の整数は穴に落ちた数だし、分数を割るには逆立ちをさせると教えた。それで子どもたちもわたしもうまくやっている。

今朝はクリスマスまえの最後の授業なので、わたしは子どもたちひとりひとりに、フルーツ・ドロップクッキーと〈ラジオシャック〉で見つけた、クレジットカードくらいの大きさの電卓を持っていった。

「それじゃあ、授業の目的にそぐわないんじゃないか?」用意したプレゼントを見せると、フレッドは言った。

「とにかく結果を出すことが大事なのよ」罪の意識はまったく感じていなかった。

学校の掲示板はどれも休暇用に飾られていた。そのなかでも異色だったのは、サンタクロースが「ハヌカ祭、おめでとう」と叫びながら、ベツレヘムの星にちがいない光に導かれて空を駆けていく場面を描いたものだった。隅にとめられたカードによれば、この掲示板はフエリックス先生のクラスが飾ったもので、二等賞を獲得していた。わたしは帰るまえに一等賞の掲示板を探そうと頭に入れておいた。

生徒たちは電卓とクッキーのプレゼントを喜んでくれた。みんなの頭のなかは休暇の計画で一杯だった。たくさんテレビを見て、ゲームをして、寝坊するという計画だ。

「ねえ、この世の中にはもっと広い世界があるのよ」乱暴なふりをするけれど、とても賢い十三歳の少年、スティーヴィー・グレイトンに言った。

「そのとおりだよ、ホロウェル先生」スティーヴィーは同意した。「だから『ディスカバリーチャンネル』も少しは見るよ。約束だ」

一等賞の掲示板は伝統的なキリスト降誕の場面を表したもので、とてもうまくできていたけれど、ユダヤ教のサンタクロースのような魅力と意外性を欠いていた。羊の群れのなかにトナカイがいるから、おもしろいのだ。ただし、フェリックス先生のクラスは一等賞ではなかったけれど。

わたしは上機嫌で学校を出て、〈大胆、大柄美人の店〉にメアリー・アリスに贈るジャケットを買いにいくことにした。そろそろ本格的にクリスマスの準備をしなければ。

店に着いたとき、ボニー・ブルーは接客で忙しく、わたしは店内を歩きまわって、商品を眺めては見とれた。とりわけアクセサリーは美しかった。わたしはヒマワリを模してつくられた金色のイヤリングを耳にあて、鏡で見た。

「大きすぎるわ」シスターが言った。

「見ているだけよ」ふり返ると、シスターはすぐうしろに立っていた。「ここで何をしてるの？　仕事は辞めたの？」

「マーシーの葬儀に着ていく服を買いにきたのよ。きょうの午後は〈マジックメイド〉のひとりが、あたしの代わりに〈ローズデール・モール〉にいってくれるから」

「ティファニー？」

「さあ。どうして？」

「ミセス・サンタクロースはティファニーという名前じゃだめよ。ところで、いつ、葬儀にいくって決めたの？」

「ロス・ペリーから電話があったの。美術館の理事はみんなで一緒に参列したほうがいいだろうって。それで、葬儀のまえに一緒にお昼を食べることにしたのよ。きたかったら、一緒にきてもいいわよ。お昼に」

「葬儀には誘ってくれないの？」

「あんた、お葬式は嫌いじゃない」メアリー・アリスはわたしの手からヒマワリのイヤリングを取ると、自分の耳にあてた。「なかなかいいかもね。服を選ぶのを手伝ってよ。きょうの葬儀にも、来週のカメリアクラブのカクテルパーティにも着ていける服を選びたいの」

「葬儀にいくのにカクテルドレスを選ぶつもり？」

「ベージュがいい？　葬儀に黒を着ていくのは嫌いなのよ。何でもかんでも憂鬱に見えてしまうから」

「でも、カクテルパーティには黒がいちばんよ」

「そうなのよね。いいわ。どんなものがあるか、見てまわりましょう」

ふたりで店内を歩きながら、わたしはボニー・ブルーに手をふった。ボニー・ブルーは女性客にスカーフがうまい具合に垂れる結び方を教えていた。

「こっちよ」シスターはすでによさそうなドレスを数着選んで、試着室のドアにかけてあった。「正直な意見を聞かせて」

正直なことを言えば、二着買えばいいのにと思っていた。シスターにはお金があるのだから。

「ばかなことを言わないで」シスターは言った。

結局選んだのは華やかにすることも控えめにすることもできる黒いスーツだった。カクテルパーティには派手なピンクのブラウス、葬儀にはベージュのシルクのブラウスをあわせれば準備完了だ。

「黒は欲しくなかったんだけど」シスターはそう言うけれど、スーツがとても上品に見えることに満足しているのは間違いない。

シスターがドレスを試着しているあいだに、わたしはジャケットを買った。ボニー・ブルーが言っていたように、確かにジャケットはすてきだった。

「クレアからは何か連絡があった？」ボニー・ブルーはジャケットをプレゼント用に包装しながら訊いた。

「ないわ。サーマンとジェイムズのところへは？」

「いいえ」ボニー・ブルーは大きな赤いリボンを延ばして、箱の真ん中に置いた。「でも、ひとつだけわかったことがあるわ、パトリシア・アン。クレア・ムーンに何かあったら、サーマン・ビーティはますます動揺するでしょうね」

「ちょっと待って。サーマンは誰のことで動揺するの？　死んだ奥さんのことで？　それともクレア・ムーンのことで？」

「わからない？　あたしが知っているのは、サーマンはクレアのことをとびきりのべっぴんだと思っているってことだけ。わかった？」ボニー・ブルーは包みを紙袋に入れた。「わかるわけないじゃない。このあいだの夜に初めて会ったひとたちばかりなんだから。もちろん、クレアは除いてよ。ねえ、ボニー・ブルー、あなたは若いから〝べっぴん〟なんて言葉は使わないと思っていたわ」

「父がよく使うのよ」

わたしは袋を持った。「ありがとう」

シスターがスーツとブラウスの代金を払いにきた。「あたしやパトリシア・アンと一緒にお昼にいきましょうよ」ボニー・ブルーを誘った。

「あたし〝と〟」わたしは言葉遣いを直した。

「もちろん、あなたも一緒よ」シスターは請けあった。

「いけないわ」ボニー・ブルーが言った。

「〈グリーン＆ホワイト〉でロス・ペリーと会うのよ」

「悪いけど、忙しくて。でも、頼みたいことがあるの」

「なあに？」

「ミスター・ペリーに父の絵の代金をいつ払ってくれるつもりか訊いておいて」

「どの絵？」シスターが知りたがった。

「長い話になるのよ。今度話すから。とにかく、彼に訊いておいて」

「わかった」シスターがボニー・ブルーからスーツとブラウスを受け取ると、わたしたちはドアに向かった。「ロスはエイブの絵をどうするのかしら」

「売ってあげるんじゃない？」

メアリー・アリスは肩をすくめた。わたしはドアを持ってシスターを待ち、ふたりで歩道に出た。

「サーマン・ビーティがクレア・ムーンをとびきりのべっぴんだと思っているって、聞いたことある？」わたしはメアリー・アリスに訊いた。

「本当なの？　とびきりのべっぴん？　パトリシア・アン、そのへんをもっと突っこんで調べないと」

「そんな必要はないわ。わたしにはシスターがいるもの」

その言葉はシスターを喜ばせたようだった。

〈グリーン＆ホワイト〉はベジタリアン向け高級レストランで、三人分の料金もあれば、店に野菜を納入している農場が買えそうなほどだった。このレストランが得意としているのは、名前も聞いたことのないような野菜だ。わたしはアラバマで生まれ育った人間であり、黒目豆、トウモロコシ、オクラ、キャベツ、それにときおり添えられるルタバガがいちばんなじみのある野菜だ。でも、アスパラガス、ブロッコリ、それにアーティチョークでさえ、わが家のテーブルには定期的にのぼる。レタスが一種類でないことだって知っている。それでも〈グリーン＆ホワイト〉には何の料理かわからないメニューがあるのだ。わかったのは〝パスタ〟という言葉だけということも何度かあった。学校を出たときに上々だった気分は〈大胆、大柄美人の店〉でだいぶ失せていた。そして〈グリーン&ホワイト〉にやってきて、すっかり消えてしまった。

経営者のアンドレは背が低く丸々としていて、店の戸締まりをしたらすぐに〈マクドナルド〉に駆けつけそうに見えた。店の窓にはたくさんのハンギング・バスケットがぶら下がっていて、アンドレはそこでハーブを育てていた。ひと口いくらかを考えなければ、とても気持ちのいい店なのだ。

店に入っていくとすぐにアンドレがメアリー・アリスに気づいた。シスターより頭ひとつ分背が低くなければ、きっと頬にキスをしたことだろう。だが、キスはせずに両手を大きく広げ、にっこり笑って叫んだ。「ミセス・クレイン！　ミセス・クレイン！」

メアリー・アリスはぎこちなくそっとアンドレを抱きしめて、わたしを紹介した。もう十回は会っているのに、アンドレはいまだにわたしを覚えてくれない。

「ミスター・ペリーはもういらしています」アンドレが言った。「ご案内しましょう」

ロス・ペリーは三メートルほど先のはっきり見える場所にすわっているのに、アンドレはそこまで案内してくれた。ロス・ペリーはすばやく立ちあがろうとしたけれど、簡単にはいかなかった。アンドレと同じ体重の悩みを抱えているからだ。でも、立ちあがろうとしてくれたことがうれしかった。

メアリー・アリスがロス・ペリーとわたしを引きあわせているあいだ、アンドレは横に立って、うれしそうに両手をもみあわせていた。

「ミセス・ホロウェル、先日の夜、画廊のオープニングパーティにいらしていましたね」ロス・ペリーは言った。

「パトリシア・アンと呼んでください」

「さあ、ワイン、ワイン！」アンドレが叫んだ。「上等なシャブリはいかがですか？」

「わたしはアイスティーをいただくわ」わたしが言うと、アンドレが悲しそうな顔をした。

「アルコール・アレルギーなの。アナフィラキシーショックで引きつけを起こして、この場で死んでしまうかもしれないから」

「シャブリにするわ」メアリー・アリスが言うと、アンドレはテーブルから離れていった。

「ベジタリアン向けのレストランに、どうしてワインがあるの？」わたしは訊いた。

メアリー・アリスは肩をすくめた。「ブドウでできているからでしょ」

「神々の酒ですからね」ロス・ペリーが言った。赤い鼻と毛細血管が広がって赤くなっている頬を見たところ、彼は長年にわたって頻繁に神々の酒を口にしているようだ。きょうのペリーはまるでミュージカル『ガイズ&ドールズ』の衣装のような、白いストライプが入った黒のスーツを着ていた。わたしたちの向かいに下がっているハーブのハンギング・バスケットの影が禿げ頭に映り、ゴルバチョフの痣そっくりに見えた。あの滴のように見える部分も含めて。

アンドレはワインとアイスティーを運んで戻ってくると、本日のお勧め料理の説明をはじめた。ひとつ目はエンジェルヘアーパスタを豆腐とキューバネーレの美味なソースであえて、天日で干したトマトをふりかけたもので、もう一品は——。

「それにするわ」わたしはふたつの材料が理解できたところで注文した。

アンドレは遠近両用眼鏡を下げて、にらみつけてきた。わたしも遠近両用眼鏡を下げてにらみ返した。ふたりのあいだに『真昼の決闘』の主題歌が流れる。

「Tボーンステーキでもいいけど」わたしは言った。「アンドレ、もうひとつのお勧めはなあに？」

メアリー・アリスがわたしの脚を蹴った。

甘ったれた声で尋ねた。

アンドレは片手を胸に当てて説明した。メアリー・アリスとロス・ペリーはどれもおいしそうだから、アンドレにまかせると言う。何て賢いんだろう。

「パトリシア・アン、どうしたのよ？」アンドレが離れていくと、メアリー・アリスが文句を言った。

「知ったかぶりががまんできなくて。アイスティーと黒目豆のどこが悪いの？」

「黒目豆なんて、誰が言ったの？」

「誰も言ってないわ。そこが問題なのよ」

「黒目豆なんかが食べたいの？」

「黒目豆のどこが悪いのよ」

「きょうは——」ロス・ペリーがワイングラスを掲げた。「——昼食をおふたりとご一緒できてうれしいですよ」

「連れてきてもかまわなかったかしら。ばったり妹に会ったら、どうしてもきたいと言うものだから」メアリー・アリスはロス・ペリーのほうを向いて微笑みかけながら、もう一度わたしの脚を蹴ろうとした。

「ええ、どうしてもご一緒したくて」わたしはにっこり笑って同意した。蹴ろうとした脚は空ぶりに終わった。わたしたちはグラスをあわせて、社交辞令を交わした。

だが、料理が運ばれてくるまえに、話題はマーシー殺害とクレアが行方不明になったことに移っていた。ロスはマーシーがＤＭＳＯを使って殺されたことを知っていた。

「まったく残酷だ！」声を荒らげた。しかしながら、ロスはクレアを病院に連れていったのがわたしであることと、クレアがわたしを訪ねてきたことは知らなかった。わたしはロスに残らず話した。

ロスは首をふった。「クレアはとてもやさしくて、かよわい女性だった。わたしはいつもクレアをアーサー王伝説に出てくる、ユリの花を手にした湖の乙女になぞらえていたんだ」

美しくて、なかなか巧いたとえだった。

ブロンドのきれいなウエイトレスが料理と、パリッとしてまだ湯気がたっているオーブンで焼きあげたばかりの小さなパンを一斤そのまま運んできた。

「黒目豆に負けないくらいおいしそうだわ」シスターが言った。

それから数分は、三人とも料理を食べることに集中していた。何の料理だかわからなくても、とてもおいしかった。

「ゆうべリリアン・ベッドソールに会いにいったんだ」ロスがパンに手を伸ばしながら言った。「ふたりとも、パンのお代わりは？」シスターもわたしも首を横にふった。ロスはパンを厚く切ってバターを塗った。「リリアンはとても具合が悪そうだった。姪の娘が殺されたばかりで、里子が行方不明なんだから当然だろうが」

「ベティ・ベッドソールもいたの？」シスターが訊いた。

「いや。ベティはタトワイラー・ホテルのスイートルームに泊まっているから。そこにも寄ったけどね。かわいそうに。すっかり打ちひしがれていた」

メアリー・アリスとわたしは顔を見あわせた。ああ、子どもを亡くすなんて。ふたりともフォークを置いた。

「ベティのご主人は？　つまり、マーシーのお父さんは？」わたしは訊いた。

「確か、メキシコで脳卒中で倒れたはずだ。八十代だったから、もう復帰できなかったらしい。いまは息子が中国で映画を撮っているよ」

「ベティには誰かついているの？」メアリー・アリスが訊いた。娘を亡くした母親がホテルの部屋でひとりきりでいると思うとたまらないのだろうし、それはわたしも同感だった。

「秘書と付き添いがいる」バターを塗ったパンを大きくかじると、ロスの唇がべたべたになった。「付き添いというのは実際には看護師だけどね。ベティはベティ・フェード診療所を退院したばかりだから」

「ちょっとした機能不全家族ね」わたしはメアリー・アリスに蹴られるまえに、すばやく脚をどかした。

ロスはアンドレが用意した特大サイズのナプキンで口を拭った。「悲しいことだ」そう同意したけれど、その目は言葉を裏切っていた。わたしはマーシーがロスに〈ドクター・ペッパー〉の缶を投げつけたと聞いたことを思い出した。そうしたくなる気持ちが少しずつわかってきた。

ロスが椅子から立ちあがった。「電話を一本かけなければならないので、ちょっと失礼するよ」

「人形みたい」わたしはロスが店のなかをよたよた歩いていくのを見ながら言った。

「あんたがもっと若かったら、ぜったいに生理まえだと思ったわよ」メアリー・アリスが言った。

「ゆうべ、のぞき魔が出たのよ。だから、まだいらいらしているの」

「何があったの？」

わたしは足跡とウーファーが吠えたことを話した。

「きっと、どこかの若い子よ」メアリー・アリスは言った。「雪のなかで遊んでたんだわ」

「そうだといいけど」わたしは壁に寄りかかって電話で話しているロス・ペリーを見つめた。ずいぶんと話が盛りあがっている。しばらくすると、ロスがハンカチを取り出して、額と禿げ頭をふいた。「あの男、嫌い」電話のほうを身ぶりで示した。

「気取られたらだめよ。そんなことを知ったら、ロスは不安で何日も眠れなくなってしまうから」

「申し訳ない」ロスがテーブルに戻ってきた。「コラムのことで忘れていたことがあって」

「だいじょうぶよ」メアリー・アリスはにっこり笑った。そしてアンドレを見つけると、ワイングラスを掲げた。アンドレが急いで近づいてきて、シスターとロスのグラスにワインを注いだ。こんな様子では、マーシーの葬儀に出ても、ふたりはそれほど辛い思いはしないだろう。

「カフェイン抜きのコーヒーはあるかしら？」わたしが尋ねると、アンドレが唇をとがらせた。「お料理はとてもおいしかったわ」付け加えると、アンドレがうなずいた。料理の感想に同意したか、あるいはコーヒーを持ってきてくれるのか、そのどちらかだろう。待ってみないとわからない。

「こんなことを言うのは時期尚早だろうとは思うけど」ロスはメアリー・アリスに言った。「ゆうべリリアンと会ったとき、彼女の人生はあまり恵まれていなかったと初めて気づいたんだ。美術館の理事会としては、リリアンにマーシーのあとを引き継いでくれるよう頼むべきじゃないかな。どう思う？」

「考えてもいなかったわ」メアリー・アリスは答えた。

「それなら、考えてくれ。リリアンにとっては大きな意味があると思うから」

「考えてみるわ」メアリー・アリスは約束した。

もうそんな話をするなんて、わたしにはとても信じられなかった。「急いだほうがいいわね。マーシーが亡くなってからもう丸二日も過ぎたから」

メアリー・アリスが叩きつけるようにワイングラスを置いた。「パトリシア・アン、ブタのように下品よ」

わたしは席をはずして、化粧室へ向かった。確かに、美術館のことはわたしには関わりがない。それに、一緒にお昼を食べるような気分ではなかったからといって、メアリー・アリスにあんなふうに言わせたのはまずかった。少しばかり小賢しい口の利き方をしてしまったかもしれない。でも、ブタですって？　そこまで言われる筋合いはないわ！

モンゴメリーに住み、メアリー・アリスがその体格を引き継いだ祖母アリスはとても厳格なひとだった。わたしたちはとても幼い頃から、わが家の女には決してなってはいけない三つの姿があると教えられていた。ひとつ目は野暮であること。たとえば、午後五時過ぎにエナメルの靴をはくことがこれに当たる。ふたつ目が人並み以下であること。これには道ばたで煙草を吸ったり、一週間以内に礼状を書かなかったりすることが含まれる。そして三つ目がブタのように下品であること。これはぜったいに許されない。三つ目について、わたしは祖母に叱られたことはないが、メアリー・アリスはある。正面のポーチで足の爪を切っているところを見つかって、母にお仕置きをしてもらうようにと、すぐにバス停まで連れていかれてバーミングハムへ帰されたのだ。

「おばあちゃんがもう死んでいて、これを見なくてすんでよかったわ」ある日、トークショーに出ているひとたちを見ながら、母がそう言いだした。「見ていたら、その場で死んじゃったかもね。このひとたち、ブタより下品だもの」

わたしは髪をとかして口紅を塗り、鏡のなかの女に、あなたはブタみたいに下品じゃないと請けあった。そしてハンドバッグの口を閉じると、ドアが開いて、クレア・ムーンが入ってきた。わたしはあまりにもびっくりしたせいでハンドバッグを落とし、中身がそこらじゅうに散らばった。

「クレア！」だが、そう叫んだ瞬間に、ちがうことに気がついた。この女性はクレアより背が高いし、目も水色だ。

「わたしはグリン」目のまえの女性が言った。「グリン・ニーダムです」

「わたしはリン」グリンのうしろから入ってきた、瓜ふたつの女性が言った。「ひろうのをお手伝いしますね」

「お姉さんかと思ったわ」わたしは弱々しく言った。

ふたりはにっこり笑った。

「少しも似てないんですけどね」

9

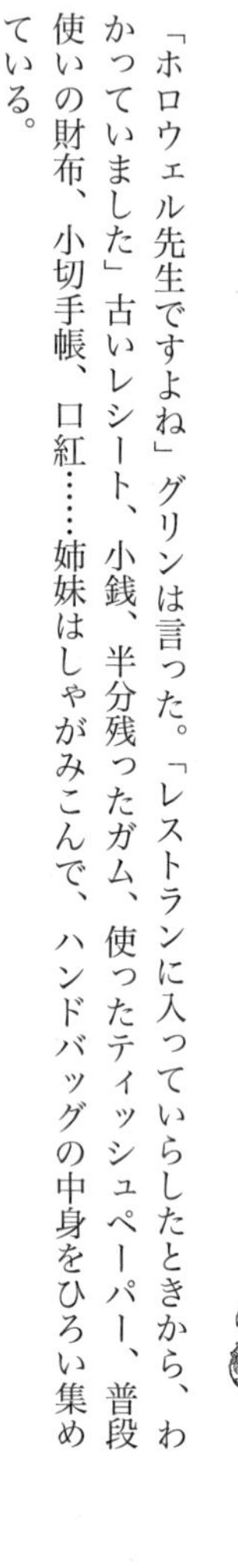

「ホロウェル先生ですよね」グリンは言った。「レストランに入っていらしたときから、わかっていました」古いレシート、小銭、半分残ったガム、使ったティッシュペーパー、普段使いの財布、小切手帳、口紅……姉妹はしゃがみこんで、ハンドバッグの中身をひろい集めている。

「これもいりますか？」リンが抗生物質らしいカプセル二個を持ちあげた。カプセルには糸くずがついている。

「いったい何の薬かわからないわ」わたしは正直に言った。「春に鼻炎になったときの薬かも」

「それなら捨ててもいいですね」リンはゴミ箱にカプセルを放った。「バックパックなら便利ですよ、ホロウェル先生。ほらね？」リンが向きを変えると、背中を全部おおっている茶色い革が見えた。

「そんなに荷物がないもの」わたしは姉妹がひろってくれたものを受け取って、ハンドバッグに戻した。「ありがとう。でも、本当にびっくりしたわ」

「ごめんなさい」双子は同時に言った。

「あんなふうに急に入っていくからいけないのよ、グリン」リンが言った。

「あら、あなたのせいよ、リン」

ふたりはわたしの両わきに立ち、鏡に向かって言い争っている。瓜ふたつの双子にはさまれるのは、ほんの少し現実離れした体験だった。

鏡のなかでリンと目があった。「ロバート・アレグザンダー高校にいらした頃のことは知っています。ホロウェル先生のことを知っているんです。わたしたちはあの高校には一年しか通わなかったし、クレアみたいにアドヴァンスト・プレイスメントの英語の授業は取っていませんでしたけど」

「クレアはわたしたちより頭がよかったから」グリンが言った。

わたしは横に立っているふたりの若くて美しい女性たちを見た。輝く黒髪はクレアと同じ形にカットされている。前髪を重めに切りそろえ、横はうしろより長く、頬にかかっているせいで高い頬骨が強調されている。そして肌は青白い。けれども目ははっとするような水色で、ふたりがジーンズの上に着ているセーターの明るいブルーで一段と引き立っている。

「でも、美人なのは同じね」わたしは言った。

ふたりはにっこり笑った。「その点については、わたしたちは努力していますから」グリンが言った。

「ほぼ毎日」リンも言った。

「クレアがどこにいるか知らない？」わたしは訊いた。

「まったく、わかりません」

「そのうち現れると思います」

ボー・ピープ・ミッチェルも同じことを言っていた。三人はわたしが知らないことを知っているのか、あるいはクレアが行方不明になっていても大して気にしていないのか、そのどちらかだ。わたしは双子の顔を順番に見た。「何か話があって、ここまでついてきたの？」

「ただ、こんにちはって挨拶したかっただけです」グリンが答えた。

「こんにちは」リンが言った。

それだけではないだろう。「どうしてテーブルにいたときに気づかなかったのかしら」

「ロス・ペリーに見つかりたくなかったので」グリンが言った。

「仕切りのある席にいたんです。大きなバジルのハンギング・バスケットの陰に。あのひと、大嫌いだから」

わたしはうなずいた。気持ちはわかる。「マーシーの葬儀に参列するためにきたの？」

リンはグリンのほうを向いた。「葬儀ですか。ええ、もちろん。葬儀には参列しないと。そうよね？」

わたしはハンドバッグの口を閉じて、ふたりのあいだから移動した。ふたりは同時にすっと動き、向きを変えて、わたしを見た。わたしは一卵性双生児についての論文を読んだことがあるし、生徒のなかにも何組か一卵性双生児がいたけれど、それでも驚かずにはいられなかった。こんなにも同じ動きをするなんて。

「クレアの面倒を見てくださって、ありがとうございました」グリンあるいはリンが言った。鏡から離れたので、わからなくなっていた。

わたしはうなずいた。「もっと、何かしてあげられればよかったんだけど」

グリンが妹のほうを向いた。「クレアならホロウェル先生を心配させたくないって思うわよね、リン？」

「ええ、きっとそうだわ、グリン」

「本当はクレアの居場所を知っているんじゃないの？」わたしは言った。

「グリン、わたしたち、そんなことを言った？」

「もちろん言ってないわ、リン。うしろを向いて」グリンはリンのバックパックに手を入れて、くしと口紅を取り出した。

「教えてくれてありがとう」わたしは言った。

「何のことでしょう？」リンはごみ箱に捨てた抗生物質のカプセルに手を伸ばした。「はい、これ。わたしたちの代わりに、ロス・ペリーの喉に放りこんでください」

「開いているところなら、ほかの穴でも何でもいいですよ」グリンが言った。

ふたりは笑い、わたしは化粧室を出た。わたしはふたりのメッセージを正しく受け取ったはずだ。クレアは無事で、妹たちはクレアの居場所を知っている。でも、そう思ういっぽうで、こうも考える。ふたりの話していたことは本当だろうか？　心配しなくていいと言っていた。クレアはわたしに心配されたくないだろうと。でも、ちがう意味だった可能性も高い。

わたしが戻ったとき、メアリー・アリスとロス・ペリーはお義理でどちらが勘定を持つかで言い争っていた。どちらも自分が払うと言って譲らないのだ。

「シスターがわたしを誘ったのよ」わたしはメアリー・アリスに言った。その言い争いに参戦するつもりはまったくない。

「それじゃあ、チップはわたしが払うよ」ロスが言った。

アンドレはお辞儀をして手をふり、通りまでわたしたちを見送ってくれた。わたしはドアから出ながら、ニーダム姉妹が見えるだろうかとふり返った。またバジルのバスケットの陰に隠れているのだとしたら、ずいぶんうまいものだ。

「急いで家に帰って着がえなきゃ」メアリー・アリスが言った。

ロス・ペリーはうなずいた。「わたしはやらなければならない仕事がふたつあるから。セントポール大聖堂で三時十五分まえに待ちあわせよう」ロスはわたしの手を意外なほど強く握った。「パトリシア・アン、お会いできてうれしかった」にっこり笑って通りを歩いていき、車に着くと小さく手をふった。

「このあと、どうするの？」メアリー・アリスが訊いた。

「クリスマス用品店にいくわ。もう少し、このあたりを見てまわるつもり。おもしろそうな店があるから。〈ウィッチェリー〉という店を見た？　フレディの恋人のシーリアにプレゼントするものが見つかりそうなのよ」

「〈スティッチ・ウィッチェリー〉ね。ちょっと変わった手芸店でしょ」

「あら、そうなの？　ニューエイジっぽい女神の店かと思っていたわ。クリスタルとかを扱っている店かと」

「バーミングハムに？　どうかしてるわよ。マウス、あんたは〈T・Jマックス〉に張りついてなさい」

「だって、そうかもしれないでしょ」笑いながら角をまがっていくシスターに呼びかけた。

空はきれいに晴れわたり、昨夜のにわか雪の名残はまったくなかった。雲ひとつない青空で、たっぷりとした陽射しが銀行ビルの温度計を、ちょうど気持ちのいい十六度まであげている。わたしは厚手のコートを車の後部座席に放りこんで、真剣に買い物をするためにショッピングモールへ向かった。息子たちへのプレゼントはたいていフレッドと一緒に買うし、わたしへのプレゼントは（わたしが指定したものを）フレッドが買ってくれるけれど、その他のものはわたしにまかされているのだ。

わたしは入口に近い駐車場に車を停めて、救世軍の募金箱にお金を入れ、動物愛護協会が紙でつくった天使を買った。そして三時間後にショッピングモールから出てくると、また救世軍の募金箱にお金を入れて、動物愛護協会から紙の天使を買った。メアリー・アリスならばかばかしいと言って、年に一度小切手を送るだろう。でも、たとえ小切手を送ったとしても、わたしは立ち止まり、募金をして、紙の天使を買わずにいられない。そうなる自分がわかっているのだ。ベルを鳴らすサンタクロースがとてもみすぼらしく見えたり、動物愛護協会が小犬を連れてきていたりすると、もう耐えられない。

日は傾き、わたしは疲れていたけれど、ウーファーはきのうも今朝も散歩をしていない。わたしは急いで家に帰り、冷蔵庫から豆スープを取り出して、スウェットスーツに着がえてウーファーの犬小屋がある。ウーファーはわたしを見て喜んだ。そして昨夜吠えたことを大げさにほめてやると、お腹を出して満足そうに身をくねらせた。

わたしたちはきびきびと歩きはじめた。いつも最初はきびきびと歩くが、二ブロックもいくと歩き方がゆっくりになって、帰りは老夫婦のようにのんびりぶらぶらと家に戻るのだ。この二日間でクリスマスの飾りが急にふえていた。この近所にもフェリックス先生の生徒がいるのかもしれない。フェリックス先生のクラスがつくったユダヤ教のサンタクロースの掲示板と、隣のブロックにあったソリに乗った聖家族はほんの少し似ている。

歩きながら、リンとグリンのニーダム姉妹と、ふたりの謎めいたメッセージについて考えた。クレアはわたしに心配してほしくないと思っている。双子をもっと問いただすべきだったのかもしれない。ウーファーが歩道のひび割れを調べはじめると、わたしは足を止めた。葬儀は二時間以上まえに終わっている。あの子たちは参列しただろうか。ふたりはマーシーが死んだことを何とも思っていないようだった。

ベッドソール家の孫娘たち。誰からも好かれていなかったらしいマーシーは殺害された。虐待された過去があり、いまは行方不明になっているクレアは、殺されかけるほど誰かに憎まれている。そして美しい双子、リンとグリン。

「エイモス・ベッドソール」わたしは夕方の空に向かって彼女たちの亡き祖父に話しかけた。「ズボンのチャックは閉めておくものよ」

ウーファーは自分に話しかけられているものと思い、足を止めてしっぽをふった。

「おまえじゃないわ。おまえはちゃんと去勢をしたから」

ウーファーとわたしが自宅のあるブロックまで戻ってきたところで、フレッドの車が家のまえの私道に入っていった。フレッドはこちらに気づいて、手をふった。そして新聞を持って、わたしたちが帰るのを待っていた。

「ウーファーはなかに入れておくよ」フレッドはウーファーの耳のうしろをかいてやった。「さあ、おいで」

わたしは年配の紳士たちが庭の向こうにいくのを見送った。

「エイモス、責めたりしてごめんなさい」わたしはやましい気持ちになり、夕方の空に向かって言った。「わたしたちはあなたよりほんの少し幸運なだけなのかもしれない」

フレッドが冷蔵庫からビールを取り出してバスルームに消えると、わたしはコーンブレッド用の鉄鍋を熱した。寒い冬の夜の豆スープとコーンブレッドはたまらない。そしてコーンブレッドをオーブンに入れると、葬儀の様子を聞くためにメアリー・アリスに電話をかけた。いちばん知りたかったのはニーダム姉妹が参列したかどうかだ。受話器から聞こえたのは留守番電話のメッセージだった。〈マジックメイド〉のティファニーと交代するために〈ローズデール・モール〉にいったのかもしれない。

わたしはスープを鍋に入れ、弱火で温めた。電子レンジでも温められるけれど、豆スープのにおいを嗅げないのはもったいない。どちらにしても、コーンブレッドが焼きあがるまで時間がかかるのだし。

フレッドがシャワーを浴びてさっぱりして、タオル地のガウンを着てキッチンに入ってきた。「今夜は出かけるのか？」わたしの首筋に鼻をこすりつけながら訊いた。

「ベッドを見た？」

「いや、見えなかった。紙袋がたくさんのっていたから」

「それなら、今夜はわたしが買ったものを眺めたり、クリスマスの飾りを出したりして過ごしましょうよ」

「賛成だ」フレッドはわたしをふり向かせて抱き寄せた。「んー」軽くキスをしながら声を出した。

「んー」わたしも返事をした。

「邪念の住む居間ね」うしろから、メアリー・アリスの声がした。「まだ終わらないの？」

フレッドもわたしも離れなかった。「メアリー・アリス」フレッドが静かに言った。「外に出て、ドアをノックしろ」

「どうして？」

「それが礼儀というものだから」

「でも、どっちみち窓から見えるわよ」

「メアリー・アリス」フレッドの声はまだ穏やかだった。

「ふん」ドアが開き、また閉まった音がした。

フレッドはわたしを押しやると、ドアのかんぬきをかけた。そして居間とキッチンを歩いてまわり、騒々しい音をたてながら、ブラインドをすばやくおろした。

「これでよし」フレッドは戻ってきて、わたしの身体に両方の腕をまわした。「どこまでいった？」

「まだ、それほど息が切れていなかったわ」わたしはくすくす笑いながら答えた。

「マウス？」メアリー・アリスが呼んでいる。「マウス、笑えない冗談だわよ」

「答えるな」フレッドが言った。

「マウス、とんでもない話があるのよ」

「無視しろ」

「とんでもない話なんて聞きたくないわ！」わたしは叫び返した。

「マウス、ロス・ペリーが死んだの。誰かに撃たれたのよ」

「嘘だろ」フレッドはわたしを放した。そしてドアのかんぬきをはずした。

「入ってもいい？」メアリー・アリスは行儀よく訊いた。フレッドが肩をすくめると、シスターはキッチンに入ってきた。「こんな真似しないでよ。歓迎されていないことはわかってるんだから」

「ロスが死んだっていうのは、どういうことなの？」わたしは訊いた。

「死んだのよ。撃たれたの。誰かがロスを撃ったのよ」

「ロス・ペリーっていうのは何者だ」フレッドが訊いた。

「どこ？」わたしはもっと詳しく知りたかった。

「頭よ」

「い、いどこで撃たれたのかっていう意味よ。弾が当たった場所じゃなくて」

「シェルビー郡のどこかよ。ロスが葬儀にこなかったから、あたしたちは腹を立てていたの。だって、葬儀に一緒に参列しようといったのはロスだったから。でも、ロスは死んでたから、こられなかったのよねえ」

「理由としては充分だ」フレッドが言った。「それで、ロス・ペリーというのは何者なんだ」

「シスターの友だちよ」わたしはスープを温めていた火を消して、ダイニングテーブルに腰をおろした。「わけがわからない」フレッドのほうを向いて続けた。「きょう、わたしたちはロスと〈グリーン&ホワイト〉で一緒にお昼を食べたのよ」

「残念だったな」フレッドはわたしの肩を叩いた。「服を着てくるよ。すぐに戻る」

メアリー・アリスは椅子を引いて、わたしの隣にすわった。上品な新しい黒のスーツをまだ着ている。

「そのスーツ、いい買い物だったわね」わたしは言った。

「着心地もいいの。すわったり脚を組んだりできないスカートは嫌いだから。これはすわることも、脚を組むこともできるのよ」

「赤ちゃんグマみたいなスカートね」

「何ですって?」

「ひとりごと。ロスのことを教えて」

「あたしが知っているのは、ロスが死んだっていうことだけ。ジェイムズ・バトラーと奥さんが葬儀に向かうために車で走っていたら、向こうから車がふらふら走ってきたんですって。それで見ていたら、その車は道路をはずれて土手を落ちて、十メートルほど下のケリー川にはまってしまったの。ふたりの車が現場に着いたときには、車は川のなかでひっくり返っていたって。それで奥さんが九一一に電話して、ジェイムズは獣医用の救急用具を持って土手をおりていったの。ジェイムズはどうにかしてロスを車から引っぱり出したらしいわ。車がひっくり返っていたうえに、川のなかだったんだから、いったいどうやって引きずり出したのか知らないけど、とにかく土手まで引っぱりあげたのよ。で、その頃には奥さんも――奥さんって、何という名前だった?」

わたしは肩をすくめて、知らないと伝えた。

「とにかく、ジェイムズの奥さんも何とか土手をおりてきたから、ふたりで息を吹き返させようとしたわけ。水のなかに数分いたせいで、息をしていないと考えたのね。ジェイムズは車のなかに入れてあった酸素ポンプも使ったけど、反応はなかったそうよ。ミセス・ジェイムズは――何ていう名前か知らないけど――ふたりで懸命にロスの手当てをしたけど、頭から血が流れていたなんて気づかなかったと言っていたわ。医者だったら気がつくわよね？重大な症状なんだから」

医師であれば、頭の下に血がたまっていたら、ぜったいに調べるはずだという意見にわたしは同意した。「でもロスは水を飲んだだけだと、ふたりは思っていたのよね。それなら、わかるわ」

「確かに」メアリー・アリスも同意した。「どちらにしても、ちがいはなかったわけだし。ふたりが息を吹き返させようとしたときには、ロスは間違いなく死んでいたんだから」

「ロスを撃った人間はわかっているの？」

「ジェイムズの話では、その辺りの森には鹿狩りのハンターがごろごろいるそうよ。禁猟区の掲示がある場所でも。ジェイムズはそういうハンターの仕業じゃないかと考えているわ。道路に近づきすぎていることに気づかずに撃ってしまったんじゃないかって。いまの時期は恐ろしくて子どもたちを外で遊ばせることができないって話していたわ」

「何てことかしら」わたしはロスが車に乗りこむ際にふり返って手をふったときの様子や、禿げ頭にできた影がゴルバチョフの痣に見えたことを思い出した。昼食のときに真向かいにすわっていた男が、いまはもういないのだ。

「メアリー・アリス」わたしは言った。「映画の『ザ・クレイジーズ』みたい」

「本当ね」

わたしたちはしばらく黙ったまま、それぞれの思いにふけった。フレッドが戻ってきて何があったのか知りたがると、わたしはもう一度シスターの話に耳を傾けた。そして今度はいくつか質問をした。

「どうして、この話を知ったの？」フレッドへの説明が終わると、わたしは訊いた。

「ジェイムズは葬儀で棺を担ぐ予定だったの。それなのに葬儀に現れなかったから、サーマンが自動車電話に連絡したのよ」

「葬儀でそんな話を聞くなんて、とんだ吉報だったな」フレッドは両方の手のひらでテーブルを叩いた。「撃ったやつはとっとと捕まって、一生刑務所に入っていればいいんだ。去年インターステート六五号線で死んだ女の子のことを覚えているだろう？　同じような状況だった。母親と車に乗っていたときに撃たれたんだ。くそっ！　真夜中にうちでのぞき見をしていたやつがいると思えば、今度は道を車で走っていた男が撃たれるんだからな」フレッドは立ちあがって歩いていくと、勝手口から出て、叩きつけるようにドアを閉めた。

「何なのよ！」メアリー・アリスが叫んだ。

「ウーファーに話しかけにいったのよ」わたしは言った。「たまたま起きた事故があると、不安になるの。原因と結果の結びつきを信じているひとだから」

「パンとポテトの結びつきみたいなもの？」

わたしはシスターの言葉を無視することにした。「ロスはどうしてシェルビー郡にいたんだと思う？　ロスはふたつ用事があるからって、葬儀にまにあう時間に帰ってこられるよう急いでいたわ」

「さあ、どうしてかしらね」メアリー・アリスは冷蔵庫のところにいってビールを出した。「何か、飲む？」

「コーラをちょうだい。もう栓を開けてあるのがあるから。それでいいわ」

メアリー・アリスはテーブルに戻ってきて、コーラの瓶を差し出した。少し炭酸が抜けていたけれど、それでもおいしかった。

「ニーダムの双子は葬儀に参列していた？」わたしは訊いた。

「知らないもの」

「参列していたら、ぜったいに気づいたはずよ。背は高いけど、クレアにそっくりだから」

「いなかったと思うわ。少なくとも、あたしは見なかった。参列者は多かったけど。ベティ・ベッドソールは立派にふるまっていたわ。あたしだったら無理よ、パトリシア・アン」

「わたしも」わたしたちはしばらく黙ったまま、それぞれの思いにふけった。わたしはヘイリーの夫トムの葬儀を思い出していた。何とか耐えられたのは、ヘイリーを助けたいという一心だったからだ。「リリアンはどうだった？」

「葬儀のときはだいじょうぶだったわ。ただ、ロスが亡くなったことで、またショックを受けたでしょうね。ふたりは親しかったから」

「ロスはシェルビー郡でいったい何をしていたのかしら。ジェイムズに会いにいったとは考えられない？　ロスはジェイムズの家へ向かう途中だったんじゃない？」

「確かに、ジェイムズの家へいく道だけど。でも、どうしてわざわざジェイムズに会いにいくの？　ジェイムズが葬儀にくることは知っていたのよ」メアリー・アリスはビールを置いて立ちあがった。「誰にもわからないわよ」肩をすくめた。

「豆スープを食べていく？」わたしは訊いた。

「ううん。食欲がないから」

わたしはびっくりしてメアリー・アリスを見た。シスターからそんな言葉を聞いたのは初めてだ。「だいじょうぶ？」

「だいじょうぶよ」メアリー・アリスはドアにいきかけてふり返った。「ねえ、マウス。一週間のうちに、またこのスーツで葬儀に参列するわけにはいかないわよね。カクテルパーティにも着ていくつもりなのに。あんただったら、どう？」

「もう帰ったほうがいいわ」わたしは言った。

メアリー・アリスはクッキーの瓶に手を入れてフルーツ・ドロップクッキーをひとつかみ取ってから帰っていった。

わたしがコーンブレットを裏返していると、フレッドが戻ってきた。「うまそうだ。いいにおいがする」

「おいしいわよ」わたしがスープをよそったボウルをふたつテーブルに運ぶと、フレッドがコーンブレッドをのせた皿を持ってきた。

「『ホイール・オブ・フォーチュン』を見ながら食べましょう」カウンターから小型テレビを持ってきて、テーブルの真ん中に置いた。「話はあとにして」

「そうしよう」フレッドが言った。ああ、やさしいひと。ヴァナという解答者がパズルボードに隠された文字を開けていくあいだ、わたしたちは黙って食べていた。「ヴァージニアのリッチモンド、ヴァージニアのリッチモンドだ！」フレッドは五千ドルを獲得して〝n〟を選んだ解答者に答えを促した。「こいつは難しい」別の子音が思い浮かばず、とうとう目のまえの画面から一万ドルが消えてしまった女性に同情して言った。「こんなに難しい問題にしなくてもいいのになあ」女性も同感のようだった。勝者に拍手していた彼女の引きつった顔を見ればわかる。わたしはやっと気持ちが安らいできた。

そのあと『ジェパディ』を見て最終問題に正解できた頃には（答えはウェルズ・ファーゴ銀行だった）わたしはロス・ペリーやニーダム姉妹に会ったことを話せる気分になっていた。

「クリスマスの飾りを出してからにしよう」フレッドが言った。

「手を動かしながらでも話はできるわ」

フレッドは片手をあげた。「いや、無理だよ、パトリシア・アン。きみがだいじなことを話しているときに、キリスト降誕図はどこにあるのかなどと訊いてしまって、きみが真剣に聞いていないと怒り出すに決まっている。まず飾りを出してしまおう」フレッドが正しいことは、わたしにもわかっていた。四十年の結婚生活の利点のひとつだ。

フレッドが屋根裏にのぼる梯子（はしご）をおろし、わたしもあとからついていった。わたしが屋根裏部屋に最後にのぼったのは、数カ月まえだ。一緒にのぼったヘイリーが屋根裏にしまってあった数着の古いフォーマルドレスを目にしたのだ。それは辛かったけれど、過去と決別できた午後であり、ヘイリーはトムを失ったことをやっと受け入れた。それまでは必死にトムにすがりついていたのだ。わたしたちはそのドレスをしまわなかった。ドレスは古いロッキングチェアやミシンやトランクなどの上にかけられていた。

「このドレスは何で出ているんだ？」フレッドが訊いた。

「ヘイリーが〈グッドウィル〉に寄付するつもりじゃないかしら」わたしはドレスを一着ずつ手にして、クローゼットに戻した。

「さて。最初にツリーを出すか」フレッドが長い箱を梯子まで引っぱってきた。

「照明と新しい飾りだ」フレッドが小さな箱を渡してきた。

「それから、古い飾り」これはいちばん貴重な箱だった。フレッドはその箱を梯子の横にそっと置いた。「で、キリスト降誕図はどこだ？」わたしたちは、ふたりして同時に笑った。

一時間もすると、瓶を洗うブラシのようなクリスマスツリーの部品がそろえられ、応接間で組み立てられた。まだツリーが新しかったときは、プラスチックの幹に刺す金属の留め具は色が分類されていた。だが、いまは脚を出して、何をどこに刺すのか考えなければならない。結果は正三角形になるはずなので、それほど難しくないけれど。

「さあ、できた」フレッドが言った。「次は電球だ」

「ロス・ペリーのことを話すわ」わたしは言った。「あなたは電球をつけて」

フレッドはうなずくと、一本目の電球のコードをコンセントにつないだ。電球がつくと、わたしは話をする気になった。そこで画廊でロスに会ったこと、ロスは新聞で美術の評論記事を書いていて、マーシーとリリアンの友人であることから話しはじめた。それから、きょうメアリー・アリスと一緒にロスと昼食をともにしたことや、ロスが車に乗りこむときに手をふったときの様子を話し、わたしはロスも〈グリーン&ホワイト〉もあまり好きではなく、メアリー・アリスにはブタみたいに下品なふるまいをしたと言われたが、自分ではそんなにひどくはなかったと思っていることを伝えた。そして化粧室にクレアの双子の妹たちが現れて、クレアは無事だというメッセージを伝えられた気がしたけれど確信はなく、それでも双子はクレアと同じくらい美しかったということも説明した。

わたしが話しているあいだに、二本目と三本目の電球がついた。そしてフレッドはときおり質問をはさんできた。

「双子はこの町に住んでいるのか?」

「ニューヨークでモデルをやっていると、リリアン・ベッドソールは話していたわ。確かに、とてもきれいなのよ」

「つまり、ここにはマーシー・アーミステッドの葬儀に参列するためにきたということか?」フレッドが四本目の電球をコンセントにつなげたが、明かりはつかなかった。「くそっ」

「わたしもそう思ったの。でも、妙なひとたちなのよ、フレッド」わたしは明かりがついた電球のコードを渡した。

「どんなふうに」

双子について説明するのは難しかった。妙なのは見かけではなく、ふたりの意思の疎通の方法なのだ。「何だか、とても薄い感じなの」わたしは何とか言葉にした。

「薄い感じ？」フレッドはツリーの陰で電球を引っぱっている。

「お互いのためにしか存在していないような」うまく説明できていないのはわかっていた。

「でも、クレアを病院から連れ出したのはきっとあのふたりよ。理由はわからないけど、ぜったいに間違いない。誰かが連れ出さなければ、出られないはずだから。クレアは鎮静剤を投与されていたから、ひとりで抜け出すなんて無理だもの」

「でも、どうして？」フレッドはうしろに下がり、ツリーをじっと見てから、次の電球を巻きつけた。「電球が少ない場所があったら教えてくれ」

「左下が少ないわ」

「よし」フレッドはその場所に電球を巻きつけた。

わたしは最後の一本を渡した。「具合の悪いひとを病院から連れ出す理由なんて考えつかない」

「でも――」フレッドは電球のコードを持って、膝をついてツリーの周囲をまわった。「――いくつか理由があるだろう。たとえば、その病院に危険が迫っているとか」

「クレアは監視されていたのよ」

「病院を抜け出せる程度にな」

確かに、一理ある。

「あるいは、クレアを連れ出した犯人は警察に話されては困ることがあったのかもしれない」

「あり得るわね。それが、クレアに危険が迫っていた理由かも」わたしはだんだん混乱してきた。

「そのとおり。つまりクレアを連れ出したのが双子なら、ふたりはクレアを誰かから守ろうとしたのかもしれないし、自分たちを守ろうとしたのかもしれないということか？」

「ふたりはクレアを守ろうとしたのよ」わたしは双子を、双子がぞっとするほどクレアに似ていたことを思い出した。あの一体感は姉のクレアも含めてのものだった。それが悲惨だった子ども時代を生き抜く唯一の方法だったのだ。ふいにそう確信した。「ふたりはクレアを守ったのよ」わたしはくり返した。

フレッドは立ちあがってツリーを見た。「どうだ？　ドラッグストアに走って、電球を二本買いたしたほうがいいか？」

「これで充分よ」グリンとリンとクレア。あの姉妹なら……。裏の階段でうずくまっていたクレアを初めて見たときに腹の底に生まれ、壁に書かれていた猥褻な言葉を見たときに大きくなった不安が少しだけやわらいだ。「オーナメントを飾りましょう」わたしは言った。

10

ロス・ペリーの死は翌朝の新聞の一面で報じられた。記事に添えられたのは二十年以上まえに撮った、まだ髪がある頃の写真だった。見出しには〝芸術の後援者、不可解な事故で命を奪われる〟とあった。

わたしは記事を最後まで読むために、朝食をとる部屋に新聞を持っていった。シスターが話していたことは本当だった。ドクター・ジェイムズ・バトラーと妻のイヴォンヌは自宅を出るとすぐに郡道一七号線に入り、車がふらふらと走ってくることに気がついた。そのあと土手を落ちていったこと、車がひっくり返っていたこと、ふたりがすでに死亡していたロスを助けようとしたことなど、すべてメアリー・アリスが語ったとおりだった。

ミスター・ペリーは（記事はまだ続いていた）五十四歳の有名な美術評論家で、美術評論に関する二冊の著書があり、美術館の理事をつとめるなど、バーミングハムの美術界においてさまざまな側面で活躍していた。ルイジアナ州ニューオーリンズに姉のミセス・デリア・レイノルズが暮らし、数名の甥と姪がいる。

続いて、ロスを死亡させたのはおそらく鹿狩りのハンターだと思われる、という保安官の見解。全米ライフル協会の支部長が語った「銃がひとを殺すのではなく、人間がひとを殺すのだ」という言葉の引用。そしてバーミングハム美術界はこの数日でロス・ペリーとマーシー・アーミステッドという偉大な支援者を立て続けに失ったが、マーシー・アーミステッドも美術館の理事をつとめており、その死の真相はいまも捜査中であるという事実で記事は締めくくられていた。

わたしは新聞を置いて、ボウルにシリアルを入れたが、少しこぼしてしまった。マーシーの殺害と、殺害された可能性が高いロスの死と、クレアの失踪には何らかの関係があるにちがいない。わたしはこぼしたシリアルを広げた。そして三個のシリアルを、クレアとロスとマーシーに見立てて置いた。共通しているのは三人とも誰かに追われていたということだ。ロスの死も事故ではなかったと仮定すれば。もちろん事故の可能性もあるが、ロスはマーシーの葬儀にいく直前に、バーミングハムとは反対の方面に向かう郡道で何をしていたのだろう？　わたしはロスのシリアルを上に置いた。ほかに三人に共通することは何だろう？

マーシーとクレアには同じ祖父と大おばがいる。エイモスとリリアン・ベッドソールとして、二個のシリアルを押し出した。ベティ・ベッドソールのシリアルも。マーシーのいとこであり、クレアの妹。グリンとリンのシリアルをベッドソール家のかたまりに置いた。けれども、そうなるとロスのシリアルがひとつだけ残る。ベッドソール家の関係は複雑で互いを殺しあう可能性もありそうだけれど、どういうわけか、わたしにはそうは思えなかった。

わたしはシリアルをもうひとつかみテーブルに出した。マーシーとロスは美術館の理事で、芸術愛好家であるところが共通している。クレアも芸術が好きだ。シリアル一個を共通点として置く。マーシーとクレアにはサーマン・ビーティという共通点があるかもしれない。が、ないかもしれない。サーマンはクレアに魅了されながらも、遠くから焦がれているだけかもしれないから。男は女に惹かれたとしても、必ずしも行動に出るとはかぎらない。それでも念のために、サーマンのシリアルを半分に割って、マーシーとクレアの横にひとつずつ置いた。ロスのシリアルに当てはまるのは芸術愛好家という共通点だけだ。でも、それだけでは殺人の動機にはならない。わたしはロスが父親の絵の代金を支払っていないというボニー・ブルーの言葉を思い出した。お金。やっと殺人の動機が出てきた。

「何をやっているんだ？」フレッドが訊いた。

「ゲームよ」わたしはシリアルをボウルに戻した。「シリアルを食べる？」

「あとでな。いまはコーヒーだけでいい」フレッドはコーヒーを注いで、テーブルに着いた。ロスの写真が載った面が表になっていた新聞を手にして記事を読んだ。

「鹿狩りのハンターのせいだなんて信じられない」わたしは言った。「マーシーを殺した犯人がロスを殺したのよ」

フレッドは遠近両用眼鏡の縁の上からわたしを見て、新聞を叩いた。「この件には関わるなよ、パトリシア・アン」

「意見を言っただけよ」

「きみはあのいかれた姉さんに引きずられて、ありとあらゆる危険な状況に陥るからな」

「画廊のオープニングパーティとか〈グリーン&ホワイト〉でのランチとか」

「そのとおり。パトリシア・アン、シスターのあとには厄介事がついてまわる。彼女と結婚したがった酔狂な男が三人もいたなんて信じられない」

「フレッド、いい加減にして。メアリー・アリスが雄を食べるクロゴケグモみたいに聞こえるわ。シスターと結婚した男性は三人とも旧約聖書のメトシェラみたいに年寄りで、幸せに亡くなっていったんだから」

「わたしの言うとおりにするんだ、パトリシア・アン」フレッドはわたしの顔を指さすと、新聞のうしろに隠れた。

わたしは中指を立てた。

「見えているぞ」

「嘘ばっかり」わたしはシリアルにミルクをかけて、まだテーブルにのっていた小型テレビのスイッチを入れた。地元のテレビ局のニュースキャスターがロス・ペリーについて、新聞と同じことを話していた。テレビを消そうとしたとき、ニュースキャスターがアメリカンフットボールの元全米代表選手のサーマン・ビーティが、国際的に有名な芸術家である妻マーシー・アーミステッド殺害の件で拘束されて事情聴取されていると話した。画面にはダークスーツを着て、警察官たちに連行されていくサーマンの写真が映し出されている。

「葬儀のすぐあとに連れていかれたみたいね」わたしは言った。「きちんとした格好をしているもの」

「誰が？」フレッドが新聞を置いて訊いた。

「サーマン・ビーティよ。奥さんが殺された件で拘束されて事情聴取を受けているのよ。拘束ですって。何だか、仕事みたいな言い方ね」

「おかしいだろう。全米代表だぞ。最優秀選手賞の候補に挙がったんだぞ」フレッドは自分からも見えるようにテレビの向きを変えたが、画面はもうコマーシャルに切りかわっていた。

「きのう連行されたなら、今朝の新聞に載ったはずよ」わたしはまだテーブルにのっていた新聞の大都市版を手に取った。やはり記事があった――一面にはアラバマ大学のユニフォームを着たサーマンの写真が載っていた。この新聞社は写真を更新する必要がある。

記事はサーマンが妻の殺害事件で拘束されて事情聴取を受けていることを報じるだけでなく、アラバマ大学時代に注目されたフットボールの試合や個人プレーをふり返り、年間最優秀選手賞の候補に挙がったことにも触れていたので、とても長いものになっていた。また、サーマンのプロフットボール選手時代の経歴も詳しく紹介されていた。しかしながら、わたしがもっとも重要だと思ったふたつの事実は、最後の行に隠れていた。ナショナルフットボールリーグを健康上の問題で引退したという事実と、現在はシェルビー郡に農場を所有し、短距離離用競走馬を育てているという事実だ。心臓が悪いことは知っていたけれど、馬のことは知らなかった。マーシーの死がＤＭＳＯによるものだという状況を考えれば、事情聴取を受けるのは当然だ。

フレッドはわたしの背後から記事を読んでいた。わたしは先に記事を読み終えると、フレッドに新聞を渡した。ちがう。わたしはシリアルに代用させた人々のことを考えた。もしサーマンがマーシーを殺したのだとしたら、どうしてクレアは逃げているの？　ロスのことはどうなるの？　サーマンがクレアを誘拐し、ロスの死が本当に事故だったのであれば、話は変わってくるけれど。眉間のあたりが痛くなってきた。

わたしはシリアルを食べ終えたボウルを食洗機に入れて、フレッドにコーヒーをもう一杯注いだ。

「きょうは学校のフランシス・ゼイタとお昼を食べてくるわ」わたしは言った。「あなたは何をする予定？」

フレッドはまだ記事を読んでいた。「そうだ！　テネシー大学との試合のとき、サーマンは選手ふたりの脚を折ったことを忘れていたよ！」

わたしは夫の頭を軽く叩いてキッチンを出た。男性ホルモンのにおいがいまにも漂ってきそうだった。

〈ブルームーン・ティールーム〉に入ってきたフランシスは黒いスカートに白黒の杉綾柄のジャケットという格好で、最高にいい女に見えた。あわせているのはエメラルドグリーンのタートルネックのセーターで、わたしには考えもつかない組みあわせだけれど、それが実に決まっている。わたしは季節にあわせて、赤いスーツを着ていた。ただし、このスーツもそろそろ寿命が近い。ギャバジンの服はポケットのまわりや袖の毛玉を取ることができるけれど、次第にてかってくるのだ。わたしは〈Kマート〉で買った、生地の上をさっと滑らせるだけで毛玉が取れる便利な道具を持っている。すばらしい発明だ。「あんたは脚のすね毛を剃るより、服の毛玉を取る回数が多い」とメアリー・アリスは言う。あながち間違いではない。

　フランシスは服の毛玉を取っているようには見えなかった。取る必要がないのかもしれない。

「おはよう」フランシスは椅子を引き、優雅に滑りこんできた。

「あなたって、汗もかかないんでしょうね」わたしは文句を言った。

「もちろん、かかないわよ」フランシスはにっこり笑った。「あなたがここでお昼を食べたがったわけがわかったわ。ミセス・サンタクロースを見かけたの」

「ミセス・サンタクロースもあなたに気づいてくれたならいいんだけど」

「こっちから手をふって『メアリー・アリス、こんにちは！』って叫んだわ。ぴかぴか光るシャツは大好きだけど、あんな最悪なカツラを見たのは初めて。道路で轢かれたみたい」

「剝製になりかけているプードルみたいでしょ」わたしたちは、ふたりして笑った。「シスターは手をふり返した？」

「指を一本、小さくあげたわ。それって、手をふったことになる？」

「もう、最高！」わたしはナプキンで涙を拭うほど大笑いした。

「いらっしゃいませ、ホロウェル先生、ゼイタ先生」わたしたちが顔をあげると、背が高いほっそりした女の子がメニューを持っていた。「スージー・コナーズです。六年まえに卒業しました」

「スージー、もちろん覚えているわ。元気なの？」フランシスが言った。「デイヴィッドは？」

「デイヴィッドはAテレビで働きはじめたところで、わたしはいま大学院に通っています。休暇のときだけここでアルバイトをしているんです」

「すばらしいわ」わたしは言った。スージー・コナーズ？　わたしはまだ思い出せないのに、フランシスはもう家族のことまで質問している！　それでも、スージーは名乗ってくれた。たいていの元生徒は「わたしを覚えていませんよね？」というのが挨拶代わりで、「もちろん覚えている」と返ってくるのを期待していて、覚えていないとがっかりするのだ。

「おふたりとも、きょうはとてもきれいですね。ご注文はチキンサラダとオレンジロールですか？」

「ええ、もちろん」フランシスが答えた。「それから、カフェイン抜きのコーヒー」

「わたしはアイスティーにするわ」

「かしこまりました」スージーは歩きかけたところで、ふり返った。「おふたりにお会いできて、うれしかったです」

「わたしたちもよ」声をそろえて言った。

「デイヴィッドって？」スージーが離れてから訊いた。

「双子の弟。覚えているはずよ、パトリシア・アン。ミュージカルで『南太平洋』をやったとき、舞台から落ちた子がいたでしょう」

そのときのことをぼんやりと思い出した。「けがをした？」

「足首を折ったわ」フランシスが不満げにわたしを見た。

「いろいろなことが次から次へと起きるんだもの、フランシス」わたしは言った。「すべてを覚えてはいられないわ」

「確かに、簡単じゃないわよね」フランシスは認めた。

「双子と言えば、きのうリンとグリンのニーダム姉妹に会ったの。はっとするほどの美人だったわ。どうやらクレアが無事だということを伝えたくて〈グリーン＆ホワイト〉の化粧室に、わたしを追って入ってきたみたい」

「ふたりはクレアに会わせてくれないの？　クレアは治療の効果が出ているの？」

クレアが行方不明になっていることについて、なぜかフランシスも知っているだろうとわかっていた。わたしはクレアを探す手がかりを求めて、リリアン・ベッドソールが訪ねてきたことも含めて、すべてをフランシスに話した。

「なるほどねえ」フランシスは言った。「それで、クレアはどこにいると思うの？」

「双子に会ったとき、わたしは〈グリーン＆ホワイト〉でメアリー・アリスと一緒にロス・ペリーとお昼を食べていたの。ロスはお店を出たあと、車でまっすぐシェルビー郡へいって、そこで亡くなったのよ」

「いったい、何が起きているの？」

「見当もつかない。すごく怖いの」スージーがチキンサラダの皿を置けるように、わたしはテーブルにのせていた腕をどけた。

フランシスはオレンジロールを取って、バターをゆっくり塗っている。「ロス・ペリーは鹿を狙ったハンターに撃たれたと言われているけど」

「そうかもしれない。でも、わたしには疑問があるの。マーシーの死と、クレアの失踪と、ロスの死には関連がある気がする」

「関連って、どんな？」

「わからないけど。いい？」わたしはサラダの皿をわきにどけて、ダイエット甘味料の袋をいくつか取って、シリアルでやったことをフランシスに見せた。彼女は甘味料の袋が加えられたり並びかえられたりするのをじっと見ていた。わたしは同じ三人――マーシーとロスとクレア――を上に並べ、ベッドソール家のグループを片側に置いて、サーマンを砂糖の容器のうしろに置いた。フランシスはクレアのために裁判所の審理に出席していたので、とりあえずエイモスとニードル家の姉妹の関係を説明する必要はなかった。わたしはリリアンの袋を軽く叩いた。「クレアのことをとても心配していたわ」

「うーん」フランシスは甘味料を見ながら言った。

「何か、わかった？」

「いいえ。サラダがすごくおいしいから」

わたしもサラダの皿をもとに戻して食べはじめた。フランシスは砂糖の容器のうしろからサーマンの袋を取った。「また拘束を解かれたわよね。ここにくる途中でラジオで聴いたの。サーマンはどこに置く？」

「袋を破って、女性たちにふりかける？」

「それはどうかしら」フランシスはサーマンの袋をオレンジロールに立てかけた。「何かが抜けている気がする」

「サラダ？」

「この方程式」ダイエット甘味料の袋が散らばったテーブルを指さした。「何か大きな関係を見逃している気がするのよ、パトリシア・アン」

「もしかしたら、わたしたちが知りたくないことなのかも」わたしは言った。

「確かに」

わたしは甘味料を集めて容器に戻した。それからしばらくは、ふたりとも何も言わずにお昼を食べた。

「もしかしたら、画廊のことかも」フランシスが口を開いた。

わたしはにやりとした。「この件は放っておけそうにないわね。でも、三人を結びつけているのは画廊ではないと思うわ。そうなると、ロスは関係なくなるから。それに、クレアはマーシーのアシスタントでしかないわけだし」

「それにしても、警察が画廊を閉めてしまったのが気に入らないわ。クリスマスの買い物をするつもりだったのに。マーシーが画廊のオープニング記念にアウトサイダー展をやると知って、どんなうれしかったことか。作品はすばらしかった。絵やキルトの鮮やかさや、色が脈打っているように見えた感覚が甦ってきた。

「とても鮮やかだったわ」

「それがアウトサイダーの作品のすばらしさなのよね。大胆さと自信が」

「それにどんな流派にも当てはまらないのがアウトサイダーでしょう？」

「ええ、そのとおり。アウトサイダーの作家は独学なの。だからといって未熟なわけではなく、独創的なだけ。〝幻想(ビジョナリー)〟芸術家とも呼ばれていると聞いたわ」フランシスはもう一個のオレンジロールにバターを塗った。「ここアラバマにある源泉を開拓しようとしていたんだから、マーシー・アーミステッドには先見の明があったのよね」

「どうして、ここにはアウトサイダーが多いのかしら」

「パトリシア・アン、アラバマの人間が称賛することがあるとすれば、それは奇抜さよ。わかるでしょ」

わたしはうなずいた。確かにそうだ。電飾で光るシャツに赤いスパッツを身につけて、道路で轢かれた犬みたいなカツラをかぶって、ショッピングモールを歩いている姉が思い浮かんだ。自分の髪を貼りつけたエイブの絵が。町の半分にお尻をさらしている、鍛冶の神ヴァルカンが。ああ、わたしはこの町が大好き。

「エイブの絵をもらったの」わたしは絵について説明した。

「すてきねえ！　わたしはトリヴァーとクラークの作品をひとつずつ、それからレオタ・ウッドのキルトも持っているわ」

「わたしも彼女のキルトは大好きだけど、ものすごく高いでしょう」ふと、思いついた。「フランシス、いまの相場でいくと、アウトサイダーの作家たちはもう近いうちに、素人(アウトサイダー)ではなくなってしまうんじゃない？」

「彼らはずっとアウトサイダーであって、お金持ちになるだけよ」

でも、そんなことがあり得るだろうか？

「やっぱり、ここだったわ！」見あげると、ミセス・サンタクロースが立っていた。「フランシス、あなたが〈ローズデール・モール〉にくるなんてね」

フランシスがにやりとした。「ぜったいに見逃せないもの」

メアリー・アリスは椅子にすわると、ぺちゃんこになったプードルを頭からはずした。

「パトリシア・アン、頼みたいことがあるの。バッバの様子を見にいきたいから、午後のあいだしばらくミセス・サンタクロースになってくれない？　お昼のあと、戻ってくるからってバッバに約束しちゃったのよ」

バッバは姑息で怠けものというだけしか性格の特徴がない、シスターが飼っている特大猫だ。

「いやよ。ミセス・サンタクロースなんてごめんだわ。バッバはどうしたの？」

「ピシューッて吐いたのよ」メアリー・アリスはチキンサラダの上に両方の腕を突き出して、

バッバの消化物の噴出がどこまで届いたかを説明した。

「それも、二度も」もう一度、同じ動作をして言った。フランシスもわたしも思わず飛びのいた。「〈マジックメイド〉のひとに代わってもらおうとしたんだけど、あそこは土曜日は休みなのよね。だから、あんたに電話をしたら留守で、次にデビーにかけたら、あの子も留守だったから」

「バッバは本当に具合が悪いの？」

また腕が伸びてきた。「二度ピシューッよ」

「わかったわ」わたしは仕方なく引き受けた。

「ねえ、わたしにやらせて」フランシスが言った。「ミセス・サンタクロースになってみたいわ」

シスターとわたしはフランシスが正気を失ったかと思って、彼女を見た。「本気よ」フランシスはにっこり笑った。「すごく楽しそう」

「ときどき、子どもたちにおしっこを引っかけられるわよ」メアリー・アリスはフランシスの上品な服を引っぱった。

「車にナイロンのウインドブレーカーの上下があるから。それを着るわ」

「胸が〝ミセス・サンタクロース〟って光るのよ」

「それが最高なんじゃない！」

メアリー・アリスがわたしを見た。わたしは肩をすくめた。

ていった。

「ウインドブレーカーを取ってくるわ」フランシスは椅子から立ちあがり、急いで店から出ていった。

「あのひと、どうしちゃったの？」メアリー・アリスはフランシスが出ていくのを見ながら言った。

「さあ。人間が心ひそかにどんな憧れを抱いているかなんて、わからないものなのね」

わたしたちがショッピングモールを出るとき、フランシスの胸は電飾で、顔は喜びで輝いていた。ぺちゃんこのプードルみたいなカツラも、フランシスがかぶるとすてきに見えた。わたしはミスター・サンタクロースが見とれていることに気がついた。そしてシスターも気づいたようだった。

「すぐに戻るわ」メアリー・アリスが言った。

「ごゆっくり」サンタクロース夫妻が答えた。

「フランシスって親切よね？」わたしはクリスマスの買い物客のあいだを歩きながら言った。

「ビルは間違いなく見とれていたわ」蹴りだされたシスターの足をすばやく避けた。買い物客のひとりが脚を蹴られたにちがいない。

わたしはシスターの家に一緒にいって、バッバの様子を見ると約束していた。もし獣医に診せる必要があれば、シスターがバッバを抱き、わたしが運転する車に乗らなければならないけれど、やさしい神さまが天国にいるのであれば、そんなことにならずにすむというのがシスターの言い草だ。バッバが飲みこんだ毛が固まっただけであることを、心から熱心に祈ると言うのだ。

　メアリー・アリスの家はレッドマウンテンの頂上にあった。三番目の夫の祖父が鉄鋼業で財を成して建てた英国チューダー様式の歴史ある美しい家だ。わたしはこの家も、ヴァルカン公園と同じ景色が見られる眺めも大好きだ。けれども、メアリー・アリスはずっと円柱に憧れている。『風と共に去りぬ』のタラの屋敷のような。それでバーミングハムやアトランタの一流建築家たちに、この家に円柱を――それもできればイオニア式の柱を――数本入れることが可能かどうか検討させているのだ。

「残念だけど、ホワイトハウスのトルーマン・バルコニーみたいなバルコニーでもいいわ」

　メアリー・アリスが高名な若い建築家にそう言い、唖然とされたこともある。

「建築家って、よく飲むのよ」ある日、メアリー・アリスはこう言った。「飲み物を勧めると、ストレートのバーボンを飲みたがるわけ。それも何杯も。ケチなのよ。フランク・ロイド・ライトは好みが偏っていなかったわね」

　わたしは円形の車まわしに車を入れて、シスターの車のうしろに停めた。キッチンの階段は八百メートルも離れた裏にあるので、正面玄関がいちばん使われている。

「もっと小さな家に移ったほうがいいのに」家族の集まりでメアリー・アリスの家を訪ねたあと、わたしはフレッドにそう言った。「あんなに部屋数があっても広すぎるだけだわ」

　フレッドは横目でちらりと見ただけだった。

「入るわよ！」わたしは玄関ホールの向こうに叫んだ。

先に家に入っていたシスターが書斎のドアに現れた。「バッバが見つからないの」いまにも泣きそうだ。「あの子を残して出かけたりしなきゃよかった」

「ねえ、そんなに遠くにはいけないはずよ」わたしはシスターに請けあったけれど、この大きな家でバッバを捜すことを思うと、決して楽しくはなかった。「いつもはキッチンかシスターの寝室にいるのでしょう？」

シスターはうなずいた。「でも、いつもの場所に、キッチンのカウンターの上の保温パッドにいないのよ」

「カウンターにバッバの保温パッドを置いているの？」

「あの子はもう若くないのよ、マウス」

「でも、火事になったら危ないじゃない！」

「ならないわよ。低温に設定してあるんだから」シスターはため息をついた。「とにかく、ここにはいないわ」

「名前を呼んでみて」

一緒に一階を歩きながら、メアリー・アリスが「バッバ！　天使ちゃん！　子猫ちゃん！」と呼びかけた。わたしはキッチンを通って、保温パッドに触れた。確かに、温かい。

「いたわ！」メアリー・アリスが叫んだ。

シスターの声を追いかけてダイニングルームに入ると、バッバはテーブルの下から冷ややかにわたしたちを見ていた。

「ママの天使ちゃんたら、だいじょうぶなの？」メアリー・アリスは猫なで声でささやいた。ママの天使ちゃんは無事なようだ。「マウス、テーブルの下にもぐって連れてきて」

「自分で捕まえなさいよ。いっそのこと、そのままにしておいたら？」

「あの子は具合が悪いのよ、パトリシア・アン。どこか悪くなければ、ここにはこないんだから」

わたしがバッバを見ると、バッバも見つめ返してきた。目が少しぼんやりしているかもしれない。

「マウス、あんたのほうがあたしより膝がいいんだから」

「膝をどうかしたの？」

「ショッピングモールで立ちっぱなしなのよ。それに、サンタクロースの顔を見たがる子どもたちを全員抱きあげるんだから」

「まあ、たいへん」わたしは膝をついてテーブルの下にもぐり、いやがるバッバを引きずり出した。「はい、どうぞ」バッバは一トンはありそうだ。メアリー・アリスはバッバを受け取ると、肩に乗せて抱きしめた。

「パトリシア・アン！　乱暴に扱わないでよ！」

バッバも同意するかのように、ふり返ってこちらを見た。立ちあがると、膝がカクンと鳴った。

「コルチゾンの注射が効くわよ」メアリー・アリスが言い、バッバも賛成した。

幸いなことに、そのとき呼び鈴が鳴った。

「たぶん宅配便だわ。今年はカタログですませる買い物が多くなりそうよ」

「フレッドへのプレゼントは、また月に一度の果物頒布会？」

「もちろん」メアリー・アリスは肩にバッバを乗せたまま、正面玄関に向かった。わたしも膝をさすりながら、あとを追った。包みを開けるわくわく感が好きなのだ。

「ミセス・クレインですか？」玄関にはハンサムな黒人の男性が立っていた。「ジェイムズ・バトラーです。姉のボニー・バトラーに頼まれて、これを届けにきました」ジェイムズはボニー・ブルーが約束していた絵らしきものを差し出した。

「エイブの絵ね！」メアリー・アリスが叫んだ。「パトリシア・アン、ちょっときて！」わたしにバッバを渡すと、絵を受け取った。「髪の毛はついてる？」

ジェイムズ・バトラーはにっこり笑った。「さあ、どうかな。そいつは父さんの機嫌と、床屋にいってない期間によるから」

メアリー・アリスは包装紙を破った。それはわたしの絵によく似た自画像だったが、頭のてっぺんの髪は本物の毛髪ではなく、白い絵の具で描かれたものだった。だが、エイブの鼻には本物の眼鏡が引っかかっている。「ああ、マウス、これを見て」

それはすばらしく魅力的な絵だった。この絵を見たら、微笑まずにはいられない。「すてき」

「父さんはいい絵を描きますからね」ジェイムズが言った。

メアリー・アリスは絵を掲げて見入った。「ドクター・バトラー――」わたしのほうを見てうなずいた。「――こちらは、わたしの妹のミセス・ホロウェルよ」

「このあいだの夜、マーシー・アーミステッドの画廊で会ったわ」わたしが付け加えると、ジェイムズはうなずいた。「こんにちは、ミセス・ホロウェル」

「マウス、膝がカクカクいうって相談しなさいよ。彼はお医者さまなんだから」

「ドクターは獣医なのよ、メアリー・アリス」

「そうよ！　パトリシア・アン、バッバをドクターに渡して」

「シスター！」

メアリー・アリスはジェイムズ・バトラーの腕をつかむと、玄関ホールに引っぱりこんだ。

「ドクター・バトラー、どうぞ入って。うちの猫が急病で、きっと祈りへの答えがあなたなんだわ。物事ってそんなふうに動くものでしょう？」

「ええ、そうですね」ジェイムズ・バトラーはとまどった顔であたりを見まわした。「これが病気の猫ですか？」ジェイムズが見ると、バッバは目を細めてにらみ返した。

「バッバです。どこで診察します？」

「キッチンのカウンターの保温パッドの上はどう？」わたしが言った。

「本当に診察をお望みですか？」

「ええ、もちろん。バッバは具合が悪いんだもの」メアリー・アリスは絵を盾のように持って、ジェイムズをキッチンに案内した。わたしはバッバを肩に乗せてあとに続き、ジェイムズがしんがりをつとめた。

「お腹のものを吐いたのがはじまりで」メアリー・アリスは肩越しにふり向いて説明した。

「そのあと、わたしたちが家に着いたら、保温パッドの上にいなくて」

「バッバは保温パッドの上で眠るんですか？」ジェイムズが訊いた。

「ええ、もちろん」

「キッチンのカウンターで」わたしは付け加えた。

ジェイムズは手を伸ばして、バッバの頭をなでた。「幸せだな」

「懐中電灯か何かが必要かしら？」メアリー・アリスが訊いた。

「お願いします」

シスターが懐中電灯を取りにいき、わたしがバッバをカウンターに降ろすと、ジェイムズは両手で器用にバッバの身体を押していき、とくにお腹を念入りに調べた。

「いいでしょう。少し熱があるようですが。体温計があるといいんですけどね」

「人間のものでもだいじょうぶ？」

「直腸で測れるものなら」

メアリー・アリスは持ってきた懐中電灯をわたしに渡すと、またどこかへ消えた。そしてまもなく体温計を持って戻ってきた。

わたしたちは黙って、ジェイムズが測るのを見ていた。バッバ以外は。体温計を挿しこまれると、バッバは大きな声で鳴きはじめた。

「いい子ね」メアリー・アリスはバッバの頭をなでた。

「熱が高いな」体温計を抜くと、ジェイムズは言った。「でも、お腹はやわらかいから。ほかの動物にいじめられるような場所にいったことは？」

「一度もないわ」

「それじゃあ、いつも通っている獣医さんに診てもらったほうがいいですね。たぶん尿路感染症だと思いますけど、検査をしないと確かなことは言えないから」

「ばかなことを言わないで。ドクター・アドキンズのところへ連れていけと言うの？　いまは土曜日の午後よ」メアリー・アリスは言った。「ドクター・アドキンズの留守番電話が正直だったら、いま頃は四番ホールでティーショットを打っていると言うはずよ」

「確かに、脱水症状は起こさせたくないんですけどね。ぼくの診療所に連れていってもいいんですけど、シェルビー郡ですよ」

バッバがひと声鳴いて、あくびをした。関心を集めているのがうれしいのだ。

「けっこうよ。あなたの車についていけばいい？」

ジェイムズ・バトラーは首をふった。「ひと晩入院が必要ですから。明日、バッバの様子を見にきたらどうですか？　たぶん、連れて帰れると思いますし。今夜は点滴を打ちますけど」

「ありがとう。それじゃあ、キャリーケースを持ってくるわ」メアリー・アリスはまた姿を消した。

午後の陽がシスターの家のキッチンに射しこみ、バッバの首をもむ黒く力強い手の向こうを照らしている。わたしはその手に触れた。ジェイムズは驚いて顔をあげた。

「クレア・ムーンがどこにいるか知っている？」わたしは訊いた。

「いいえ」

その言葉を信じられないのはなぜだろう？

11

機嫌の悪いバッバを乗せたジェイムズ・バトラーの車が車まわしを出たとたん、メアリー・アリスは両手を胸に当てて、階段にすわりこんだ。

「やっぱり、バッバに付き添えばよかった。ジェイムズ・バトラーのことなんて何も知らないのに」

「有能そうな獣医さんに見えたわよ」わたしは請けあった。

「体温計を挿す場所を知っていたから？　言っておきますけどね、パトリシア・アン。猫の健康管理って、昔とは大ちがいなのよ。ママのシュガーパイを覚えている？」

シスターの思考回路を解読しようと思ったけれど、ぜったいに無理だ。シュガーパイは二十年間近所を威嚇しつづけた大きなグレーのぶち猫で、死ぬまで一度も病気になったことがなく、逆にわたしたち家族全員が一度は傷口を縫ったり破傷風の予防注射を打ったりするために病院送りにされた。母はその猫をとてもかわいがっていた。

「電話して、ジェイムズの評判を確かめなくちゃ」メアリー・アリスは言った。「治療をやめさせるのに遅すぎることはないでしょうからね」

「どこに電話するつもり？　商業改善協会？　獣医学会？」

「きょうは土曜日よ、マウス。それならベントブルック・ゴルフクラブのほうがいいわ」メアリー・アリスは立ちあがった。「あとを追いかけてもいいわね。それならとりあえず病院の様子が確認できるし、クリスマスツリーも買えるもの」

メアリー・アリスの脳のシナプスはいったいどう繋がっているのか、やっぱりまったくわからない。

「あんたも欲しくない？」シスターが訊いた。

「ツリー？　ゆうべ飾ったばかりよ」

「あんな瓶のブラシみたいなのはだめよ。あれ、におうわよ、パトリシア・アン」

「でも、火事にはならないわ」

「油断は禁物。火事になったら、ああいうのは有毒ガスが出るから、ご近所まで避難させるはめになるんだから。ほら、ああいうのは何でできているんだっけ？」

わたしは肩をすくめた。「どこでツリーを買うつもり？」

「ハーパーズヴィルのクリスマスツリー・ファームよ。パトリシア・アン、あんたもせめてリースか、炉棚にかける花綱飾り（スワッグ）を買えばいいじゃない」

わたしはためらった。「でも、フランシスのことは？　すぐに戻るからって言っていたじゃない」

「戻るわよ。シェルビー郡まで車を走らせて、ジェイムズ・バトラーの診療所を見て、クリスマスツリーを一本切ってくるだけなんだから、あっという間にすむわよ」

　そのときはいい案に思えたのだ。こんな十二月の美しい午後に、クリスマスツリー・ファームをそぞろ歩きしたら、気分が浮き立つというものだ。緑のリースやスワッグを買うのも悪くない。

「あたしが運転する」メアリー・アリスが言った。

「いき方を知っているの？」

「電話して訊くわ」

　五分後、わたしたちはジェイムズとバッバのあとを追って、南へ向かった。

　バーミングハムはアパラチア山脈のはしに位置している。古くからあるなだらかな三つの山――レッドマウンテン、シェイズマウンテン、ダブルオーク・マウンテンが町の東西に平行に位置しているのだ。ダブルオーク・マウンテンの南側は急に土地が平らになり、それがすぐに海岸沿いの平らで肥沃な亜熱帯の土地に変わる。しかしながら、バーミングハムという町が存在するのは、石炭と鉄と石灰岩が豊富な山があるからだ。バーミングハムは昔もいまも鉄鋼の町なのだ。

　人々の住まいは南へ向かって広がり、最初にレッドマウンテンを越え、次はシェイズマウンテン、そして現在は軍隊アリの大群のように止まることなくダブルオーク・マウンテンをのぼりつつある。わたしは裸の山々を見たくない。だが、幸いにもアラバマ州はダブルオーク・マウンテンの大部分を買収し、未開拓のままとどめておくつもりのようだった。

シェルビー郡はシェイズマウンテンとダブルオーク・マウンテンのあいだからはじまる。シェルビー郡北部はアラバマ州で最も早く成長した大都市圏であり、最も裕福な都市のひとつだ。しかしながら、ダブルオーク・マウンテンを越えると、とたんにアラバマの田舎の風景が広がる。風で傾いた古い小屋や、色あせた〝岩の町へようこそ〟の看板。小さな貯水池が風景のなかに点在し、家々の正面のポーチには洗濯機が置かれている。

「動物病院の女性はぜったいに見逃さないと言っていたけど」車が郡道一七号線に入ると、メアリー・アリスが言った。「十字架の庭の三キロほど先らしいわ」

「十字架の庭って?」

「あたしも訊いたんだけど、いけばわかるって」

確かに、わかった。あらゆる大きさの何百という十字架に囲まれた家を通りすぎたのだ。木でできた十字架もあれば、金属のものもあるし、地味なものもあれば、模様が描かれていたり、色つきガラスで飾られていたりするものもある。あまりにたくさんありすぎて、隣接する野原まで十字架があふれているほどだった。

「十字架の庭ね」メアリー・アリスが言った。「すごくない?」

わたしはうなずき、アラバマの人間は奇抜さを評価すると言ったフランシスの言葉を思い出した。

「この先にロス・ペリーが死んだ場所があるはずよ」数分後にメアリー・アリスが言った。

「たぶん、ロスの車が落ちた場所が見えると思う」

「見たくないわ」わたしは言った。車は鬱蒼とした木々に囲まれた道路に入った。木々の隙間から、土手の下の流れが急なケリー川の輝く水面が見えた。

そして、見たくなかったものも見えてしまった。見紛いようのない跡が残っている。ロスとジェイムズの車や救急車やレッカー車が若木を倒し、土手に深い轍（わだち）をつけたのだ。

メアリー・アリスは車の速度を落として、現場を見た。

「やめてよ」わたしは頭を引っこめた。「このあたりには、ろくでもないハンターがほかにもいるかもしれないんだから」

「ロスは撃たれたんだと思うわ」メアリー・アリスは言った。

「シスター、ロスが撃たれたってことは、わたしだって知っているわよ。いったい、どうしたの？　だから、ハンターなんでしょ。銃を撃つから」

「あたしが言っているのは、犯人はロスを故意に撃ったんだと思うってことよ」

「その可能性はあるわね。でも、とにかくいまは、とっとと車を走らせて！」

メアリー・アリスはアクセルを踏んだ。「マウス、きのうのお昼、ロスは何を食べてた？」

「さあ。名前も聞いたことのない野菜でしょ。どうして？」

「人間にとって、最後の食事って大切なものでしょ。そう思わない？」

わたしはシスターをにらみつけた。「それがどうしたっていうのよ？」

「ふと思ったのよ。最後の食事になるとわかっていたら、ロスはあの料理を選んだかしらって」

わたしはわずかに痛みはじめてきた額をもんだ。「ロスはおいしそうに食べていたように見えたわよ。ワインもたくさん飲んでいたし」

「パトリシア・アン、あんただったら最後に何を食べたい？　《コスモポリタン》か何かの雑誌に、最後の食事の選び方でひとの心理がよくわかるって書いてあったわ」

「たぶん《コスモポリタン》じゃないわね。それに死ぬって聞いただけで、食欲が失せるわ」ちょうどよく左向きの矢印がついた〝インディアン・トレイルズ動物病院〟の看板が見えた。メアリー・アリスは一軒の家に向かって平坦な野原を横切っていく八百メートルほどの砂利道に車を入れた。テレビドラマ『ダラス』に出てくるテキサスの邸宅サウスフォークを思わせる情景だ。ただし、似ているのは情景だけだけれど。二階建てのペールピンクの家にはメアリー・アリスの憧れの円柱があり、視界をさえぎる木は一本もなかった。

「左よ」わたしは言った。ピンク色の家に見とれていたせいで、メアリー・アリスは〝動物病院〟とだけ書かれ、別の砂利道を指している矢印のついた小さな看板を見落としていた。メアリー・アリスはブレーキを踏んで、車をバックさせた。

動物病院は厩舎がある大きな建物だった。駐車場の向こうにはちょっとした芝生と〝インディアン・トレイルズ馬専用病院〟という看板が掲げられた歩道がある。

「バッバは馬の病院に連れてこられたのね！」思わず大きな声が出た。「この病院は〝ペット・ヘイヴン〟というんじゃなかったの？」

メアリー・アリスは車から降りた。「獣医には変わりないでしょ、マウス」

「何科であろうが、医師には変わりないって言っているようなものよ」

「そのとおりでしょ」メアリー・アリスは入口に向かって歩いた。「こないの？」

わたしは車を降りて、シスターのあとからがらんとした待合室に入った。

「誰もいないわね」

「いるはずよ」メアリー・アリスは診察室と思われる部屋のドアを開けた。「ドクター・バトラー？　ジェイムズ？」

うしろのドアが開いて、ジェイムズ・バトラーがキャリーケースに入れられたバッバと一緒に入ってきた。「どうやって、ぼくより先に着いたんですか？」

「寄り道をしたのね」メアリー・アリスが責めるように言った。「受付のひとはどこにいるの？　ここには誰もいないけど」

ジェイムズはバッバが入ったキャリーケースをおろした。元全米代表のフットボールのスター選手と昔ながらの南部の女のにらみあいだ。目と目をあわせて。勝負は最初からついている。「途中でガソリンを入れていたんです」フットボールのスター選手がもごもごと言った。「それに、ここにはドクター・グレイブルがいます。たぶん、見まわりをしているのでしょう」

「バッバを出すのを手伝うわ」メアリー・アリスが言った。

ふたりが奥の診察室にいるあいだ、わたしは敷地のなかを見てまわった。厩舎も見たかったけれど、のぞいていいのかどうかわからなかった。病気の動物も人間と同じように、かまわないでほしいのかもしれないから。白い柵の向こうの野原では、数頭のヘレフォード牛が草を食んでいる。健康そうだ。わたしは柵まで歩いていって、牛たちを眺めた。

「最近じゃあ、良質な牛を育てるのに信じられないほどのお金がかかるんですよ」うしろから声がした。ふり返ると、サーマン・ビーティが立っていた。サーマンは近づいてきて、柵のまえに立った。「ミセス・ホロウェル、ここには何をしに？」

「姉の猫が病気なの」

「ジェイムズが猫を診ているんですか？」サーマンは微笑んだ。

「別にだいじょうぶよね？　獣医には変わらないでしょう？」

「ええ、もちろん。ただ、ジェイムズは大型の動物に関しては、このあたりでいちばん腕のいい獣医なので。これからはもう少し謙虚に、小さな動物も診たほうがいいのかな」

「メアリー・アリスを相手にしたら、そんなことは思わないはずよ」

そのあとはどちらも何も話さなかったが、数分後に同時に口を開いた。

「マーシーのこと――」「ありがとうござい――」

サーマンがにっこり笑った。「お先にどうぞ」

「マーシーのこと、ご愁傷さまでした。それに、あなたもいろいろたいへんだったでしょう」

「ありがとうございます。まだ信じられなくて。妻が殺された方法についても。ああいう方法だったから、警察が何度もぼくに話を訊くんです。ジェイムズと一緒に馬を二頭飼っているから、ＤＭＳＯについても知っているはずだと言って」サーマンは首をふった。「ばかげている」

「でも、誰もが知っていることではないのでしょう？」

「意外と知られていることですよ」サーマンは帽子を脱いで、フランネルのシャツの袖で額を拭った。「ぼくがお礼を言いたかったのはクレアの面倒を見て、病院に連れていってくださったことです」

「クレアが無事だといいけど」わたしは言った。「きのうクレアの妹たちに会って、心配ないとは言われたんだけど」

サーマンが驚いた顔をして、わたしを見た。「グリンとリンに会ったんですか？」

「ええ。〈グリーン＆ホワイト〉というレストランで。姉と一緒に、ロス・ペリーとお昼を食べていたの。グリンたちはわたしのあとから化粧室に入ってきて、クレアは心配ないと言ったの。とにかく、そういう意味のことを」

「ふたりはどこに泊まっているのか話していましたか？」サーマンは柵の手すりを握りしめた。

「わたしはリリアン・ベッドソールの家だろうと思ったけど、ふたりは何も言わなかったわ」

「ああ、くそっ。ちくしょう。ミセス・ホロウェル、ぼくはもう失礼します。やらなければならないことがあるので。お会いできてうれしかったです」

「わたしもよ」急ぎ足で歩いていくチェックのシャツの背中に返した。いったい、どうしたのだろう？

数分後にメアリー・アリスとジェイムズが病院から出てきた。バッバは入院するのだろう。

「バッバはよくなりますよ」ジェイムズはシスターに請けあった。「ここにくるまえにもお話ししたように、バッバは少し脱水症状を起こしているので、点滴をしてから抗生物質を与えます。明日の朝、電話をください」

「バッバは七キロしかないことを忘れないでね」

「ええ、覚えておきますよ」

わたしたちが立ち話をしていると、サーマン・ビーティが小型トラックに乗って厩舎から出てきて、わたしたちに手をふると、砂利道を走っていった。

「どこにいくんだろう」ジェイムズが言った。

わたしも同じことを考えた。だが、車に乗って病院を出たときに、その答えがわかった。わたしたちが高速道路に向かうために砂利道を出て右にまがったところで、サーマンは左にまがり、野原の真ん中に建つウエディングケーキのようなピンク色の家に向かったのだ。まだ道路に赤っぽい土煙が舞いあがっていたせいで、トラックが通った道がわかった。クレアはあそこにいるのかもしれない。そうであってほしいと、わたしは願った。

「これまた、すごい豪邸ね」メアリー・アリスが言った。「バトラー一族全員が住めるくらいの大きさだわ」

「エイブとボニーはいまの家が好きみたいだけど」

「そうね」車が広い道路に入った。「バッバはだいじょうぶよね？　馬の病院だとしても、ジェイムズの印象はよかったわ」

「バッバならがんばれるわよ」ジェイムズは猫を診察することを軽く考えているかもしれないとサーマン・ビーティが話していたことは言わずにおいた。

二八〇号線に戻る途中で、ロスが死んだ場所を通りすぎた。わたしは深い森を見て、鹿狩りのハンターがロスを撃った可能性も大いにあると考えた。そのあと十字架の庭のまえを通った。十字架はいくつあるのだろうと考えていると、大きな十字架の陰から腰のまがった老人が出てきた。ライフルを持って、銃口をこっちに向けている。わたしは床に頭をぶつけ、シスターはブレーキを踏んだ。

「どうしたのよ」シスターが言った。

「撃たれるまえに、ここから離れて！」

「穴掘り機で？　勘弁してよ、マウスったら！」メアリー・アリスはクラクションを鳴らして、老人に手をふった。

「穴掘り機？」シートベルトをはずし、怖々と身体を起こして、うしろを見た。老人は片手をふり、片手で穴掘り機を持っていた。

「どこか、ぶつけなかった？」メアリー・アリスが訊いた。

わたしは胸をさすった。「もう鉛筆テストには二度と合格しないってことだけは確かね」

胸の下に鉛筆をはさむテストのことだ。胸が引き締まっていて反りかえっていれば、鉛筆は落ちる。言うまでもないが、若い娘か胸がぺったんこの女性でなければ受けないテストだ。

「四十年まえからテストには合格していないでしょ。いったい、どうしちゃったのよ」メアリー・アリスはふたたび車を走らせた。

「殺人事件がふたつ、のぞき見をされて、誘拐があって、救急車に乗った。そんなところね」

「エストロゲンをふやしたほうがいいかもね」

わたしはシートベルトを締め直し、目を閉じてマントラを唱えた。

「何をしてるの？　マントラを唱えているの？」シスターが訊いた。

わたしはうなずいた。

「ねえ、マウス。あたしたち、マントラを唱えるには年をとりすぎたと思わない？　つまり、あたしたちの年になると、内なる自分が強くなりすぎているというか。何を言っているか、わかる？」

不思議だけれど、理解できた。

「ウォーレン・ニューマンが内なる子どもを引き出せってことばかり言うものだから、『ウォーレン、あなたは木のタンスに入っていたシャーリー・テンプル人形のことを言っているのね』って言ったの。そうしたら、ウォーレンがそうかもしれないって答えるものだから、あんたがあたしのシャーリー・テンプル人形をなくしたことを思い出して、その話をしたの」

わたしはため息をついた。ウォーレン・ニューマンはシスターが通っている精神科医で、わたしたち姉妹をとまどわせることばかり言う。

「シャーリー・テンプル人形をなくしたことをあんたがあやまったのかって訊かれたから、あやまっていないと答えたわ」

「メアリー・アリス、あなたのシャーリー・テンプル人形をなくしてしまって、ごめんなさい」

「許すわ」メアリー・アリスは車を二八〇号線に入れて、ハーパーズヴィルへと向かった。

「気分がよくなったんじゃない？　あたしはよくなった」

クリスマスツリー・ファームではちょっとした交通渋滞ができていた。経営者がクリスマスツリーを植えている原っぱまでラバが引く馬車に乗せることで、収入をふやそうと考えたのだ。わたしたちはひとり二ドルの料金を払って馬車に乗りこんだ。

「なかなかいいわね」シスターが言った。「でも、ここにふさわしい格好をしてくるべきだったわよ、マウス」

赤いスーツとハイヒールは確かに木を切ったり、ラバが引く馬車に乗ったりする格好ではない。「わたしは〈ブルームーン〉でお昼を食べていたのよ。フランシス・ゼイタと。フランシスのことを忘れちゃったの？」

「忘れるはずないでしょ。彼女なら、きっとうまくやっているわよ」

ラバたちが動きだした。「さあ、いくぞ」みんなが言った。

それからの一時間はとても楽しかった。わたしは靴のかかとを着けないで爪先立ちで木のあいだを歩き、メアリー・アリスが理想的なツリーを見つけるのを手伝った。

「これにするわ」ついに、メアリー・アリスが決めた。じっくり木を見てみると、確かにいい。とても背の高いモミの木で、これならシスターの家のリビングルームにぴったりだ。

「切ってしまうのが惜しいわね」メアリー・アリスはそう言いながら、斧を持った係員を呼び止めた。

また馬車に乗って戻ると、わたしたちはリースとスワッグをふたつずつ選んだ。そして車の屋根にツリーをくくりつけ、座席にリースとスワッグをのせると、見た目もにおいもクリスマスらしくなった。上等なネイビーブルーの靴の状態は考えないようにした。

帰りは一七号線に出る近道を通った。「この道にはおもしろい場所があるのね」わたしはおとぎ話に出てくるようなピンク色の家や十字架の庭を思い出して言った。

「レオタ・ウッドもこの辺りに住んでいるのよ」シスターが言った。

「あのキルトをつくったひと?」

シスターはうなずいた。「家を訪ねてクリスマスの買い物をしようと思っていたのよ。きっと画廊で買うより安いでしょう」

「この辺りに住んでいるって、誰に聞いたの?」

「ボニー・ブルーよ。ジェイムズの家のすぐ近くに住んでいるって言ってたの。いまからいく？」

「シスターはショッピングモールに戻らなきゃいけないし、わたしももう帰らなくちゃ」

「来週はどう？」

「いいわ」わたしの予算ではレオタ・ウッドの作品が買えるとは思わないけれど、見るだけでも楽しそうだ。

ダブルオーク・マウンテンを越えると、雲が北西に動いていくのが見えた。暗い雲を見ていると、数日まえの夜の雪や、足跡や、どういうわけかロス・ペリーのことを思い出した。

「ロス・ペリーのことを教えて」わたしはメアリー・アリスに頼んだ。

「何を知りたいの？」

「どんなことを知っているの？　わたしがロスと話したのは〈グリーン&ホワイト〉で会ったときの一度きりだから」

メアリー・アリスは考えているときの癖で、口をすぼめた。「ロスは物知りだったわ。美術館にとっては、とてもよい理事だった。ゲイだったのかもしれない」少しためらってから続けた。「だからといって、別にそれが気になったわけじゃないわよ、マウス。わかるでしょ。年をとるにつれて、ゲイの男性のよさがわかってきたの。みんな、とても思慮深いから」

同感だ。「誰かと一緒に暮らしていたの？」

「あたしが知るかぎりでは、ひとり暮らしだったはず。ロスはフォレストパークに立派な家があって、この夏にプールパーティを開いて、理事たちを夫婦で夕食に招待してくれたの。でも、ほかに誰かが住んでいるようには見えなかったわ」メアリー・アリスは山のふもとの信号で車を停めた。「お金に困っているようにも見えなかった。すばらしい美術品が飾ってあったし」信号が変わってアクセルを踏むと、クリスマスツリーが車の屋根を引っかく音がした。「ああ、もう。このツリーのせいでいくらかかることになるやら」

「マーシーとサーマンもパーティにきていたの？」

「プールパーティに？　泳いだのはあのふたりだけだったわね。マーシーなら鉛筆テストに合格したわよ、マウス」

「でも、マーシーとロスは仲が悪かったのよね」

「そうよ。その晩だって、マーシーがロスをプールに突き落としたんだから。たまたまってふりをしていたけど。でも、マーシーはわざとよろけてロスにぶつかったのよ。この目で見たんだから。すごく申し訳なさそうにしていたけど。あのビキニで跳ねまわって」

「ロスがカナヅチじゃなかったことを祈るわ」

「マウス、ロスは歩いてプールから出てこられたの。すごく腹を立てていたわ。怒っていないふりをしていたけど。その場で脳卒中を起こさなかったのが不思議なくらい」

「クレアもその場にいたの？」

メアリー・アリスは首を横にふった。

「あたしが覚えているかぎりでは、理事でもその連れあいでもないひとでパーティにきていたのは、リリアン・ベッドソールだけね。マーシーがやったことにちゃんと気づいていたけど、見事にその場を収めていたわ。ロスが濡れた服を着がえて戻ってきたときには、リリアンのせいで全員が酔っぱらっていたから」

「ロスの仕事は新聞のコラムだけ？」

「あたしが知っているかぎりでは。あと、本を二冊書いているわ。芸術に関する本で、一般向きではないわね。印税でお金持ちになれるような本じゃないってこと。でも、お金には困っていないのよ。たぶん、もともと裕福な家なのね」

「ニューオーリンズの出身？　新聞には、お姉さんがニューオーリンズに住んでいるって書いてあったけど」

「ええ。でも、大学を出てすぐにバーミングハムにきたはずよ」

次が六万四千ドルがかかった質問だ。「ロスのこと、好きだった？」

メアリー・アリスは一瞬考えこんだ。「彼は背中を見せたくない類いのひとだったわね」

「どういうこと？」

「さあ、なんとなくよ。まあ、冷たいところがあったからかも。でも、これだけはわかるわ。もしマーシーが死んでなかったら、警察は一日じゅう彼女を質問攻めにしたでしょうね」

「どうして、ふたりはお互いにいがみあっていたのかしら」

「もしかしたら、調べられるかも」シスターが言った。「ただし、仮にロスが殺されたのだとしても、彼を恨んでいたのはマーシーだけじゃないけどね」

「捨てられた恋人がいたのかもしれない」

「まぬけな鹿狩りのハンターがいたのかもしれない」

わたしたちはしばらく黙りこんだ。二週間後にクリスマスを控えた土曜日の渋滞はひどく、これが通路二八〇号線と呼ばれる所以だった。住宅街や商店街やショッピングセンターが二車線の山道に、交通工学専門家でも予測できなかった渋滞を引き起こしたのだ。走っている車の多くは、わたしたちの車と同様に、屋根にツリーをくりつけている。

メアリー・アリスは比較的速く進みそうな車線の二台の車のあいだに隙間を見つけて、すばやく割りこんだ。けれども三メートルも進むと、また止まった。「みんな、どこにいくのかしら」ぶつぶつ文句を言った。

隣の車線で運転している女性はどうやらクリスマスカードの宛名を書いているようだった。片手で住所録を持ち、ハンドルにカードを立てかけて書いている。あまり書きやすそうではないし、きれいな字を書けそうでもないけれど、時間を有効に使っている点は称賛に値する。わたしたちがただすわっているあいだに、彼女は三枚の宛名を書いたのだから。

「こんなの、おかしいわよね」メアリー・アリスは指でハンドルを叩きながら言った。「ねえマウス、クリスマスって変わったと思わない？　昔はタンジェリンや硬いキャンディをもらっただけで感謝していたのに」

「シスターの頭に浮かんでいるのは『クリスマス・キャロル』のクラチット家の話でしょ。わたしたちはリビングルームに抱えて入れないほどのプレゼントをもらっていたわよ」本当だ。母はクリスマスをとても大切にしていたし、わたしたちは両方の祖父母にとって、ふたりきりの孫だったので、たくさんのプレゼントをもらえたのだ。

「でも、タンジェリンでも硬いキャンディでも感謝していたわよ。横に小さな花がついているキャンディなんて、とくに。あれ、まだ売ってるのかしら」

「しばらく見ていないわね」

「あの花は何色だった？　ピンク？　黄色？」

「キャンディはピンクで、横が白くて、黄色い花がついていたわ」

「ピンク色の花もあったわよ」

「覚えているわけないでしょ？　シスターは包みを破るのに忙しかったんだから。自分のが終わると、わたしのにまで手を伸ばしてきて」

メアリー・アリスが鼻を鳴らした。「あんたはいつだって、あたしのほうがたくさん食べちゃうって心配していたわよね」

「いつも食べていたじゃない。自分の分を食べ終わると、ママが見ていないときに、わたしのを半分取っていったわ」

「嘘ばっかり」

「本当だってば」

「あんた、あたしのシャーリー・テンプル人形をわざとなくしたでしょう。自分が買ってもらえなかったから」

「もう、そのことはあやまったわ」

車が前進し《サザン・リビング》誌を読んでいる女性ドライバーの車の横に並んだ。クリスマス用に飾られた、気持ちよさそうな暖炉の表紙がいい。

「シスターがバッバを置いてきた馬の病院の裏で、サーマン・ビーティと少し話したの」わたしは話題を変えた。

「クレアについて、何か言ってた？」

「グリンとリンに会ったと話したら、びっくりしていたみたい。動揺していたというか。だから、急に出かけたんだと思うわ」

「あんたがグリンとリンに会ったから？　どうして、そんなことで動揺するわけ？」

また車がまえに進み、今度はマスカラを塗っている女性の隣になった。

「たぶん、グリンたちがクレアについて何を知っているのか、知りたいんじゃないかしら。クレアの居場所とか。最初わたしは双子がクレアを連れ出したのかもしれないと考えたわけ。次に、クレアを連れ出したのは双子ではなくてサーマンだけど、双子はそのこともクレアが無事だということも知っているにちがいないと思ったの。でも、いまはやっぱりクレアを連れ出したのは双子で、サーマンは何も知らないんじゃないかという気がするのよ」いったん、話を中断した。「ちゃんと、話についてきてる？」

「もちろん。でも、もっと大きな疑問があるわ。クレアが連れ出された理由と、いまの居所よ。パトリシア・アン、実際のところ、あんたは双子について何を知っているわけ？」

「ふたりがすごい美人で、ニューヨークに住んでいて、ふたりの大おばであるリリアンによれば、子ども時代にクレアほどひどい虐待は受けていなかったってこと」

「なるほど。あたしが見たところでは、誰がクレアを連れ去ったにしろ、それはクレアを守るためか、あるいは消すためか、そのどちらかね」

「やめてよ、メアリー・アリス!」身体が震えた。

「どうしてよ? あんただって、そのとおりだとわかっているんでしょ」

「きっと、クレアを守るためよ」

「マーシーを殺し、もしかしたらロスも殺したかもしれない人間から?」メアリー・アリスは必要もないのに、また車線を変更した。一瞬、カード書きの女が隣に並んだ。

「わからない。だいたい、どうして自分がこんなことに巻き込まれているのかもわからないんだから」わたしは額をもんだ。

「〈スクート&ブーツ〉の事件に巻き込まれたときと同じね。あんたが自分から巻き込まれているのよ、パトリシア・アン。物事を自分のことのように受け止めてしまうから」

わたしが殺されかけたカントリー・ウエスタン・バー〈スクート&ブーツ〉がシスターの店であることは指摘しなかった。〈マーシー・アーミステッド画廊〉のオープニングパーティに出席したのも、シスターに誘われたからだということも。そして額を強くもんで、アスピリンを持っていないかと姉に訊いた。

「あるわよ」シスターは言った。「ハンドバッグの横のポケットを見て。それから、その缶にコーラが残っているから」床の〈ラバーメイド〉のドリンクホルダーを指さした。「少しはシュワシュワが残っているかも、確か、きのう買ったやつだから」

炭酸は残っていなかったけれど、アスピリンを流しこむためには飲むしかない。

車の屋根の上のツリーはビルにおろすのを手伝ってもらうからそのままでいいとメアリー・アリスが言うので、わたしはスワッグとリースを持って家へ帰った。空では雲がかなり広がっており、午後遅くの陽射しが所々でさえぎられている。谷沿いに車を走らせていると、ヴァルカンのむき出しの尻が午後の陽射しを浴びて、黄金色に輝いているのが見えた。きょうが初めてではないけれど、何も知らずに南からバーミングハムに近づいている人々にとって、これはとても驚くべき光景にちがいないと考えた。

家の勝手口を開けると、ホットドッグのにおいがした。

「ただいま」わたしはなかに呼びかけた。

「お帰り」フレッドとヘイリーが応えた。

居間をのぞきこむと、ふたりはホットドッグを食べ〈グラピコ〉（グレープ味の炭酸飲料）を飲んでいた。ヘイリーはソファにすわって、コーヒーテーブルに足をのせて。フレッドはリクライニングチェアでくつろいで。テーブルにはホットドッグ店〈スニーキー・ピート〉の空の袋がのっている。

「また『素晴らしき哉、人生！』を見ているんだ」フレッドが言った。「きみの分のホットドッグは冷蔵庫に入っている」

「〈グラピコ〉もある？」

「もちろん」

わたしはリースとスワッグを暖炉に置いた。

「ヘイリー、あなたの車は？」

「デビーに貸したの。車が故障しちゃったんですって。それで、警察のダンスパーティのために買ったドレスをママに見せようと思って、デビーの運転でここまできたの」

「そう。〈スニーキー・ピート〉へは誰がいったの？」

「パパとふたりでよ」

「いいにおいね」

わたしは泥まみれのネイビーブルーのハイヒールを脱ぎ、ホットドッグにケチャップとマスタードを残らず塗って、電子レンジで数秒間チンした。

「映画はいまどのあたり？」訊きながら、ホットドッグと〈グラピコ〉を持って居間に入った。

「ジェームズ・スチュワートとドナ・リードが結婚したところよ」ヘイリーが答えた。

「よかった」

スカートのウエストのボタンをはずして、満ちたりた気分でソファにすわった。わたしは伝統を重んじる純正主義者ではない。だから、テッド・ターナーが進めたカラー化された映画も好き。〈スニーキー・ピート〉のホットドッグも好き。だから、いまはとても幸せ。

「デザートのキャンディーバーもあるわよ」ヘイリーが言った。
ああ、天国。

12

翌朝、わたしは山のような汚れものを洗濯機に入れ、雨というより濃霧に近い霧雨が降るなか、ウーファーを散歩に連れていった。湿り気がわずかに顔にあたるのがひんやりと心地よく、とても気分のいい散歩になった。髪は縮れてしまうけれど、もう何年もまえからそんなことは気にしていない。この霧雨でにおいも強調されるのか、ウーファーは木や柵の支柱や茂みを通りかかるたびに立ち止まってはにおいを嗅いだ。それでも急かしたりはしなかった。ウーファーもわたしも散歩を楽しんでいたから。

家に戻ると、バッバの具合を訊くためにメアリー・アリスに電話をしたけれど、応答したのは留守番電話だった。どこかのカタログで季節限定の挨拶を流すテープを買ったらしく、聞こえてきたのは、『ウィ・ウィッシュ・ユー・ア・メリークリスマス』のメロディーにあわせて、「いま留守にしてますので、メッセージをくださーい」という替え歌だった。

「バッバの具合を、訊きたくて電話したの。よくなっていることを、願いーますー」わたしも替え歌で返した。「都合のいいときに、電話をくださーい。きょーうは家に、いる予定ですー」

「いったい何事だ」フレッドが戸口に立ってあくびをした。「何時から起きていたんだ？」

「ずっとまえからよ。ずいぶん寝坊ね」

　フレッドが近づいてきてハグしてくれた。「濡れている」

「もうウーファーを散歩に連れていったのよ。霧雨が降っているわ」

「コーヒーをいれよう」フレッドは足を引きずってコンロまで歩いていった。去年のクリスマス、フレッドは息子のフレディから子羊の毛で裏打ちされた、上等な革の室内履きを贈られた。問題はそれがサンダル（スライド）型であることで、滑り（スライド）やすい履きものが苦手なフレッドにはまさにぴったりの名前だった。フレッドははき方のコツがつかめず、サンダルが脱げないように足をあげずにはくことができないのだ。ビーチサンダルでも同じで、まるで痔の薬がすぐにでも必要なひとのような姿勢で海辺を歩くのだ。

「爪先を丸めるのよ」いつもそう言うのだけれど、うまくいった試しがない。

「ペーパーフィルター」

　わたしは指をさして教えた。フレッドはコーヒーを持って、また足を引きずって居間へいった。わたしは洗濯した衣類を乾燥機に入れ、コーヒーのお代わりを注いで、居間にいった。

「ロス・ペリーがまた一面に載っているぞ」フレッドがその面を差し出した。

「ああ、ロスは新聞にコラムを書いていたから。個人的に関心を持たれているんじゃないかしら」わたしは腰をおろし、警察はまだ手がかりをつかんでいないという記事を読んだ。ケリー川からロスを引きあげたジェイムズとイヴォンヌの話もくり返されている。新しい話題は、追悼礼拝については後日発表すると家族が語ったことだけだった。

「きっとニューオーリンズに埋葬されるのね」わたしは言った。

「何だって？」フレッドは批評解説面から顔をあげずに訊いた。

「ロス・ペリーの追悼礼拝は後日行われるんですって。メアリー・アリスはあの新しい黒のスーツを同じ週に三度着る心配をしなくてすむわ」

「よかったな」

「日曜日のこんな朝早く、いったいどこへいったのかしら」

「まったくだ」

「ウーファーを散歩に連れていったとき、両脚の骨を折ってしまったのよ」

気のない返事にいらだって、わたしは試しにそう言ってみた。

「きみの言うとおりだ」フレッドは批評解説面をめくって、裏の面を読みつづけた。

わたしはため息をついて新聞を置き、シャワーを浴びにいった。

「驚いた。ちゃんと歩けるんだな」フレッドが声をかけてきた。

ちゃんと聞いていたのね。いけ好かない男。

シャワーとシャンプーをすませて十五分後に居間に戻ると、新聞は〝ビジネス&マネー〟面に戻っていた。フレッドは株価の欄を見るのに使う、ライトがついた小さな拡大鏡を持っている。〈ウォルマート〉の株式を購入した日に買ったので、お守りにしているのだ。本人は決して認めないけれど、わたしは彼という人間を知っている。だからこそ、ウーファーの耳についたマダニを取るときに、魔法の拡大鏡を借りていることも話さない。

「うちの株の調子はどう？」わたしは新聞を指さして訊いた。

「〈ウォルマート〉はあがっている」

「ずっと考えているんだけど、もしかしたら分散させたほうがいいのかも。〈ウォルマート〉を三十株売って、安全な公益企業株に投資するとか」

　フレッドは新聞を握って胸に押しつけた。「安全？　まいったな、パトリシア・アン。創業者のサム・ウォルトン自らが〈ウォルマート〉株を買うよう勧めたんだぞ」

　それは本当だった。フレッドはダラスから乗った飛行機で、持っているものすべてを〈ウォルマート〉に投資したと話す気立てのいい老人と一緒になったのだ。

「すべてですか？」フレッドは老人のことが心配になって訊いた。

「ほぼ、すべてかな。でも、きっとだいじょうぶだ」

　二週間後、老人の名前を訊き忘れたフレッドは《タイム》誌の表紙になっていたサム・ウォルトンの写真を見て仰天した。

「それは験（しるし）よ。お告げなんだわ」フレッドが《タイム》を買って見せてくれると、わたしは言った。「家も事業も売って投資しましょう。サムの誇りになりましょう。アメリカの誇りになるのよ」

　結局買ったのは三十株だったが、それでもフレッドには大金だった。

「公益企業株だって？」フレッドは喘ぐように言った。「本気か？」

「ひとつの企業に何もかもを賭けるのはどうなのかしらって思っただけよ」わたしはキッチンに入った。「シリアルはいる?」

「ベーグルはあるか?」

「冷凍なら」

「それでいい」

「ねえ、〈レンダーズ・ベーグル〉の株もいいかもしれない」

ちょっと言いすぎたようだ。

「そこまでだ、パトリシア・アン」居間から声がした。

静かな朝だった。わたしはクリスマスプレゼントを包装して、ツリーの下に置いた。それからクリスマスカードの宛名を書いた。何度かメアリー・アリスに電話をかけたけれど、「いま留守にしてますので、メッセージをくださーい」という歌が聞こえてくるだけだった。わたしも二回は歌でメッセージを残したけれど、毎回歌うのはあまりにもたいへんだった。

フレッドはわたしへのプレゼントをつくるのでおりてこないようにと警告して、地下の作業場に消えた。いま彼がつくっている植木鉢スタンドは、冬の気候がよいときにシダが葉を伸ばせるように、植木鉢をすべて吊せるものをわたしが設計したものであり、秘密にする必要はない。フレッドはたんにひとりになりたいのだろう。そのほうがわたしにも好都合だった。

〝パトリシア・アンのカフェテリア〟で一緒に昼食をとると(すべて冷蔵庫の残りものだ)、フレッドは地下へ戻った。わたしは図書館から借りた本を集めて——そのうち二冊は返却期限をすぎている——作家ユードラ・ウェルティーの写真展を観にいくためにダウンタウンへ向かった。

バーミングハム公立図書館のコンピュータネットワークはとても見事で、四十カ所を超える図書館が結ばれている。わたしはいつもであれば最寄りの図書館へいくが、時間があるときや、特別な展示があるときには中央図書館を利用している。中央図書館はふたつの建物で構成されている。貸出可能な収蔵物があるとても近代的な構造の新館と、道路を渡った向かいにある古い旧館で、そこは神話の場面を描いた壁画で飾られ、三階まで吹き抜けになっているロビーがある。五十年のあいだ中央図書館として機能してきた旧館は、いまは調査研究棟となっている。そして、ふたつの建物を繋いでいるのが道路をまたぐ渡り廊下だ。

わたしは風通しがよくて明るい新館も大好きだけれど、旧館には特別な思い入れがあった。初めて働いた場所だからだ。そのときの肩書きは〝利用者のお手伝い〟で、その風変わりな名前のとおり、わたしは利用者が求める本を探すために、一日何十回も書庫にいかなければならなかった。本を書棚に戻し、目録カードを整理し、利用者の調べ物も手伝った。いちばんの役得は新しい本が入ってくると、すぐに読めることだ。そして、いちばんの問題は歩いてばかりいるせいで、年じゅう足にタコができていることだった。

アメリカ南部では、昔もいまも図書館が広く活用されているが、それは南部以外のひとには意外なようだった。「アラバマのご出身にしては、読むのがお上手ですね」ディナーパーティで、ある女性からこう言われたことがある。メアリー・アリスにひじで突かれて「マウス、ブタみたいに下品なふるまいよ」とささやかれていなかったら、きっと彼女を殴っていただろう。

わたしは新館の裏の駐車場に車を停め、傘をさすほどの雨ではないと考えて、裏口まで走っていった。この裏口の先は広い通路になっていて、右側には閲覧室があり、左側にはガラスでできた陳列ケースが並んでいる。ユードラ・ウェルティーの写真はその陳列ケースに展示されていた。数人が写真を観て、ウェルティーの著書から引用された言葉を読んでいた。わたしは帰るときに観ることにした。

返却期限をすぎた本は五十セントの料金を取られたが、よいお金の使い方だった。わたしは料金を支払って、フィクションの新刊が並ぶ場所へ向かった。そこには新しい新聞もあるので、すわり心地のいい椅子にすわって読んでいるひとが数名いた。ロス・ペリーの話は《モンゴメリー・アドヴァタイザー》でも一面に載っていた。その新聞を読んでいる男性を見て、わたしはロス・ペリーを思い出した。たぶん、光が禿げ頭に当たっていたからだろう。

疑問が多すぎる。

「そうよ！」思わず、てのひらで額を叩いてしまった。ここには、たくさんの疑問の答えが収められている。理想的な情報源を見過ごしていたのだ。わたしは踵を返して、エレベーターへ向かった。調査研究棟にはベッドソール家についての資料がそろっているはずだ。ロス・ペリーに関する資料も。ロスが書いたコラムもすべてあるだろう。ニーダム姉妹の裁判の資料さえ。これまで思いつかなかったことが信じられなかった。わたしは渡り廊下に出ると、スキップしてしまいそうになった。

まず、調べる手間の少ないロス・ペリーのコラムから読みはじめた。コラムは通常は〝マーキー〟と呼ばれる金曜日版に載っていた。金曜日版には週末にやるべきことに加え、さらに範囲を広げた当月のイベントのカレンダーが載っていて、テレビ番組、コンサート、書籍、美術展、批評付きの新作映画の紹介などが列挙されている。わたしは去年の新聞のデジタル化されたテープを借りて装置に入れ、コラムを読みはじめた。その多くはすでに読んでいるものだった。作品によって評価はさまざまだが、酷評されているものはない。

わたしは五年まえの新聞まで遡って、またロスのコラムを読みはじめた。ロスの文章はうまかった。英語のもと教師としては、その点は認めないわけにはいかない。美術の評価についてはわからないけれど。読んでいくなかで、どの作品も絶賛している年があった。バーミングハム美術界にとって格別の年だったのか、ロス・ペリーが眼鏡を換える必要があったか、抗うつ薬を飲みはじめたか、いずれかにちがいない。わたしはテープを巻き戻して、十年まえの新聞からはじまっているテープを入れた。

大当たり！　一月十一日付けのマーキー版で、ロス・ペリーはイギリスのある村にできた新しい画廊の開業記念展示会について論評していた。画廊はとても興味深く、三人の画家も悪くないが、四人目の画家である新人マーシー・アーミステッドの作品は退屈で、精彩を欠いており、未熟だとある。模倣でしかないのは明らかだが、模倣した作品の名前を挙げるのは、その作品を侮辱することになる。この画家、つまりマーシーは、才能の欠如により展示会全体を台なしにしていると書いているのだ。

　このあとも論評はさらに辛辣になっていった。

「うわあ」思わず、声が出た。「すごい」

　わたしは図書館員を見つけて、論評をコピーする方法を教わった。こんなことがあったから十年後、マーシーはロスに〈ドクター・ペッパー〉の缶を投げつけてプールに突き落としたのだ。ロスが蒔いた種だった。ロスがこの論評を書いたとき、マーシーは二十代前半で、まだほんの駆けだしだった。当時の作品の出来が悪かったにしても、のちに国際的な評価を得るようになったのだとしたら、おそらくそれほどひどくなかったはずであり、この論評はあまりに容赦なく、マーシーは打ちのめされたにちがいない。わたしはテープを先に進めたけれど、こんな論評はほかには見つからなかった。十年まえ、ロスはマーシーに敵意を抱いていたようだ。だが、その理由の手がかりは見つからなかった。

　わたしは〝ベッドソール、ベティ〟と名前を入力して、ベティがミス・アメリカに選ばれた一九五六年のテープを借りた。そこには大きな花束を持って、アトランティックシティーいきの列車に乗りこむベティの写真が載っていた。それから硬い漏斗（じょうご）のようなもので胸を隠し、自信たっぷりな現在のミス・アメリカより七、八キロは重そうな体重で、水着コンテストで優勝したときの写真も（母だったら「見せびらかしちゃって！」と言っただろう）。またニンジンを握り、二度と飢えたりしないと誓うスカーレットを演じて、タレントコンテストで優勝したときの写真もあった。「家じゅうで泣いた」と記者は書いている。

「そうでしょうとも」わたしはぶつぶつ言った。だが、スカーレットに扮して長い黒髪にしていたり、水着を着ていたりするベティ・ベッドソールが美しかったことは確かだった。その笑顔は眩く、少し吊りあがった目はクレア・ムーンを華やかに見せている目と同じだった。バーミングハムに凱旋したときの写真もあり、ターミナル駅に大勢のひとが集まって、ベティはまた花束を持っていた。新聞のこの面を見たとき、何かが目を引いた。わたしは新聞を拡大して、ベティが一輪のバラを渡している若者をじっくり見た。ロス・ペリーではないだろうか。鉛筆の先についている消しゴムを若者の頭に当てて、髪の毛を隠した。それでもまだ確信が持てなかったし、若者の名前は記事にも書かれていなかった。わたしは若い図書館員を呼んで、拡大した新聞のコピーの取り方を教えてもらった。

「あなたが楽な靴をはいているといいんだけど」わたしは言った。

「はいていますよ」彼女はにっこり笑った。下を見ると、一トンもありそうなアーミーブーツだった。それでも八センチのハイヒールよりはましだろう。

「娘さんが殺された方ですよね？」図書館員は写真を指さして言った。

わたしはうなずいた。「ベティ・ベッドソールよ」

「彼女について調べていらっしゃるのであれば、アメリカ南部歴史部門にすべての新聞を切り抜いたファイルがありますよ。新聞を全部見る必要はありません」

「ありがとう」どうして、そのことを思い出さなかったのだろう？

図書館員はうなずいた。「たぶん全部コピーされることになると思いますけど、いまならまだファイルの入った棚の紙ばさみにありますから」

「助かるわ。ありがとう」わたしは記事のコピー二枚をハンドバッグに入れて、階段をのぼった。

アメリカ南部歴史部門は研究者にとって、このうえなく貴重な情報源だった。バーミングハムの資産家の寄付によって資金の一部が賄われ、いかにも生真面目そうな名前の図書館員ミス・ボックスによって四十年以上も厳格に守られ蓄積されてきた資料は、歴史家にとっては宝物であり、系図コーナーだけでも多くの人々を引き寄せている。そして、クリスマスが近いきょうも例外ではなかった。

わたしは机にすわっていた若い男性にベティ・ベッドソールの切り抜きファイルを探してくれるよう頼んだ。すると一分後にはファイルが手もとにきた。

「彼女はあなたを誇りに思うでしょうね」一生を懸けた仕事の成果を利用している人々を見おろしているミス・ボックスの肖像画を指さして言った。「台なしにしたら、命はないと思いなさいよ」ミス・ボックスはそう言っているようだった。

若者は心からうれしそうに微笑んだ。

わたしは空いているテーブルを見つけて、フォルダーを開いた。切り抜きは日付どおりには並んでいなかったが、かまわなかった。何を探しているのか、自分でもわからないのだから。

最初の記事は一九五〇年代のものだった。ベティと父親のエイモスがカメリア・ボウルで一緒に写っている写真だ。写真には社交界にデビューしたほかの娘とその父親が二組写っていたが、目にとまるのはベッドソール親子だけだった。父親とほとんど変わらない背丈で、ストラップレスの細身のドレスを着た十八歳のベティは、カメラのまえで品をつくっている。あるいはカメラマンに対してかもしれない。頭をちょっぴり傾げ、唇をほんの少し開いているベティは、フリルのついたドレスを着ておとなしく「チーズ」と言っているふたりの娘たちよりずっと洗練されていた。そして四十代前半の二枚目な男、エイモス・ベッドソールはカメラではなく、娘に微笑んでいる。娘の姿を見て喜んでいるのは明らかで、わたしは目に涙が浮かんできた。

次の切り抜きはベティがサミュエル・アーミステッドと結婚したときの記事だった。独立長老教会の階段をおりてくるときに撮られた新郎新婦の写真の下には〝ミス・アメリカが結婚〟というキャプションがついている。ベティは何もかもがふわふわとした伝統的な花嫁だった。わたしは記事をざっと読んだ。新郎は著名な映画プロデューサー。花嫁付添人は十人。スイス製の水玉模様のブルーのドレス。ディナーは着席。バーミングハム・カントリークラブ。

記事は長く、次の面まで続いていた。わたしはクリップをはずして、ディナーの席で撮った写真を見た。一枚はロス・ペリーがシャンパングラスを掲げて、乾杯をしている写真だった。今度は名前が載っていた。アトランティックシティーいきの列車に乗りこむときに、ベティがバラを渡していたのと同じ男性だ。

「うーん」わたしは残りの切り抜きにすばやく目を通していった。娘マーシー・ルイーズ誕生の発表。息子アンドリューの誕生。その後ミス・ボックスはベティ・ベッドソールの帰郷を報じる記事をしばらく切り抜いていた。だが、長くは続かなかった。もっと報じる価値のある人物がほかに登場したからだ。ベティに関する最後の切り抜きは一九六九年一月の新聞で、ミス・アメリカコンテストで審査員をつとめ、上位十名にも入らなかったミス・アメリカと一緒にポーズをとっている写真だった。ベティがミス・アメリカをひいきしたとしても、誰にも文句は言えなかった。

わたしはテーブルに両ひじをついて、ミス・ボックスの肖像画を見あげて笑いかけた。

「それで？」とミス・ボックス。

「ロス・ペリーはベティ・ベッドソールに恋をしてふられたから、彼女の娘を嫌ったのよ」

「メアリー・アリスはロスはゲイだと言っていたわ」

「ゲイかもしれないと言ったの。もしかしたらバイかも」

「わたしは自分の気持ちを決められるひとが好き」ミス・ボックスが言う。「バイは煮え切らないわ。わたしの言っている意味はわかる？」

「わからない。自分がここで何をしているのかさえ、わからないのだから。わたしには何の関わりもないのに」

「関わりは、関わりをもったときにはじまるものなのよ」

「どういう意味？」

「さあ」ミス・ボックスは親指とひとさし指で鼻をつまんだ。「あなたの結婚式ではスイス製のブルーの水玉模様のドレスを着たブライズメイドが十人もいなかったことを祈るわ」

「わたしのブライズメイドは姉ひとりだったし、ロイヤルブルーのベルベットのドレスを着ていたわ」

「もしもし、すみません」若い図書館員がわたしの肩を叩いた。

「なあに？」わたしは目を開けて、テーブルから顔をあげた。どうしよう。切り抜きによだれが垂れている。

「日曜日は五時閉館です」

「いま、何時？」

「五時十五分まえです」

「まあ。わかったわ。ありがとう」わたしはハンドバッグからティッシュペーパーを出して、切り抜きに垂れたよだれと、顔についた新聞のインクをふいた。

「ごめんなさい」図書館員の机に湿った紙ばさみを置いた。気持ち悪そうに紙ばさみを見ている図書館員を残して、その場を去った。ミス・ボックスを見あげる勇気はなかった。

　わたしは一階の公衆電話からフレッドに電話をかけて、少し遅くなると伝えた。一時間ほどうたた寝をしたのに、すっかりくたびれていて腹も立っているし、最悪の気分だとは言わなかった。本来の目的だったユードラ・ウェルティーの写真展を見逃してしまったことも。一日じゅう降りつづいている、きたときと変わらない霧雨のなか、わたしは駐車場に向かった。冷たい雨が顔に当たったせいで、少し気分がよくなった。

日はほとんど暮れていて、駐車場には明かりがついていた。図書館から出てきたひとが数人いて、警備員が駐車場の入口にひとり、出口にひとり立っていた。うしろから足音が聞こえたとき、わたしは自分と同じように閉館時刻まで図書館に残っていたひとだろうと考えて、ふり返ることさえしなかった。

でも、そうじゃなかった。

「ホロウェル先生はよく寝ていたわよね、リン？」

「紙ばさみによだれを垂らしてね、グリン」

わたしがふり返ると、ニーダム姉妹がすぐうしろに立っていた。思わず後ずさるほど、近くに。

「ここで何をしているの？」わたしは訊いた。

「調べものです」

「ええ、調べもの」

「探していたものが見つかったようね」

「ええ、見つかりました」ふたりは同時に答えた。

「よかったわね。それじゃあ、また」わたしは車のほうへ歩きはじめたが、ふたりもわたしをはさむようにして両わきを歩きはじめた。脅すような言葉を言われたわけでも、不安になることをされたわけでもないし、明かりがついていて警備員もいるというのに、このじめじめとしたひと気の少ない駐車場でふたりにはさまれていると、ひどく落ち着かなかった。

「ベティ・ベッドソールはふしだらな女よ」双子のひとりが言った。

「パンツをはかないんだから」もうひとりが言った。

「あら、そうなの？　それはよくないわね」おかしな答えだけれど、ほかにどう答えればよかった？　ふたりに反論するべき？　わたしは片手に車の鍵を持って、車のほうへ歩きつづけた。

「マーシーもふしだらな女よ」

「彼女もパンツをはいていなかったの？」思いきって訊いてみた。

「ほらね、グリン？　ホロウェル先生は賢いって、クレアが言っていたもの」

足取りが遅くなった。朝は霧雨のおかげでウーファーがいつもより強いにおいを嗅げたけれど、その雨のせいでわたしはもう疲れきっていた。駐車場を出ていく車の排気ガスのにおいに混じって、アルコールのにおいがした。

「デイニアもふしだらな女よ」双子のひとりが言った。

もうひとりが異様に興奮して笑いだした。「デイニア。リリアンから祖母の話を聞きましたか？　祖母もふしだらな女だった」

わたしは足を止めて後ずさり、ふたりを見た。ふたりはひどく酔っぱらっていた。へべれけだ。

「ここまで車を運転してきたの？」わたしは訊いた。

「わたしたちの車はここにあるわ」

「わたしたちの車はどこかにあるわ」

「運転しないほうがいいわ。わたしが家まで送ってあげるから。あなたたちの車を置いていくことを警備員に伝えてくるわね。車種は？」

「マスタング」

「いいえ。メルセデスよ」

「少しちがうわね」双子をわたしの車まで連れていき、鍵を開けた。「さあ、乗って。ひと晩あなたたちの車をここに置いてくれるよう警備員に頼んでくるから」

「ホロウェル先生、よかったですね。酔っぱらっているのは、グリン。レンタカーの指定運転手はわたしだから」

「指定運転手が酔っぱらっているのは倫理に反するわ」グリンが言った。「倫理に反してる」

「いいから乗りなさい。うしろの床にタオルがあるから、吐きたくなったら使って」

事情をまったく理解せず、ここは二十四時間営業ではないと言って譲らない警備員を説き伏せて戻ったときには、双子はどちらも眠っていた。

わたしは近くにいるほうを突っついた。「あなたたちはどこに泊まっているの？　大おばさんのリリアンの家？」質問にはいびきしか返ってこなかった。「あなたたちをどうすればいいの？」グー。

ああ、もう。ハンドルを叩くと、たまたまクラクションが鳴った。警備員が近づいてくる。

わたしは車を動かし、警備員に手をふって、遅くまで残っているひとたちのためにバーがあげっぱなしになっている出口を通り抜けた。バーが車に落ちてきても、双子はきっと気づかないだろう。

わたしはふたりを自宅に連れ帰った。リリアンに電話をかけて迎えにきてもらえばいい。山道を帰るとき、双子のどちらもタオルを使わなかったのは幸いだった。

「誰?」フレッドが訊いた。「誰がきみの車に乗っているって?」

「クレア・ムーンの妹よ」わたしはもう一度説明した。「図書館で酔っぱらっていたから、車を運転して帰らせることができなかったの」

「どうして送ってやらなかったんだ?」

「大おばさんのリリアンの家を知らないからよ、フレッド。リリアンの電話番号を調べて、迎えにきてくれるよう電話をするわ」

フレッドは眼鏡を持ちあげて、夢のなかでミス・ボックスがしたのとそっくりな仕草で鼻をつまんだ。「ふたりを連れてくるよ。車のなかで寝かせるわけにはいかないだろう」

「毛布をかけておけばいいわ」わたしは言った。

「いや。家のなかに入って、コーヒーを飲むよう言うよ」フレッドはドアへ歩きはじめた。「なあ、パトリシア・アン、よくわからないんだが。この家族はどうして、きみにくっついてくるんだ?」

「わたしにくっついているわけじゃないわ」

「いやあ、くっついているさ」

フレッドが双子を連れずに戻ってきたときには、リリアン・ベッドソールの番号は案内に登録されていないことがわかっていた。

「まったく、もう！」わたしは録音された音声に毒づいた。

フレッドはやわらかな顔をしていた。「一卵性の人形みたいだな。起こさないことにしたよ」

「一卵性の酔っぱらいよ。さっきも言ったけど、毛布をかけておいて。大おばさんの電話番号を見つけておくから」

「電話案内に登録されていないのか？」

「そのとおり」

「メアリー・アリスなら知っているかもしれないな」

「知っている理由がないわ」

「国際的な社会活動家だろ？　電話してみろよ、パトリシア・アン」

電話をかけてみたが、『ウイ・ウィッシュ・ユー・ア・メリークリスマス』にのったメッセージが流れてきただけだった。「留守よ」フレッドが毛布を持って居間に入ってくると言った。

「それじゃあ、ほかのひとにかけてみれば？」

言うは易く、行うは難し。ボニー・ブルーにかけてみると、エイブが出て、ボニー・ブルーは留守だし絵はないから、放っておいてくれと言われた。

「はい？　何ですって？」わたしは訊いた。

「レオタ？」

「パトリシア・アン・ホロウェルです、ミスター・バトラー」

電話が切れた。

「南部の紳士なんてこんなものね」わたしは電話帳を出して、サーマン・ビーティの名前を探した。電話番号は載っていたが、留守番電話が応答して、マーシーの声でいまは電話に出られないのでメッセージを残してほしいと言った。

「嘘でしょ」わたしはぎょっとして言った。マーシーの声を聞いて、彼女が残酷な殺され方をしたことを思い出した。そして双子の話をしたら、動物病院からあわてて立ち去ったサーマンの様子も思い出して、電話を切った。

「気味が悪いわ」双子に毛布をかけて戻ってきたフレッドに言った。「サーマンの家の留守番電話がまだマーシーの声だったの」

「誰も捕まらなかったのか」

「捕まえたほうがいいのかどうかもわからないと思わない？」マーシーの声を耳にしたことで慎重になっていた。「つまり、わたしたちは誰のこともよく知らないでしょう？　双子の大おばさんのことさえ」

フレッドはリクライニングチェアに腰をおろし、驚いた顔でわたしを見た。

「サーマン・ビーティを信用していないのか？」

「わたしはサーマン・ビーティのことを知らないのよ、フレッド。車に乗っているふたりのことも知らない。知っているのはふたりの人間が死んで、ひとりが行方不明になっていて、その三人が何らかの理由で繋がっているということだけ。だから、双子はそのまま寝かせておいたほうがいいと言っているの」

フレッドはうなずいた。

「もう一度ボニー・ブルーを捕まえられないかどうか試してくるわ。弟のところにいるかもしれないから」ジェイムズ・バトラーの電話番号を調べてかけると、幼い子どもが出て二歳だと言った。

「パパはどこ？」わたしはゆっくり質問をした。

「二さい」

「ママはいる？」

「二さい」

わたしはあきらめて子どもにさようならと言って、電話を切った。「ついてないわ」

「心配いらないさ。しばらくは、あのままでも平気だろう。美人すぎて人間とは思えないな」

「あら、もちろん人間よ。起きたら二日酔いになっているから」

フレッドは少し微笑んだが、ほんの一瞬のことだった。そして、また心配そうな顔になった。「あの子たちは、しょっちゅうあんなふうになっているのか？」

「あんなふうって？　酔っぱらっているってこと？　ちがうことを願うわ。知らないけど」

「本当にきれいだな」

「さっきも聞いた。夕食はワッフルでいい？」

「ああ」フレッドはリクライニングチェアから立ちあがった。「毛布をもう一枚かけてくるよ。身体が弱そうだから」

わたしは冷凍庫からワッフルとベーコンを取り出した。ベーコンはコレステロールを気にする老人が食べるボール紙のようだった。そのベーコンをペーパータオルで包んで電子レンジに入れる。「攻撃開始」スタートボタンを押した。次にワッフルをトースターに入れた。この六十年で簡単になったものは、確かにある。

フレッドが外から戻ってくると、電話が鳴った。フレッドは電話に出ると、わたしに受話器を差し出した。「メアリー・アリスだ」

「一日じゅう、どこへいっていたの？」わたしはペーパータオルで手をふきながら訊いた。

「クリスマスなのよ、マウス。パーティに出ていたのよ。ブランチでしょ、ランチでしょ、それからオープンハウスのパーティ」

「へえ。わたしたちは人気がないのね」

「その声だと、この季節を祝うパーティに、きょうは一軒も招待されなかったのね」

「図書館へいったわ」

「あーら」

「それで、べろんべろんに酔っぱらったニーダムの双子をひろってきたの。いまはうちの車で寝ているんだけど、大おばさんのリリアンに連絡を取る方法がわからなくて」

「それ、本当？」

「フレッドが毛布をかけてあげたの。ふたりとも泥のように眠っているわ」

「何があったの？」

「詳しい話はまた今度。とにかく、電話番号を教えて」

「リリアン・ベッドソールの電話番号なんて知らないわ。どうして、あたしが知ってるのよ？　電話帳で調べてみたら？」

「載っていないの。シスターは、たいていのひとの番号を知っているから」

「サーマンに電話しなさいよ」

「したわ。マーシーが出た」

「マーシー？」

「シスターのせいよ」

「あたしのせいじゃないわよ！」ふたりともしばらく黙りこんだ。「何が、あたしのせいなの？」メアリー・アリスが訊いた。

「双子がわたしの車で寝ていること」

「その件については、考えさせてもらうわ」メアリー・アリスが言った。「ところで、バッバの具合がよくなったのよ。ジェイムズが、明日連れて帰ってもいいって。あんたも一緒にいきたい？」

「考えさせて。明日の朝、電話をするわ」わたしは電話を切って、フレッドのほうを向いた。

「すべて、シスターのせいよね」

「そうだとも」

13

午後十時頃、フレッドとわたしは外に出て、くっついていた双子をほどき、ふたりがふらついた脚で客用の寝室に入るのを手伝った。ふたりはベッドに倒れこむと、またすぐに眠りに落ちていった。

「やっぱり、ひと晩じゅう車に寝かせてはおけなかったな、パトリシア・アン」フレッドが言った。「肺炎になっちまう」

「平気よ。寒さには強そうだもの」わたしはグリンとリンを見おろした。ふたりは横を向き、互いに背中を向けている。クレアがソファで寝ていたときと同じように、黒髪が頬にかかっている。

「こんなに真っ黒な髪は見たことないな」フレッドが言った。「カラスみたいだ」

「カラーリング剤のボトルにはきっと〝カラスの濡れ羽色〟って書いてあったはずよ」

「パトリシア・アン！」

「そんなふうに名前を呼ばないで。ふたりのお姉さんも同じように髪もまつ毛も真っ黒だったけど、クレアはもとは薄いブロンドだったのよ。だから、クレアだって気づかなかったたんだから」

「嘘だろ」フレッドは近いほうにいる双子のひとりに顔を近づけて、その髪をじっと見た。

「間違いないのか？」

「明日、わたしの髪をそんなふうに染めることだってできるのよ」

フレッドは疑わしそうにわたしを見た。

「本当に？」

「〈デルタ・ヘアラインズ〉に急げば」

フレッドは首をふった。「やめたほうがいい。同じにはならない」

わたしは足を踏み鳴らして廊下へ出た。

「つまり、きみが変わってしまうという意味さ」フレッドがうしろをついてきて言った。

「わたしはきみの白い髪が、そのカールした髪が大好きなんだ」

フレッドは何度も口を滑らせ、ベッドに入る頃には、すっかりしどろもどろになっていた。

それはもうかわいそうになるくらいに。あくまでも、なるくらいだけれど。

夜中に、双子のどちらか、あるいは両方がひどい吐き方をしている音が客間のバスルームから聞こえてきた。

「明かりをつけたままにしてきてよかったわね」わたしは言ったが、フレッドは眠っていた。

すっかり、くたびれ果てて。わたしはベッドから滑りおりて、廊下へ出た。シャワーの水音が聞こえてくる。

「だいじょうぶ？」ばかな質問だ。

「気持ちが悪くて」双子はバスマットの上にすわりこんでいた。ひとりが目を開け、片手を目の上にかざして、わたしを見た。「ホロウェル先生？」

「なあに？　何か、あげましょうか？　鎮痛剤か、何か」

「それは、いいこと？」

彼女は片手でシャワー室のドアを叩いた。「グリン、ここはホロウェル先生の家だわ」

「さあ。とにかく、わたしたちは先生のお宅にいるの」シャワー室のなかから弱々しい声が答えた。

「だいじょうぶよ」わたしは言った。「バスローブを取ってきて、胃の具合がよくなるものが何かないか探してくるわ」

フレッドとわたしの古いバスローブを持って戻ったときには、リンがシャワーを浴び、グリンはタオルを身体に巻き、ベッドのはしに腰をおろして震えていた。

わたしはバスローブをふたつともグリンに渡すと、キッチンに入って発泡薬を水に溶かした。そして客間に戻ると、ふたりともベッドのはしに腰かけて、温かいバスローブを着ているのにまだ震えていた。

「薬を飲めそう？」わたしは訊いた。

「飲めるかもしれないし、飲めないかもしれない」ひとりが答えた。ふたりはグラスを受け取って、中身を飲みほした。

「ありがとうございます」ふたりは同時に言った。

「寝たほうがいいわ」

「リンが指定運転手だったのに」グリンが言った。

「黙って、グリン。泣きごとばかり言うんだから」

「だって、本当のことじゃない」

姉妹ってこうなのよね。文句を言う元気があるなら、だいじょうぶ。わたしはふたりにお休みと挨拶をして、ベッドに戻った。

「だいじょうぶか？」フレッドがもごもご言った。

「わたしはだいじょうぶ」わたしはフレッドに身体をすり寄せて、冷たい足を彼の脚につけた。

「愛しているよ」フレッドが言った。

このひとったら。


翌朝、目が覚めると、コーヒーの香りがした。わたしがキッチンに入っていくと、フレッドが勝手口から出かけていくところだった。

「パトリシア・アン、髪に何もするなよ。そのままが、白いままがいいんだ」

わたしはフレッドが家に帰ってきたときも、黒髪にはなっていないと約束した。

「それから、あの双子はもう帰せ。あの家のことは、うちと何の関わりもない。あの一家と関わると、悪い知らせしか入ってこないから」

「でも、とびきりの美人だわ」

フレッドの顔がほころんだ。「ああ、確かに、美人だ。間違いない」わたしがスプーンを投げつけたので、フレッドはそれ以上何も言わなかった。

「男って、いらいらするときがあるわよね」わたしが電話をかけて、フレッドが何と言おうが居間に飾る本物のクリスマスツリーが欲しい、いま応接間で防腐剤のにおいを放っているツリーはそのまま置いておいて、フレッドのものにするからと話すと、メアリー・アリスはそう言った。わたしは応接間のドアを閉めればいい、もしバッバを迎えにいくなら、一緒にハーパーズヴィルにいきたいと言ったのだ。

「フレッドったら、双子は美人だって言うのよ」わたしは言った。

「まあ、そう思うでしょうね」

「でも、今朝の彼女たちはきれいじゃないと思うわよ。双子を家まで送っていかなくちゃ。戻ったら電話するわ」

来客用の寝室をのぞくと、眠れる双子はまったく動かなかった。わたしは着がえて、ウーファーを散歩に連れていった。今朝は谷に霧がかかっている。こういう天候のときのために植木鉢スタンドが、シダの葉がのばせるようにフレッドがつくっている植木鉢スタンドが欲しいのだ。シダもきっと喜ぶはず。

散歩から家に戻ると、リンとグリンはダイニングテーブルにすわっていた。どちらもたっぷりの氷におそらくコーラが入ったグラスを持って額にあてている。

「頭が痛くて」ひとりが小声で言った。わたしは食器棚を開けて、アスピリンの瓶を渡した。ふたりは三錠ずつ手に取って、少し見つめてから飲みこんだ。

「グリン？」わたしが呼ぶと、フレッドのバスローブを着たほうが血走った目で見あげた。

「大おばさんのリリアンに電話をしないと。きっと、すごく心配しているわ」

「どうして？」

「ゆうべ、家に帰らなかったから。だからよ」

「先生がここに連れてきたんでしょ」グリンが言った。

「リリアンに電話して、あなたたちを迎えにきてもらえばいいと思っていたんだけど、電話帳に番号が載っていなくて。あなたたちはとても運転できるような状態じゃなかったから」

「グリンはいつも指定運転手なのに」リンが両手で額を押さえた。

「もうけっこう！」双子はふたりとも飛びあがった。「どちらでもいいから、さっさと腰をあげてリリアンに電話しなさい。迎えにこられないなら、わたしが送っていくから」

「わたしたちはリリアンの家に泊まっているんじゃないの」リンが言った。「タトワイラーに泊まっているんです」

「何ですって？」タトワイラー・ホテルはダウンタウンの図書館の斜めまえにある。

「先生が道路を渡っているのが見えて、グリンが『ホロウェル先生に会いにいこう』って言ったんですけど、待っても待っても先生が出てこなくて」

「バーにいたんです」グリンはため息をついた。「ずっと」

「図書館にも探しにいったんですけど、先生はベティ・ベッドソールの新聞記事の切り抜きによだれを垂らして眠っていて」

「だから、またバーに戻って待っていて」

「ずっと長いあいだ」

わたしは椅子を引いてすわった。椅子が引きずられる音がすると、双子は身を縮めた。

「それじゃあ、車でなんか連れてこなくてもよかったってこと？　タトワイラーに泊まっているのなら」

「わたしたち、そう言ったわよね、グリン？」

「もちろんよ、リン。そのとおり」

「つまり、あなたたちは帰るべき場所にちゃんといたのに、わたしはあなたたちに運転させないために、自分の車に乗せちゃったというわけ」わたしは次第におかしくなってきた。

「あーあ。わたしはあなたたちを誘拐しちゃったのね」

リンは一瞬にやりとしたが、すぐに手で額を押さえた。「訴えたりしませんから」

グリンも額をもんだ。「ただ、もう少し早く図書館から出てきてくれればよかったとは思うけど」

「飲みすぎをわたしのせいにしないで」

「してません。飲みすぎたのはベティのせいだから」

「彼女が帰るのを見送るためにバーに入ったんだけど、とても悲しそうだったから」

「その彼女っていうのは、ベティ・ベッドソールのことなの？　自分たちがふしだらだと言った女性のことを話しているの？」

グリンはリンを見た。「ベティがふしだらだなんて、ホロウェル先生に言ったの？」

「わたし、言いました？」リンはわたしに訊いた。

「パンツをはいていないいって言っていたわ」わたしは言った。

リンはうなずいた。「それは本当です。でも、ベティはとても悲しそうだった。ベティがタクシーに乗りこんだとき、とても悲しそうだったから、わたしたちはお酒を飲んだの」

「ベティが悲しそうだったから、飲みすぎてしまったというわけね。あなたたちが飲みすぎたから、ベティが悲しそうな顔をしたとは思わないわけね」

「リン、ホロウェル先生のお説教がはじまるわよ」

テーブルには丸まった新聞がのっており、わたしはグリンの痛む頭を思いきり叩いてやりたかった。でも、そうはせずに立ちあがって、自分のためにコーヒーを注いで、十五分後にふたりをホテルまで送っていくと宣言した。

「先生を怒らせちゃったわよ、グリン」廊下を歩いているとき、うしろからリンの声が聞こえた。「クレアは気に入らないでしょうね」

ダウンタウンへ向かったのは、それから一時間近くたってからだった。双子が自分たちが使ったベッドのシーツを換え、バスルームの掃除をすると言いはったのだ。わたしを怒らせたことか、あるいは飲みすぎたことへの反省なのか、ふたりは汚れがまったくなくなるまで帰ろうとしなかった。家を出る頃にはシーツとタオルは洗濯機のなかで音をたててまわり、身体を動かしたおかげなのか、双子の具合もかなりよくなっていた。勝手口から出るまえに、わたしは双子のひとりに大おばのリリアンの電話番号と住所を書かせて、そのメモを冷蔵庫に貼っておいた。そして、どうしてリリアンの家に泊まらないのかと訊きかけたが、わたしには関わりのないことだと考えてやめた。

ホテルに向かう車のなかは静かだった。グリンはわたしの隣に乗ったが、目を閉じており、眠っているようだった。リンは後部座席で横になっていた。だが、車が図書館のまえの交差点に差しかかると、ふたりは目を覚ました。

「ここで降ります」グリンは言った。「ホロウェル先生、ありがとうございました」

信号が変わるとすぐに双子は車を降りて、目のまえの通りを渡った。ふたりはまだぐったりしているというのに、すれちがう男性はみなふり返っていく。こんな力を持っているというのは、どんな気持ちなのだろうと、わたしはぼんやりと考えた。ふたりがばらばらに離れていたら、これだけの衝撃を与えるだろうか？　うしろの車にクラクションを鳴らされて、信号が青に変わっていたことに気がついた。わたしは手をふってあやまると、家へと車を走らせた。

病院からクレアを連れ去ったのは双子の妹たちだ。わたしはその確信を強めていた。「クレアは気に入らないでしょうね」というリンの言葉からは、クレアがすぐそばにいるような印象を受けた。そのときタクシーが隣の車線に入ってきて、わたしは双子がベティ・ベッドソールについて話していた言葉を思い出した。とても悲しそうな顔をしていたと、ふたりは言っていた。わたしは愛おしそうに父親に見つめられていた、社交界にデビューしたときの十八歳の美しいベティの写真を思い出した。クレアと双子の母親も美しかったのだろうか？きっとそうだろう。しばらくのあいだは。夫に虐待されて、酒浸りになるまでは。ああ。双子が酔っぱらったのは、昨夜だけでありますように。

家に着いたとき、シーツとタオルは洗い終わっていた。わたしはそれを乾燥機に入れてから留守番電話のメッセージを聞いた。ボニー・ブルーだった。これから仕事にいくけれど、またあとで電話する。それだけ。クリスマスシーズンを祝うブランチや、ランチや、オープンハウス・パーティへのお誘いはない。

「あんたが社交嫌いだからよ、パトリシア・アン」ハーパーズヴィルへ向かう車のなかで、メアリー・アリスが言った。先にクリスマスツリーを買って、帰りにバッバを迎えにいくつもりだった。「ディナーパーティを最後に開いたのはいつ？」

わたしは必死に思い出した。「今年の一月？」

「ほらね。わかった？　それだって、近所の夫婦を招いただけでしょ」

「フランシス・ゼイタもきたわよ。シスターだってきたじゃない」

「楽しかったけど、もう記憶が定かじゃないわ。また、やったらどう？」

「クリスマスが終わったらね。シスターみたいに〈マジックメイド〉のティファニーやケータリング業者を雇うお金がないもの」

「必ずしも、業者に頼まなければ、楽しいパーティにならないってわけじゃないわ」

「それじゃあ、どうしてシスターはいつも業者に頼んでいるの？」

「必ずしもって言ったでしょ。業者が必要ないとは言ってないわ」

それから数分間、わたしたちは何も話さなかった。昨夜、眠っている途中で起こされたせいで、わたしは疲れていた。

「で、双子は何と言っていたの？」シスターが訊いた。ふたりはタトワイラー・ホテルに泊まっており、昨夜のことはまったく必要なかったのだと話すと、シスターは涙を流して大笑いしたのだ。

「ふたりはクレアの居場所を知っているわ」

「彼女たちがそう言ったの？」

「正確にはそうじゃないけど。ふたりはベティ・ベッドソールが帰っていく姿を見かけて、その顔があまりにも悲しそうだったから、酔っぱらったと言うの」

「新しい言い訳ね」

「ふたりの母親はアルコール依存症なのよ。ふたりがそのことを忘れないといいけれど」

「マーシーのことは何も話さなかった？」

「パンツをはかないから、ふしだらな女だって」

「何それ？」

「本当にそう言ったのよ」

「洗練されたニューヨークのモデルなんでしょ？」

「わけがわからないわよね」

メアリー・アリスはくすくす笑った。「あたしがパンツをはいていないと、ウィル・アレクは大喜びしたものよ」

わたしは耳に指を突っこんだ。「聞きたくない」

「やあねえ、マウスったら」メアリー・アリスが叫んだ。「かまととぶるんだから」

わたしは耳から指を抜いた。「かまととぶってなんかいないわ。ただ、もうこの世にいない、かわいそうなウィル・アレクについて、そんなことは知りたくないだけ」

「彼がしょっちゅう喜んでいたことを知りたくないの？」

「喜んでいたことなら、知りたい。でも、変態はけっこう」

「あたしがいま話しているのは、図書館から『キンゼイ報告』を盗んだ妹なの？」

「わたしがいま話しているのは、その本を奪い取ろうとした姉なの？」

「あんたがキャーキャー騒いでいたから、何だろうと思っただけよ」

「セックスに関する報告書を読んでいたなんて知ったら、ママは即死していたわね」

「ばかね。きっと、ママも読んでいたはずよ」メアリー・アリスが軽トラックを追い越すと、その後部座席の窓にはクリスマスのリースが下がっていた。ミセス・サンタクロースのシャツのようにチカチカ光っている。

「図書館でベティ・ベッドソールについて調べたの。ロス・ペリーが書いたコラムもいくつか読んだわ。マーシーが初めて展覧会に出品したとき、けちょんけちょんにけなしていた。容赦なくね。それからベティの切り抜きを見ていたら、デビューしてアトランティックシティーへいく彼女を見送っているロス・ペリーの写真もあったの。ロスがゲイだというのは確か？　ロスはベティに夢中になっていたのに、ふられてしまったんじゃないかしら。それなら、マーシーに悪意をもっていてもおかしくないわ」

「かもしれない。わからないけど。でも恨んでいたのはマーシーの父親だと思うわ」

「サミュエル・アーミステッドのことを？　どうして？」

「『半魚人』という映画を覚えてない？」

「覚えていない」

「まあ、覚えているひとはいないでしょうね」またリースを下げているトラックを追い越した。新しそうなリースだ。「ロスはスターになるつもりで、ベティのあとを追ってハリウッドへいったのよ。サミュエル・アーミステッドが映画界で生きていけるよう手助けすると約束したらしいわ。バーミングハムの近くでやる舞台にロスがよく出ているのは知っているでしょう。演技もうまいのよ。『クリスマス・キャロル』のスクルージ役を演じたのを観たけど、カツラが滑り落ちてばかりいなかったら、泣いていたでしょうね」

話がわからなくなった。「それで『半獣人』というのは？」

「半獣人じゃなくて、半魚人よ。人魚の男版。サミュエル・アーミステッドはロスを史上最悪と言われる映画の主役にしたの。あまりにもひどいものだから、映画の授業でも使われるし、映画祭でも上映されるくらい。ロスにとって、それが最初で最後の出演映画だったっていうわけ」メアリー・アリスがわたしを見た。「この話を知らなかったなんて、びっくりだわ」

わたしは首をふった。「ロスが映画に出ていたなんて思いもしなかった」

「一度きりね」

「観たことがあるの？」

「それが、あるのよ。マーシーが美術館の理事を招いてパーティをした夜に、その映画を観せたわけ」

「ひどい」

「本当よね。もういい年をしたロスがその場にいて、自分がぺたぺた歩きまわって『尻尾はぼくの宝物だ』とか何とか言うのを観ていたんだから」

「よく席を立たなかったわね」

「ロスはその場に残って、おもしろい余興だと思っているふりをしていたわ。よくがんばったと思う。でも、血圧はどれほどあがっていたことか。理事の誰かが勇気を出して、マーシーにやめろって言えばよかったんだけど、あたしたちは何もしなかった」

「ずいぶん楽しい夜だったみたいね」

「長かったわ」

わたしはこの新しい情報について、しばらく考えてみた。「サミュエル・アーミステッドはロスに嫉妬していたと思っているの？」

メアリー・アリスは肩をすくめた。「わかるはずないでしょ。サミュエルはハリウッド一最低な男という評判だったのよ。ロスにそんな役をやらせておもしろがっていたのかもしれない」

「ベティはどう思っていたのかしら」

「どうでもよかったんじゃない？」

車は〝ハーパーズヴィル警察管轄区〟という看板を通りすぎた。「わたしたちは幸運ね」

「そうよ、あたしたちは幸運よ」メアリー・アリスが同意した。「あたしの三人の夫はみんなすばらしいひとたちだった。とてもやさしかったし。そう思わない？」

「お金持ちだったしね。年寄りだったし」

「成熟した大人だったのよ。ひとりずつ、子どもが生まれたんだから」

「年寄りだったわ」

「年寄りというほどではないわよ」シスターはクリスマスツリー・ファームを示す看板のところで角をまがった。

「とくに好きだったひとはいるの？」ずっと訊きたいと思っていたことだ。

「そうねえ。いちばん二枚目なのはフィリップだった。いちばん頭もよかったし。本ばかり読んでいたのを覚えているでしょう？　ウィル・アレクはいちばんおもしろかったけど、あごが貧弱だった。三日月みたいなあごっていうの？　あんたが使いそうな言葉よね」

「そんな言葉、知らないわ」

「ロジャーはいちばんやさしかった。テディベアみたいだったわ」

「昔のテディベアね」

メアリー・アリスはわたしの言葉など聞いていなかった。三人の夫たちを比べるのに忙しくて。「ウィル・アレクはダンスが好きだったけど、ロジャーのほうが繊細だった。映画を観ては泣いていたわ。フィリップは飛行機が好きだったけど、ウィル・アレクは気分が悪くなったわね」

延々と続く長話は睡眠薬より効きめがあった。クリスマスツリー・ファームに着いたときには、わたしは目を開けているのに苦闘していた。

「結局、選ぶなんてできないわ」メアリー・アリスはそう結論づけると、車を駐車場に入れた。

わたしはすわったままドアを開け、冷たく湿った空気で目を覚ました。

「いくわよ、マウス」シスターが急かした。

「やっぱり、買わないほうがいいかもしれない。フレッドは本気で生の木に反対しているから」

「お気の毒にね」

結局、わたしは出窓に飾れる小さなツリーでがまんした。そしてメアリー・アリスはもう一本大きなツリーを買った。

「おふたりはおとといもいらしてましたよね？」店の男がツリーを車にくくりつけながら言った。

「楽しかったから、またきちゃったのよ」シスターは答えた。「質のいい木がたくさんあるのね」

「そいつをだいじにしていますから」男は車の反対側まで歩いているあいだ持っていてほしいと言って、ロープのはしをシスターに渡した。

「わかるわ」わたしは精算をしながら言った。「こんなに高いなんて、どうして言ってくれなかったの？」車に戻ると、メアリー・アリスに文句を言った。

「よしてよ、マウス。子どもたちの負担にならないように、遺産を減らすんでしょ」

その言葉は理にかなっているように思えた。

車は十字架の庭とロスの事故現場を通り、ピンク色のお菓子の家とジェイムズ・バトラーの動物病院への入口を通りすぎた。

「どこにいくの？」わたしは訊いた。

「レオタ・ウッドはこの道沿いに住んでるって、ボニー・ブルーが言ってたでしょ。どうしても、レオタの作品をもっと見たいのよ。うちの子たちがキルトが大好きなのを知っているでしょう。いってもかまわない？」

もちろん、かまわない。わたしもレオタ・ウッドの〝物語〟のキルトを見て、美しいと思ったのだ。「連絡しないで寄っても平気？」

「だめだったら、断られるでしょう。画廊に四十パーセントの手数料を払わずに売れたほうが、レオタも喜ぶと思ったのよ」

ジェイムズ・バトラーの動物病院の敷地を過ぎると、ふたたび木々が鬱蒼としてきた。道は、ロスの車が突進した川と並行して走っているのだ。天気予報では晴れると言っていたのに、太陽は現れず、川にはまだうっすらと霧がかかっている。

「このあたりにはサルオガセモドキを植えればいいのに」わたしは言った。「打ってつけの場所よ」

「モンゴメリーの南ならね」

「モンゴメリーには、いたるところにポップコーンの木があるのよ。フレッドはいまでも恋しがっているわ」

アラバマ州は簡潔に〝サルオガセモドキ・ライン〟と呼ばれる一本の線で分けられる。じつにはっきりとした境界線で、インターステート六五号線を走ってアラバマ川に近づいていくと、モンゴメリーを過ぎたあたりで急にサルオガセモドキが木にぶら下がりはじめるのだ。ポップコーンの木、すなわちナンキンハゼノキはその境界線からずれることがあるが、そう大きくははずれない。おそらく気温が多少異なることと、メキシコ湾からの距離が関係しているのだろう。それでも驚くほど、その境界ははっきりしているのだ。

「そろそろ郵便受けで、レオタの名前を探して」メアリー・アリスが言った。「ボニー・ブルーはあまり遠くないと言っていたから」

「木しか見えないけど」そう口にしたすぐあとに角をまがると、左側に舗装されていない道が見えてきた。青い鳥が描かれた郵便受けには〝ウッド〟と記されている。

メアリー・アリスは轍や穴ででこぼこしている土の道に車を入れた。深い穴を避けようとするたびに、クリスマスツリーが車の屋根をこすった。

「勘弁して」メアリー・アリスは言った。「このあたりのひとはきっとジープを持っているんだわ」

「トラックかも」わたしはシートベルトとドアの取っ手をつかんだ。

「無事にたどり着けるとは思えない」シスターが言った。

「きっとバックも無理よ」

「車の下で何かが割れたような音がしたけど？」

「あとでわかるはずよ」

幸いなことにレオタの家は近く、到着するまで目に入らなかった、森のなかの小さな開拓地にあった。それは何度か建て増しされたような丸太小屋だった。小さな丸太が屋根を支えるポーチが小屋の横一杯に延びている。そのポーチには数台の大きな籐のロッキングチェアが並んでいた。

「本物の丸太小屋かしら」メアリー・アリスが言った。

「きっと、そうよ」

「あたしが言ってるのは組み立てセットで買うような代物じゃなくて、エイブラハム・リンカーンが生まれ育った家みたいな本物の丸太小屋かしらってことよ」

「そうみたい。ポーチにはエイブラハム・リンカーンが飼っていたみたいな犬もいるわ」頭が大きくて灰色と白の線が入った、ひどく醜い犬が、ロッキングチェアのうしろから伸びあがっている。あまり歓迎されていないらしい。犬は歯をむき出して怒っている。

「あれ、犬?」シスターが訊いた。

「じゃなかったら、何?」

そのとき正面のドアが開いて、白髪頭の小柄な黒人の女性が出てきて手をふった。わたしは車の窓を小さく開けた。あの犬ならこの掃除が行き届いた庭を駆けてきて、ひとっ飛びで車の窓から入ってこられるにちがいない。「ちょっと待ってて」レオタが声をかけてきた。

「ローヴァーをなかに入れるから」

「冗談でしょ」メアリー・アリスが言った。「ローヴァーですって? あの犬はアッティラって顔よ。〝神の災い〟の王ね」

「犬を見て」

ローヴァーが寝転がり、レオタ・ウッドが腹をかいてやっている。「さあ、おいで」彼女の声が聞こえた。ローヴァーは起きあがって、レオタについて家のなかへ入っていった。

メアリー・アリスはその様子をじっと見つめていた。「鉄の柵がついているといいけど」

レオタ・ウッドはポーチに戻ってくると、なかへ入るよう身ぶりで示した。「ローヴァーを見て怖がるひともいるから」わたしたちが名乗ると、レオタは言った。「とてもおとなしい子なんだけど」

「何という犬種かしら？」メアリー・アリスが訊いた。

「コイドッグ。コヨーテと犬の血が半分ずつ入っているわ。うちの猟犬のベシーが産んだの。このあたりにはコイドッグが多いのよ。そのほとんどは野生。群れで走りまわっているわ。だから夜になったら、コイドッグの鳴き声に耳を澄ませて。ローヴァーはおとなしいけど」レオタはもう一度言った。「どうぞ、なかに入って。キルトを見にきたのでしょう？」

そうだと応じると、レオタはキルト愛好家にとって夢の部屋へ案内してくれた。『丸太小屋』『祖母の扇子』『天と地』『海の嵐』。キルトはすべてを覆い、太陽を取りこんだような色で輝いていた。

「ああ」わたしは喘ぐように言った。このときだけは、メアリー・アリスも言葉を失っていた。

「きれいでしょう？」レオタ・ウッドは胸のまえで腕を組み、否定できるものならしてみろと挑発するかのように、身体を小さく前後に揺らした。

「すばらしいわ」メアリー・アリスはやっと声が出たようだった。

レオタ・ウッドはにっこり笑った。「このうちの何枚かは娘がつくったの。最近はわたしは物語をつくることが多いから。色の選び方については、わたしも手伝っているけど。あの子は茶色と黒がおしゃれだって考えているけど、わたしはこう言うのよ。『ドリーン、いいかい？　みんなは明るい色が好きなんだ。その汚い茶色はやめておくれ』って」レオタは『ザ・プライス・イズ・ライト』が映っていたテレビまで歩いていって、スイッチを切った。司会のボブ・バーカーの笑顔がチェシャ猫のように消えた。「どうぞ、見てまわって。コーヒーはどう？　ちょうどいま、いれたところだから」

ありがたくいただくと答えると、レオタは小さなキッチンに続くドアを開けた。「ローヴァーはどこにいるのかしら」メアリー・アリスが不安そうにつぶやいた。

「寝室にいるわ」レオタが答えた。

メアリー・アリスとわたしは驚いて顔を見あわせた。「いったいどうやって聞こえたのかしらね」シスターは声を出さずに口だけを動かした。

キッチンで、レオタが笑った。「聞こえてないわ。あなたの言いたいことがわかっただけ。みんな、同じことを言うから。あのおとなしい犬を怖がって。ローヴァーはじゃまをしたりしないから。さあ、見てちょうだい」

わたしはもう『天と地』の模様のキルトに心を奪われていた。あらゆる色の三角形が明暗交互になっていて、一見したところでは単純な模様に見えるけれど、椅子の背からキルトを持ちあげて広げてみると、それが変化したように見えた。ときおり暗い色、あるいは明るい色の三角形を二枚並べることで、山が空に突き刺さっているような印象を与えている。

「それはドリーンの作品」レオタはコーヒーとクッキーをのせたトレーを持って戻ってくると、わたしが見とれているキルトを見て言った。「マーシー・アーミステッドはそれを画廊に展示するつもりだったの。『時空』とか何とかいう名前をつけて、高い値段で売ると言っていたわ」コーヒーテーブルにトレーを置くと、すわるようにと勧めた。

「ミセス・ウッド、こうして見せてくださって、本当にありがとうございます」メアリー・アリスは言った。「こんなふうにとつぜんおじゃましていいものかどうか、気がかりだったものだから」

「まあ、もちろんかまわないわ。それに、どうぞレオタと呼んで。こうして寄ってもらうことに慣れているから。以前はそうやってキルトを売っていたわけだし。そうしたら、〝アウトサイダー〟なんてことになって、原始的（プリミティヴ）なアーティストなんて呼ばれてしまって。ロス・ペリーにこう言ったのよ。『ロス・ペリー、よく聞いてちょうだい。確かに、わたしは大都市から離れて暮らしているけど、原始的なんかじゃないわ。バスルームだって家のなかにあるし、パラボラアンテナだってついているんだから。原始的？　原始的な人間が《ピープル》を読むと思う？』って」レオタはクッキーの皿をメアリー・アリスに差し出した。

「ロスはほめ言葉のつもりで言ったんです」メアリー・アリスはちょうど真ん中にペカンの実が半分ずつのっている、昔ながらのクッキーを二枚取った。

「そうでしょうね。とりあえず、ロスはわたしのキルトが気に入ったようだから、それはいいの。たくさん買ってくれたわ」

「気持ちはわかります」わたしは言った。「美術館に飾る価値がありますから」

「それでは、お金にならないのよ」レオタは言った。「ロスもマーシーも死んでしまったから、また展示会を開かないとね」クッキーを勧められ、わたしも一枚取った。祖母が焼いてくれたクッキーと同じ味がした。

「おいしい」わたしは言った。

「アーモンド・エッセンスが秘訣なの。バニラじゃなくて、アーモンド」レオタ・ウッドは椅子に深く腰かけた。「マーシーもロスも亡くなったなんて信じられなくて。ズドンッて。あんなふうにね」椅子のひじ掛けを叩いて、何を言いたいのか伝えようとした。

「それに、誰かがクレア・ムーンを殺そうとしたんです」わたしは言った。「たぶん、同じ人間が」

「何ですって？　あのやさしい子を？」レオタはひどく驚いて、コーヒーカップを置いた。

「ご存じなかったんですか？」メアリー・アリスはクレアの状況を詳しく説明するつもりのようだった。

「クレアならだいじょうぶです」わたしはあわてて割って入った。〝そう願っています〟と付け加えたほうが事実に近いけれど、そうは言わなかった。

「でも、誰かに殺されそうになったんでしょ？」ここにきたときには銅のように輝いていたレオタの顔が真っ青になっている。

「そうみたいです」

レオタは両手を組んで、あごの下に持ってきた。指遊びの〝ここは教会、ここは塔〟の形だ。〝塔〟が唇を押しあげている。レオタはしばらく無言のまま、考えをめぐらせていた。

それから手をひっくり返して（〝人々がいる〟の形だ）言った。「何か買いたいキルトはあった？」

もちろんあった。メアリー・アリスは娘ふたりに一枚ずつ、そしてヘイリーにも一枚で、合計三枚買った。わたしは『天と地』。子どもたちが頭を悩ませる遺産はさらに少なくなった。

屋根にツリーをくくりつけ、なかには色鮮やかなキルトをのせて、一気にクリスマスらしくなった車で、わたしたちはバッバを迎えに動物病院へいった。ジェイムズ・バトラーが折よく建物のわきから出てきて、手をふって近づいてきた。朗らかに微笑んでいる。

「クレアの居場所がわかりましたよ」ジェイムズが言った。「無事だったようで、サーマンが様子を見にいきました」

「サーマンの行き先を当ててみましょうか」わたしは言った。「タトワイラー・ホテルでしょ」

「こりゃ、驚いた。どうしてわかったんです？」

「ヤマカンって信じる？」

「女性の言うことなら、どんなことでも信じますよ。なかに入って教えてください。バッバは轡（くつわ）をかじっています」

「轡をかじってる？」メアリー・アリスがぶつぶつ言った。

わたしは笑った。「馬の病院に猫を連れてきたんだもの、どうなると思っていたの？」わたしたちは車から降りて、ジェイムズのあとから動物病院へ入った。

14

「そんなにクレア・ムーンに夢中なら、サーマン・ビーティはどうしてマーシーと別れなかったのかしら」クリスマス渋滞の二八〇号線に乗って家に帰る途中、メアリー・アリスはそう言った。バッバはわたしたちの席のあいだに置かれたキャリーケースのなかで、物悲しい声で鳴いては、爪を伸ばした足をケースの穴から出している。

「サーマンについては、ボニー・ブルーの勘ちがいかもしれないわ。サーマンはたんにいいひとで、辛い境遇の女性を心配していただけなのかも」わたしはバッバの足をよけながら言った。「この子って本当に凶暴だわ」

「具合が悪いからかまってほしいのよ」

「それじゃあ、怒っているときなんて、とても見ていられないわね」

「バッバはいい子よ。本当にいい子なんだから」メアリー・アリスはキャリーケースの上を叩き、バッバが足を伸ばすと、あわてて手を引っこめた。けれども、少しばかり遅すぎた。

「いたっ！」

「確かにいい子ね。本当にいい子。もしかしたらコヨーテと猫の子かも」シスターが手首を

なめているのを見ながら言った。

「黙りなさい、パトリシア・アン。あたしのハンドバッグからティッシュペーパーを出して」傷にティッシュペーパーを巻きつけると、話を続けた。「ボニー・ブルーの言ったことが本当だとしたらの話よ。いまは結婚がいやになったら、別れられる時代でしょ。ほかの誰かを好きになったら、フレッドと一緒にいたいと思う?」

「フレッドでがまんするわ」

「あんたなら、そうかもね」メアリー・アリスは右折のウインカーを出した。

「どこにいくの?」

「ジェイクの店よ。お腹がぺこぺこ」

「バッバはどうするの? それとも、持ち帰りにするの?」

「なかに連れていくわ。猫がここに入っているなんて、誰にもわからないんだから」バッバが鳴きわめいて、その嘘に答えた。

〈ジェイクズ・ジョイント〉はアラバマ州一のバーベキュー店だ。いや、アメリカ南部でもいちばんだろう。ジェイクはコールスローサラダや豆やブランズウィック・シチューといったほかの料理は提供しない。メニューはバーベキューだけ。添えるのは白パン。そして、この店はいつも食道楽で自らの命を縮めようとしている人々で混雑している。脂肪分を吸い取るのに白パン一斤と数十枚の紙ナプキンが必要な骨付きリブにむしゃぶりついたりしたら、命を縮めることになるとわかっているのかとその人々に訊いてみるといい。客たちは赤か黄色のバーベキューソースがべったりついた口で、にやりと笑うだろう。この店ではジェイクに永遠の命題を突きつけられる。ソースは赤か黄色か。赤は昔ながらの味、黄色はスパイシーなマスタード味だ。どちらがいいかで、家族は割れる。バプテスト派の信者は赤を選ぶ傾向があり、ユニテリアン派は黄色を選ぶことが多い。アラバマで選挙に出る政治家たちがくり返しされる質問は〝赤か黄色か〟。いい質問だが、アラバマの政治家であれば、みな古くからある伝統的な赤を選ぶ。ときおり、両方とも好きだという一匹狼もいるが。

店の入口にはシャツと靴を着用、ペットは不可と記されていた。

「こういう看板って悪趣味よね」メアリー・アリスは言った。「あたしたちが田舎者みたいじゃない。レストランにシャツと靴なしでいくような」そう言いながら、バッバのキャリーケースを抱いてドアを通った。

きょうにかぎって〈ジェイクズ・ジョイント〉はそれほど混んでいなかった。隅のボックスでふたり連れの客が席を立つと、メアリー・アリスはそこへ突進して、バッバのキャリーケースを隣に置いた。

「床に置いたほうがいいわ」わたしはそう勧めた。

「バッバの機嫌が悪いのよ」

確かに、バッバは機嫌が悪そうだった。それでも、バッバの鳴き声はほかの大きな音に紛れている。静けさはジェイクの優先順位の上位に入っていないのだ。ジュークボックスがひっきりなしにカントリーミュージックを流しているだけでなく――いま流れているのはハンク・ウィリアム・ジュニアだ――ウエイトレスたちが奥に向かって叫んでいるのだ。そして注文の品ができあがると大声でそう告げられ、ウエイトレスに運ばせるために、高いカウンターに皿が叩きつけられる。

「いらっしゃい」丈の短い栗色のユニフォームを着て、ポケットに〝メイヴィス〟と記された痩せぎすの女性が声をかけてきた。片手に濡らしたぼろ布を持ち、それでテーブルをふいた。「ご注文は?」バッバを見たとしても、無視することに決めたようだ。

「骨付きリブの小を赤で」メアリー・アリスは言った。「それから、ガムシロップ入りのアイスティーをちょうだい」

「わたしも同じもので」

メイヴィスは片手で持った注文用紙を見て、うんざりした顔をした。手からは濡れたぼろ布が垂れ下がっている。「リブの大を頼んで、半分に分けたら? 同じ量か、もしかしたら少し多く食べられて、一ドル五十セントを節約できるから。それでフライドパイが頼めるわ。きょうはピーチよ」

「半分はソースを黄色にしてもらえる?」メアリー・アリスが訊いた。

「無理ね」メイヴィスには話しあうつもりがないようだった。「大、赤!」奥に向かって叫んだ。そのときバッバも鳴いたが、メイヴィスの声に圧倒されていた。

メアリー・アリスとわたしが子どもだった頃、父はよく窓が汚いレストランで食べてはいけないと言っていた。父によれば、どんな衛生検査の成績より、窓の状態のほうがレストランについて多くを語ってくれるらしいのだ。

「窓を見て」わたしは指さした。

メアリー・アリスはナプキンをつかみ、バッバの向こうのガラスの上で小さな円を描いた。

「陽射しが出てきたわ」

「どのくらい汚れているか見てという意味よ。パパがいつも言っていたことを覚えているでしょ」

「これは汚れじゃないわ。バーベキューソースよ」

わたしは不安になって、あたりを見まわした。「どこかに衛生検査の結果が書いてない?」

「いい加減にしてよ、マウス。バクテリアが繁殖するまえに、料理は食べちゃうんだから」

一理ある。とはいっても、クリスマスプレゼントにサルモネラ菌は欲しくない。わたしはレジスターの上に清潔度採点表が貼ってあるのを見つけると、ボックス席から出て、注文したものを受け取って支払いをするのを待っている人々のあいだをすり抜けた——採点表には黒いマジックで〝九十八〟と書かれていた。

わたしがボックス席に戻ってくると、メイヴィスがアイスティーを置いた。大きな広口瓶がグラスの代わりに使われていた。「レモンは?」

わたしたちはうなずいて、いると答えた。メイヴィスは隣のボックス席に手を伸ばすと、小さく切られたレモンがのった皿をわたしたちに差し出した。

「どうだった?」メアリー・アリスは広口瓶のなかにレモンを搾りながら訊いた。

「九十八点だったわ。きっと賄賂でも渡しているのよ」

「あんたは気にしすぎなのよ、パトリシア・アン。〈ジェイクズ・ジョイント〉で誰かが具合が悪くなったっていう話を聞いたことがある？」

「ないわ」わたしはレモンに手を伸ばした。「ただ、ここ数日はいろいろなことがあったから、そのうえ食中毒にまでなりたくないだけ」

「確かに、あんたはよけいな厄介事まで背負いこんでいるわよね。ニーダムの双子を街中から引っぱってきたりして。まったくねえ！」メアリー・アリスは首をふった。わたしは搾ったレモンをシスターの腕にぶつけた。

「料理を置いてもだいじょうぶ？」メイヴィスが骨付きリブの皿を持って立っていた。

「ごめんなさい」わたしはべたつくテーブルから腕をどけた。

「かまわないわ。わたしにも年じゅう物を投げつけたくなる友だちがいるから」メイヴィスはリブ肉と大きな白パンをテーブルに置いた。

「このひとは友だちじゃなくて姉なの」わたしはメアリー・アリスをあごで示した。

「わたしにも姉がいるわ。ほかに何かご注文は？」

わたしたちはないと答えた。リブ肉はとてもおいしそうだったし、実際においしかった。それから数分間、わたしたちは食べることに専念した。メアリー・アリスはバッバのキャリーケースの穴から、小さな肉を何度か入れてやった。

「ジェイムズ・バトラーはバッバにダイエットをさせるべきだと言っていたはずよ」

「明日からはじめるわ」メアリー・アリスは言った。「まず体力をつけないと」

「ねえ」大きな白パンとリブ肉の大半が消えた頃には、姉に対する気持ちがだいぶやわらいでいた。「クレアの居場所ははっきりしたし、無事だとわかって安心したわ。だから、もうこの件からは手を引く。誰がマーシーとロスを殺して、クレアを殺そうとしたにしても、それを突き止めるのは警察の仕事だもの。そうでしょう？」

「そのとおり」メアリー・アリスはテーブルの上の使用済みのナプキンの山に、もう一枚くしゃくしゃに丸めたナプキンをのせた。「ずっとうろうろしている女性警察官の名前は何だっけ？」

「ボー・ミッチェルのこと？」

「ああ、それ」

「彼女がどうしたの？」

「ただ思い出しただけ」

メアリー・アリスが〝ただ思い出しただけ〟などということは生まれてから一度もない。

「彼女がどうしたの？」わたしはもう一度訊いた。

メアリー・アリスは肩をすくめて、最後のリブ肉に手を伸ばした。「ピーチパイを食べる？」

「いいわね」わたしが立ちあがって手をふると、メイヴィスは奇跡的に気がついて注文を取りにきた。「それで、ボー・ミッチェルがどうしたの？」メイヴィスが離れていくと、わたしは訊いた。

「警察に電話するなら、相手の名前を知りたいでしょ」

ますます興味が湧いてきた。「どうして警察に電話するの？」

「撃たれた日、ロスがどこへいくつもりだったのかわかった気がするからよ」

「どこなの？」

「レオタ・ウッドの家」

「どうして、そう思うの？」

「トイレにいきたくなったとき、ほかにももっとキルトがあるんじゃないかと思って、たまたま奥の寝室のドアを開けてしまったの。そうしたら、ほかのアウトサイダーの作家たちの作品がいっぱいあったのよ。少しの時間しか見ていられなかったけど、間違いなくエイブの絵もあったわ。ロニー・ホルコムやルビー何とかの作品も。マーシーの画廊に展示されていたものより、はるかにたくさん。あの部屋に山積みになっていたのよ」

わたしはメアリー・アリスの〝たまたま〟レオタ・ウッドの家の寝室のドアを開けたという言葉を聞き流して、核心を突いた。「どうして教えてくれなかったの？」

「考えていたから」

「それで、結論は？」

「ロスとレオタは美術品泥棒だってこと。ふたりはアウトサイダーの作品を盗んで、闇市場で売っていたのよ。それでレオタはロスに――ロスがレストランで電話をかけていたことを覚えているでしょ？——どこかの密売組織から、おそらく美術品を売買している大きなマフィアの人間から連絡があって、あの日の午後に取引がしたいと言っていると伝えた。それでロスは急いで駆けつけたけど、それは罠で、森に隠れていたマフィアに撃たれたのよ」

わたしは最後のリブから最後に残った肉をかじり取っている姉をまじまじと見た。シスターは骨を皿の上の山に加えると、水の入ったコップにナプキンを浸けて、口と手を拭った。とつぜん正気を失った女には見えない。

「どう？」メアリー・アリスが言った。

「クリスマス渋滞の二八〇号線で車を運転しながら、これを考えていたの？」

「説明がつくでしょ」

「これで説明がつくと思っているの？　美術品を密売しているマフィアがシェルビー郡の真ん中でロスを撃ち殺したっていう話で説明がつくと本気で思っているわけ？」

メイヴィスがフライドパイとフォークをふたつずつ乱暴に置いた。「コーヒーはいかが？」

わたしたちは首を横にふった。

「やけどしないでね」メイヴィスは無意識にそう言うと、テーブルから離れていった。言わなくてもわかる。パイから湯気があがっているから。

「ロスはレオタの家へいく途中だったのよ。直感でわかるの」メアリー・アリスはフォークを取った。「ふたりは何か企んでいたんだわ」

「ねえ、ボー・ミッチェルには関係ない話よ。この事件はシェルビー郡の管轄だから。電話をするなら保安官にかけて、直感したことを説明しないと。とりあえず、美術品マフィアのことは警告したほうがいいでしょうから。シェルビー郡の森のなかで、そんな人間が走りまわっているなんて思いたくないけど」

メアリー・アリスはフォークをパイに突き立てた。「わかったわ。それじゃあ、あんたが説明して」

「無理よ。説明するつもりもないし。数分まえによけいな厄介事を背負いこむなってあなたに忠告されたから。でも、もう少し考える材料を加えてあげるわね。ゆうべボニー・ブルーの家に電話をかけたら、エイブが出たの。エイブはレオタからかかったきたんだと勘ちがいして、こう言ったのよ。『絵はない。放っておいてくれ』って」

メアリー・アリスは熱々のピーチパイに息を吹きかけ、舌でそっとさわって、また息を吹きかけた。「マウス、それって重要よ」息を吹きかける合間に言った。

バッバが肉を欲しがって鳴いた。

「すべてが重要よ」わたしは答えた。


車からわたしのクリスマスツリーをおろすのはたいへんだった。少なくともシスターのツリーを屋根に戻すのには苦労した。クリスマスツリー・ファームの係員は二本のツリーを一緒にくくりつけていたのだ。それでわが家の私道でロープをゆるめたら、ツリーが二本とも落ちてきたというわけだ。わたしたちが必死にシスターのツリーを車の屋根にのせていると、花屋の配達トラックが停まり、見たことないほど大きなポインセチアを抱えた若者が降りてきた。誰かが白い絵の具を落としたかのように、赤に白が入った鮮やかな花が少なくとも二十数個は冬の陽射しを浴びて輝いていた。真鍮の鉢はとても大きく、若者でも運びづらいようだった。

「ホロウェルさんですか？」若者が訊いた。

「ええ、そうよ」

若者は鉢植えの重心を少しずらした。「なかまで運びますよ」

わたしは急いで玄関を開け、若者が慎重に階段をのぼってホールに入るまで、ドアを押さえておいた。

「お望みの場所まで運びます」若者が申し出てくれた。「見かけほど重くはないんですけど、持ちにくいので」

鉢植えはキッチンの出窓に置いてもらった。とても美しくて、息を呑むほどだった。

「誰から？」メアリー・アリスが訊いた。わたしたちのあとからキッチンに入ってきたのだ。

わたしはカードを開いて、声に出して読んだ。「ホロウェル先生、メリークリスマス。誘拐してくださって、ありがとうございました。グリンとリンより」ほんの少し涙がこみあげてきた。

「ちょっと、マウス。泣かないでよね」メアリー・アリスは配達の若者のほうを向いた。

「ねえ、こちらの親切なお兄さんだったら、ツリーを車の屋根にのせるのを手伝ってくれるた。

結局、若者は手伝ってくれた。そしてメアリー・アリスが手伝ってくれたお礼に〝ちょっとしたクリスマスプレゼント〟を渡したおかげで、うれしそうににこにこ笑って帰っていった。

メアリー・アリスとまだ不機嫌なバッバが帰ると、わたしはクリスマスツリーを裏まで引きずってきて、台を探した。長いこと本物のツリーを飾っていなかったので、最後にどこにしまったのか定かではなかった。けれども、運よく見つかった。地下室の棚の大きな色付き電球のすぐ隣にあったのだ。わたしは色付き電球に目をやり、これだとフレッドがますます火事を心配するだろうと判断した。〈ビッグB〉にいって小さな電球を買ってこなければ。

「いったい何をしたの、ママ?」

わたしは飛びあがった。ツリーのことばかり考えていたので、ヘイリーが地下の入口まできていたことに気づかなかったのだ。

ヘイリーは質問に自ら答えた。「本物のツリーを買ってきたのね。パパが猛烈に怒るわよ」

わたしはツリーの台を持って階段をのぼった。「たぶんね。仕事はどうしたの?」

「クリスマスが近いから、あまり緊急じゃない手術はやらないの」

「心臓手術で緊急じゃない患者さんなんているの?」

「多少は延ばせるのよ。ときにはね」

わたしは小柄なヘイリーを見つめた。この子が日常的にひとの胸を開いて見ていると思うと、いまだに怯んでしまう。わたしは自分の皮膚の下なんて見てみたいと思わない。さわらぬ内臓に祟りなしが信条だ。ヘイリーに言わせれば悪しき信条らしく、マンモグラフィーやらパップテストやらいろいろな恥ずかしい検査を無理やり受けさせられたけれど。ヘイリーが父親もせっついてくれたのは幸運だった。数年まえ、フレッドは夫婦のどちらも気づかなかった早期の黒色腫が背中に見つかって切除したのだ。

「ほら」検査結果が出ると、ヘイリーは父親に言った。「わかった？　だから、言ったでしょ」

「子どもたちが『だから、言ったでしょ』なんて言いはじめたら、きみはどうする？」フレッドが言った。

「ありがとうって言うわ」わたしは本気だった。いま、フレッドとわたしはサルのように互いの身体を調べあっている。

「立派なツリーね。わたしの家のより大きいわ」わたしが地下室の階段をのぼりきると、ヘイリーはツリーを抱えていた。「飾りはあるの？」

「多少はあると思うわ。ツリーを台にのせるのを手伝って」

ツリーの幹にネジを挿すのは簡単ではなかった。ヘイリーが手伝ってくれて助かった。

「ママの黒いイブニング用のバッグを借りたいの」畑であれほど小さく見えたツリーを、ふたりがかりで裏の階段に引っぱりあげていると、ヘイリーが言った。「おばあちゃんのカメオも。あと金色の髪飾りも貸して。蝶の形のやつ。警察のダンスパーティへは髪をあげていくことにしたのよ、ママ。そうしないと、スリップかネグリジェに見えてしまうドレスだから。じつを言うと〈リッチ〉の下着売り場で買ったんだけど、タグにドレスとしても着られると書いてあったから選んだの」

「リユーズ保安官は幸せね」ヘイリーが楽しそうに話すのを耳にするのが、とてもうれしかった。

「うわあ」キッチンまで階段をのぼりきると、ヘイリーが言った。「この豪華なお花は誰にもらったの？」

「ニーダムの双子、グリンとリンからよ。クレア・ムーンの妹なの」

「ママがクレアを病院に連れていったから？　ずいぶん丁寧なのね」

「ううん。ゆうべ、わたしがふたりを家に連れてきたからよ」

クリスマスツリーを居間の隅に置きながら、双子に運転させるのが心配で、ふたりが泊まっているホテルのすぐ近くから家に連れてきてしまったことを説明した。「でも、わたしの考えは当たっていたわ」こう話を締めくくった。「クレアはふたりと一緒にホテルにいたの。病院からクレアを連れ出したのは妹たちだったのよ」

「クレアとは会ったの？　彼女は無事なの？　ふたりはどうしてクレアを連れ出したの？」

ヘイリーは両方の手足を床について、ツリーをまっすぐ立てようとした。「それに、どうやって？」

わたしはうしろにさがって、ツリーを見た。「もう少し右。ええっと、クレアには会っていないの。ジェイムズ・バトラーの話だと、サーマン・ビーティがクレアに会いにいったら しいわ。バッバを迎えにいくために、シスターと一緒にジェイムズの馬専用病院にいったの よ」

「シスターおばさんのところのバッバは馬の病院にいったの?」

「それで何とか治ったみたい」

ヘイリーはツリーから離れて立ちあがった。「まだ傾いている?」

「まっすぐに見えるわ。エイブの絵を動かしたほうがいい? ツリーは触れてないわよね?」

「だいじょうぶ」

絵について口にしたことで、美術品密売マフィアがレオタ・ウッドの家の周辺をうろつい ているという話を思い出した。わたしはアウトサイダーの作品で一杯になっているレオタの 寝室を見てメアリー・アリスが導き出した結論をヘイリーに話して聞かせた。驚いたことに、 ヘイリーは笑わなかった。

「ママ、ふたりの人間が死んで、もうひとりが危うく殺されそうになって、その三人の唯一 の共通点が画廊とアウトサイダーの作品なのよ。よく考えて。シスターおばさんは何かをつ かんだのかもしれない」

「レオタ・ウッドの家のまわりをマフィアがうろついているの? ヘイリー、冗談はよし て」

「真剣よ。マフィアではないとしても、ママはレオタ・ウッドについて、どのくらい知っているの？」

「森の丸太小屋に住んでいる気立てのいい七十代のおばあさんで、見たこともないような美しいキルトをつくるってこと」わたしはキッチンへ歩きだした。「いらっしゃい。コーヒーをいれるわ。それともコーラがいい？」

「コーラ。わたしがやるわ」ヘイリーはグラスをふたつ出して、ひとつをわたしに差し出した。「ママもコーラでいい？」

「ええ。〈ジェイクズ・ジョイント〉のお肉を落ち着かせたいから」

「赤、それとも黄色？」ヘイリーはグラスを製氷機の下に突き出した。

「赤」

「ママ」ヘイリーはコーラを注いだ。「ときには冒険すべきよ」

「〈ジェイクズ・ジョイント〉で食べるだけで冒険よ」わたしは椅子に腰をおろした。「あの店が衛生検査で九十八点を取っているのを知っていた？」

「ジェイクはしかるべきひとと知りあいなのよ」ヘイリーもテーブルについた。

「美術品密売マフィアのひとりかもね」

だが、ヘイリーはこの話を笑いごとでは終わらせなかった。「レオタ・ウッドについて、もう一度聞かせて」

わたしはコイドッグのローヴァーのこと、電話でエイブラハム・バトラーにレオタだと勘ちがいされて放っておいてくれと言われたことも含めて、もう一度説明した。それからロス・ペリーが死んだのは二キロも離れていない場所であり、ロスがレオタの家に向かっていた可能性もあるが、その道沿いに住んでいる誰か、たとえばジェイムズ・バトラーを訪ねるつもりだった可能性もあると付け加えた。「レオタは才能がある、気のいいおばあさんなのよ、ヘイリー」わたしはこう言って話を終わりにした。「寝室に作品が置いてあったのは、何かきちんとした理由があるのよ。ぜったいに。とにかく、シスターおばさんが考えたようなことじゃないわ」

「レオタは故買屋なのよ」ヘイリーは水晶玉であるかのようにグラスをじっと見つめた。「寝室にあった作品はすべて盗まれたもので、ロスが電話したとき、レオタは彼が集めている特別な作品が手に入ったと伝えたんだわ。ロスがそのためなら大金を支払うことを知ったうえで」

「でも、誰が作品を盗んでレオタに売ったの？　レオタはどうしてロス・ペリーを撃ったの？」

ヘイリーは指で氷をまわした。「クレア・ムーンが盗んだのよ」

「何ですって？」頭がずきずきしてきた。「それならクレアの妹でしょう」わたしは立ちあがって、ほとんど空になっている瓶からアスピリン二錠を取り出した。「あるいは大おばのリリアンかも」

「双子はマーシーのパーティにはきていなかったんでしょう？」

わたしはアスピリンを飲みこんだ。「わからないけど、どうして？」

「マーシーを殺せないから」

わたしはてっぺんに〝やりつづけろ〟と印刷されているメモ帳に買い物リストを書いていた。フレッドと取引のある会社のメモ帳だ。そのメモ帳の最後の二枚を切り取ってヘイリーに渡した。「はい。ここに短くあなたの推理をまとめて。いくつかわからない点があるから」

「わたしもよ」ヘイリーは愛想よくにっこり笑った。そしてメモ用紙をポケットに突っこんだ。「それが解決できたら教えるわ」

「それまでに、あなたの目的の品物を用意して、このツリーをどうやって飾りつけするか考えましょう。それにフレディたちのことも相談しなきゃ。フレディとシーリアをあなたの家に泊めてもらえる？　去年のクリスマスみたいに」

「いいわよ。ふたりが泊まってくれると楽しいし」

「シスターおばさんもふたりを泊めてもいいって言ってくれたんだけど。メアリー・アリスとシーリアが二日も一緒にいると思うと、気になってしまって。どっちが呪いをかけるのかはわからないけど」

ヘイリーは笑った。「ふたりのベッドのシーツを換えておくわ。キッチンの床にもモップをかけておく」

〝ふたりのベッド〟それも気になった。あーあ。どうして最近のひとは昔みたいに結婚しないのだろう。

「ママ？」ヘイリーの声の調子が変わった。「クリスマスの食事会にジェドを呼んでもいい？

これから誘うつもりなんだけど、ジェドはまだ休暇の過ごし方に慣れていないと思うの。つまり、奥さんが亡くなってから」

「もちろんいいわよ。ぜひ誘って」もしわたしがヘイリーの相手を選ぶのだとしたら、ジェド・リユーズ保安官はきっと選ばない。とりたてて欠点があるわけではない。なかなか礼儀正しい男性だし、かなり控えめで、ヘイリーの夫だったトムとは正反対だ。たぶん、それが気になるのだ。騒々しいわが家のクリスマスはジェドにとって――そしてわたしたちにとっても――おもしろいものになるだろう。

ヘイリーはメモ用紙を入れたポケットを叩いた。「ジェドにも手伝ってもらうわ」

「正直に言ってしまうと、シーリアのほうがまだ戦力になるかもしれないわよ」

「それはどうかしら」ヘイリーの口調はやわらかく、笑い声を聞いたときと同じように、わたしはうれしくなった。

15

「あの花はどこから届いたんだ?」フレッドはキッチンに入ってきて訊いた。「こんなきれいなポインセチアは見たことないな」

「ニーダムの双子からよ」わたしはコンロでマッシュルームを炒めていた。二枚の小さなステーキ肉はグリルで焼く準備ができているし、生のアスパラガスはすでに電子レンジにのせてある。太いほうを中央に寄せているので、とても高価な車輪みたいだ。

「そいつはありがたいな」フレッドは近づいてくると、わたしの首筋に鼻をすり寄せた。そしてステーキに目をとめた。「どうしたんだ? まさか、霜降り肉がこのキッチンに入ることを許したのか?」

「お米とアスパラガスには脂肪がないから。ときにはご馳走もいいかもしれないと思って」

〈ジェイクズ・ジョイント〉でのお昼を思い出し、きょうのコレステロールの摂取量に〝ご馳走〟という言葉は適当ではないかもしれないと考えた。〝飽食〟のほうがふさわしいかも。脂肪の詰めこみすぎだ。明日は節制しなければ。わたしはフレッドのお尻に手をまわして、軽く叩いた。「ビールを取ってきたら? 新聞はテーブルよ」

「きょうクリスマスツリーを買ったのか？」

「ええ」わたしは弁解するように言った。「ステーキで機嫌を取ろうとしているなんて思わないでね。そんなゲームはずっと昔にやめたんだから」

「別にかまわないさ」フレッドはわたしを抱きしめてから冷蔵庫へ向かった。

「かまわない？　何年も本物の木はだめだと反対していたのに、いまは別にかまわないって言うの？」

「パトリシア・アン――」缶ビールがプシュッと開いた。「――飾りつけをされて電球がついたクリスマスツリーがうちの居間にある。あそこの絵に映っているんだ」フレッドは出窓の横にかけてある額縁に入ったジョージア・オキーフのヒナゲシのポスターを指さした。

「さて、わたしには選択肢がふたつある。ひとつは居間に入って椅子にすわり、新聞を読んでクリスマスツリーを楽しむこと。もうひとつは腹を立てて『パトリシア・アン、あんな火事になりそうな危険なものを家に置くことは許さん』と言うこと。その場合はお互いに不愉快な夜を過ごすことになる。だから、わたしはひとつ目を選ぶ。準備ができたら呼んでくれ。肉はわたしが焼くから」フレッドは新聞を持って、居間へ消えていった。

　フレッドがあまりにも分別があると、こっちの頭にカッと血がのぼる。先手を打たれてしまうから。

　それでも、わたしたちは気持ちのいい夜を過ごした。ステーキはおいしかったし、飾りつけは少々寂しいけれど、ツリーがクリスマスらしい華やぎを与えてくれたから。フレッドがツリーの隣の目立つところに立てかけた消化器さえも、その魔法に水を差すことはなかった。

フレッドが椅子で居眠りをはじめ、わたしがグレタ・ガルボの新しい伝記を読みながらテレビで『クリスマス・イン・ワシントン』を見ていると、電話が鳴った。

「何をしているの?」メアリー・アリスだ。

「グレタ・ガルボの伝記を読んでいたの。知りたくないことまで知っちゃったわ」

「フレッドはツリーを気に入った?」

「意外なことにね」

「ふーん」つまらなそうな声だった。「電話したのは、明日の夜うちに夕食を食べにこないかと思って。フレッドがトランプをやる日でしょ」

「いいわね」

「フランシス・ゼイタもこられないか訊いてみるつもりよ。フランシスにはショッピングモールで代役をつとめてもらったお礼をしたいし。それから、ボニー・ブルーも呼ぶわ。ふたりはブリッジができる?」

「たぶん、わたしたちといい勝負ね」わたしたちは、どちらもからきしダメなのだ。わたしはルールを覚えようとしてコツコツ勉強するけれど一か八かの勝負に出られず、メアリー・アリスはゲームをしながら勝手にルールをつくってしまう。母はブリッジがとても強く、わたしたちを仕込もうと長年がんばったけれど、とうとう娘たちにはカードゲームの才能がないと断言して、自分とペアを組むことを拒否するようになった。

「それじゃあ、ブリッジをしてもいいわね。でも、ふたりの都合が悪くてもあんたはくればいいわ」

「ありがとう」

「いいのよ。七時でどう？」

「いいわ。バッバの具合はどう？」

「あたしのベッドの真ん中で寝ているわ」

「それじゃあ、ビルは？」

「エプソム塩に浸かっているわ。サンタクロースの衣装のせいで、とんでもない湿疹ができちゃったのよ。今度見てやって」

「遠慮しておくわ。明日の夜、フルーツ・ドロップクッキーを持っていきましょうか？」

「お願い。ねえ、マウス？」メアリー・アリスが口ごもった。

「なあに？」

「何でもない。ビルにカーマイン・ローションを塗ってあげないと」

「お楽しみね」

フレッドが目を開けて、大きなあくびをした。「ビルったら、ひどい湿疹なんですって」

「わかる気がするな」フレッドは身体を起こして伸びをした。「何を読んでいるんだ？」

「グレタ・ガルボの伝記。グレタったら、ものすごいことをしているのよ」

「ツリーの照明を消して、きみがやって見せてくれ」

わたしは彼の誘いを受けた。

翌朝、わたしは冷凍庫から銀食器を出して磨いた。そんなところに入れておくのをフレッドは笑い、泥棒は真っ先に冷凍庫を探すだろうと言う。でも夏に入れた桃やブルーベリーの下の引き出しをわざわざ探すだろうか？　それに厚いフリーザーペーパーで包んで、横に〝エビ〟と書いてあるのだ。とても安全な気がするけど。

わたしはクリスタルと磁器を洗い、赤いテーブルクロスがカビくさかったので洗濯機に入れて〝ソフト洗い〟にした。そしてテーブルクロスが乾燥機に入っているあいだに、買い物リストとやることリストの組みあわせをはじめた。十歳の孫が欲しいのはこれだと、その子の親から〈モータルコンバット〉」とメモに書いた。「バートへのプレゼントは格闘ゲーム聞いたのだ。わたしは鉛筆についている消しゴムをかじった。何だか、とても暴力が激しそうなゲームだ。確かめたほうがいいだろうか？　わたしは〈モータルコンバット〉にクエスチョンマークをつけた。結局は買ってしまうことはわかっているけれど、疑問を抱いたほうが気持ちが落ち着く。十歳の男の子には観覧車やヘリコプターがつくれる、たくさんのモーターがそろった組立玩具〈エレクターセット〉がいいのだけれど。

呼び鈴が鳴り、どういうわけかドアを開けるまえに、わたしには誰がきたのかわかっていた。その勘は当たった。ドアの向こうにはクレア・ムーンがにこやかに立っていた。双子が着ていた黒のタートルネックのセーターに黒いパンツを身に着けたクレアはオードリー・ヘップバーンにそっくりだった。顔は青白いが、目は澄んでいる。そして大きなピンクのポインセチアを抱えていた。わたしは微笑んで、クレアが入ってこられるようにドアを支えた。

「ホロウェル先生、メリークリスマス。それから、いろいろとありがとうございました」クレアはポインセチアの鉢植えを差し出した。

「入って」わたしは言った。「もうだいじょうぶなの?」

「だいじょうぶです」わたしは先に居間に入ってコーヒーテーブルにポインセチアを置くと、ふり返ってクレアを抱きしめた。

「すごく心配したのよ」

「ごめんなさい」

「妹さんたちがあなたを守ろうとしたことはわかっているの。とりあえず、いまはね。あのときは何が起きたのかわからなかったけど」

「何も覚えていなくて」

「そうでしょうね。すわって。コーヒーをいれるわ」

クレアはソファに腰をおろした。「ありがとうございます」

わたしはキッチンに入ってコーヒーを準備した。「お花、きれいね。ありがとう」

「どういたしまして。ピンクを選んでよかった。もう赤いポインセチアはあるみたいだから」ソファからは出窓が見えたらしい。

「妹さんたちが贈ってくれたのよ」

「グリンとリンが？」クレアは驚いたようだった。

わたしはコーヒーメーカーのスイッチを入れてドアまで戻った。「わたしがふたりを誘拐したことは知らないの？」

クレアは首を横にふった。わたしはフレッドの椅子にすわって、双子が泊まった夜について語った。笑い話として、クレアもきっとにこやかに聞くものと思っていた。けれども、クレアは動揺しているようだった。

「ああ、ホロウェル先生、ごめんなさい。きょうだいそろって、先生に心配ばかりかけて」

「わたしはあなたたちを心配していただけよ。起きたことはあなたたちのせいじゃない。それを忘れないで、クレア」

「それなら、どうしてわたしは自分のせいだと感じるんでしょうか？」

「罪悪感は〝女の子〟特有のものだって姪が言うの。姪は弁護士でね、歩道を走ってきた車に轢かれた女性の依頼人がいたとするでしょ。その女性はその角に立って信号が変わるのを待っていたことに罪悪感を覚えるんですって。男はどうだと思う？」

クレアはにやりと笑った。「女性みんながそんなふうに感じるわけではないと思います。マーシーなら感じない。たぶん運転手の保険をすぐに確認すると思うわ」笑顔が消えた。

「わたしの姉のメアリー・アリスも感じないわね。きっと姉がその角に立っていたのはわたしのせいだと言って、わたしに罪の意識を植えつけるはず。この話のむちゃくちゃなところは、たぶんわたしが実際に罪悪感を覚えてしまうところね」

わたしと見つめあうと、クレアの顔に微笑みが戻ってきた。

「コーヒーを持ってくるわね」わたしはキッチンに入って、食器棚からマグカップを出した。

「ホロウェル先生？」クレアは居間の戸口に立っていた。「わたしと病院にいってくれました？　何があったのかあまり覚えていないと言ったのは本当だけど、先生が手を握ってくれていた気がするの」

わたしはうなずいた。「一緒にいったわよ。あなたはショックを受けていて、かなり危険な状態だった。救急隊員の説明では、あなたはストレス信号を出せなかったって。正確ではないけど、そんな感じのことを言っていたわ。とにかく、あなたはぐったりしていたから」

コーヒーをダイニングテーブルに置いて、クレアに身ぶりですわるよう促した。「砂糖をたっぷり入れなさい。力が湧くように」

「もうだいぶよくなってきましたから。目が覚めたら、グリンとリンと一緒にホテルにいたんです。どのくらい時間がたったのかも、ふたりがどうやってわたしを病院から連れ出したのかもわからなくて。それで、ふたりにわたしが無事だということを先生に知らせると約束させて、また眠ったんです。それしかしたくなかったから――眠ることしか」

わたしは〈グリーン&ホワイト〉で昼食をとっているときに、双子に会って驚いたことを思い出した。「ちゃんと知らせは受け取ったわ。でも、大おばさんのリリアンはどうだったの？　とても心配していて、ここにいらして、何か知らないかって訊かれたの。何か耳にしたら必ず知らせるって約束したのよ」

持っている。

コーヒーをかきまわしていたクレアが顔をあげた。「リリアンがここにきたんですか？」

わたしはうなずいた。「そのときは話せるようなことは何も知らなくて。双子からあなたが無事だと聞いたあとも、あなたの居場所は知らなかったから」

クレアは肩をすくめて、コーヒーを飲んだ。手を温めるかのように、両手でマグカップを持っている。

わたしはずっと疑問に思っていたことを尋ねた。「妹さんたちはどうしてリリアンの家に泊まらないの？　それに、ふたりはあなたが病院に運ばれたことをどうやって知ったの？」

「リリアンはデイニアの話をしましたか？　いつもするんですけど」

わたしは驚いてうなずいた。

「すごく単純な話なんです。リリアンは本当はわたしたちの祖母なんです。大学生のときに妊娠して、母を産みました。もちろん、事実はすべて伏せられて、母は祖父の会社に雇われていたひとの養子になりました。きっと、お礼がたっぷり支払われたんでしょう。リリアンはどこからデイニアの話を考えついたんだか。たぶん、テレビドラマか何かでしょうね」

「すっかり信じていたわ」わたしは涙を流したことを思い出した。

「だから、リンとグリンは怒っているんです。リリアンがちゃんと名乗り出て、自分の孫だと言わなかったのは、わたしたちへの当てつけだって。リリアンと妹たちはとても仲が悪くて、年じゅう喧嘩をしています。本当に、しょっちゅう。スカートの丈から友だちのことまで、あらゆることで。それで、あの子たちは高校を卒業した日に、リリアンのお財布からお金を盗んで、ニューヨークいきの片道チケットを買って出ていきました」

「あなたはリリアンをどう思っているの？」

クレアは肩をすくめた。「時代と状況を考えれば、リリアンはできるだけのことをしたのかもしれません」

「確かに、五十年まえは状況がまったくちがったでしょうからね」

「はい。でも、妹たちの気持ちもわかるんです」クレアはしばらく黙ったあとに続けた。「妹たちはわたしが病院にいることをどうやって知ったのかって、おっしゃいましたよね。そんなことは訊こうとさえ思わなかったんですけど。ふたりはマーシーから画廊のオープニングパーティの招待状をもらって、バーミングハムにきていたんです。まあ、くるのが一日遅れたんですけど、それがグリンとリンですから。いつものことなんです」クレアは指でマグカップの縁をなぞった。

「妹さんたちとマーシーは親しかったの？」

「妹たちとマーシーですか？　とくに親しくは。だから、ふたりがきてびっくりしたんです。といっても、わたしがバーミングハムに戻ってきたので、妹たちもときどき顔を出してはいたんですけど。わたしは会えるとうれしくて。でも、妹たちはかわいそうなリリアンを困らせることばかりしているので。今年の春も、リンとグリンは植物園で開かれた風変わりなパーティに出席して、リリアンを床から三十センチほど持ちあげると、両方の頬にキスをして口紅をべったりつけたんです。赤い猫のひげが生えているように見える角度で。いつもそんなことばかりやってリリアンを怒らせるんです」

オレンジ色の髪をして、ぴんと張った肌に赤い猫のひげが生えているリリアン・ベッドソールの顔が目に浮かんだ。「見たかったわ」正直に言った。

「妹たちはときどき関心を引きたくて、いたずらっ子のようなふるまいをするんです」クレアは椅子のひじ掛けにかけたハンドバッグを身ぶりで示した。「あれはグリンから借りたバッグですけど、びっくり箱のように何かが飛び出してくるんじゃないかと思うと、怖くてなかの仕切りを開けられないんです」

「それほど悪い趣味じゃないわ」

「ええ、そうなんですけど」クレアは椅子を引いて立ちあがった。「ふたりが目を覚ますまえに、レンタカーを戻さないと。家に帰って、着がえを持ってこようと思って。ジェイムズとイヴォンヌの家に二、三日泊めてもらうつもりなので」

「アパートメントに入っても平気なの？」

廊下のほうへ歩きはじめたクレアがふり返った。「平気じゃないと思いますか？」

「ええ。犯罪現場だから」〝誰かがあなたを殺そうとした〟という言葉は、口に出ないまま互いのあいだを漂った。

「あの女性警察官に訊いたほうがいいと思いますか？　何という名前でしたっけ？」

「ボー・ミッチェルよ。ええ、彼女に訊くべきだと思う。もし家に入ってもいいと言われたら、わたしがついていくわ。あそこにひとりでいかせたくないから」

「だいじょうぶです。今度は心ができていますから。それにまだ昼間で明るいし」

「とにかく、警察に電話して」わたしは言った。


双子が借りたレンタカーはクレアとわたしが乗るには小さかった。「あまり荷物が多くないといいけど」車がタウンハウスに着くと、わたしは言った。

「ちょっとした着がえだけです。これはグリンの服なので」クレアが〝所有者〟と記された区画に駐車すると、わたしたちは車から降りた。まえにここにきてから数日しかたっていないのに、小さな芝地にもマッシュルームのようにクリスマスの飾りが点在している。「もうすぐクリスマスなんて信じられない」クレアが言った。

「〈死闘（モータルコンバット）〉って知っている？」わたしは訊いた。

クレアはふり返り、怯えに近いとまどった顔をした。

「テレビゲームよ」わたしはあわてて説明した。「十歳の孫がクリスマスプレゼントに欲しがっているんだけど、どのくらい暴力的なものなのか心配で」

「天井に夜空を映せる装置はどうですか？　日付と自分がいる場所を入力するだけでいいんです」

「それはすてきね、クレア」わたしは本気で言った。

「主人が持っていたんです。その装置が大好きでした」

クレアの口から夫の話が出たのは初めてで、わたしは驚いた。クレアがドアに鍵を挿しこんだ。「さあ、どうぞ」玄関に入った。

　わたしに関していえば、衝撃はかなり治まっていた。ソファから飛び出している詰め物は、たんに詰め物でしかなかった。ただの綿だ。クレアとわたしは足を止めて、部屋を見まわした。

「何か手伝えることは？」わたしは訊いた。

「腕のいいソファの張り替え業者を教えてください」クレアはソファに近づいて、片手で切り口をなでた。「どうして、こんなことができるのかしら」

「さあ、どうしてかしらね」わたしにもわからなかった。

　クレアは玄関まで戻ってくると、ナイフで傷つけられたドアの傷をなでた。「ああ、もういや」

「だいじょうぶ？　わたしが二階へいって適当に着がえを取ってくるわ。何が必要か教えて」

「平気です。またホロウェル先生のまえで気を失ったりしませんから」

　平気そうには見えなかった。クレアはドアから少し離れて、ナイフの跡を見た。それからまた近づいて隣に立ち、自分の身体と比べた。「何か妙だわ」

　妙なことばかりだと、わたしも同意した。

「そうではなくて。ちょっと待っててください」クレアは階段を二段のぼってふり返り、ドアまで戻ってきた。そしてドアノブをつかもうとするかのように手を伸ばした。それから頭をふり、うしろを向いて、階段をのぼった。

「いったい何をしているの？」わたしは訊いた。

「何だか、妙で」クレアはその言葉をくり返し、階段をおりて、またドアに手を伸ばした。

「何をしているのか教えてくれない？」クレアがこの行動を何度かくり返したあと、わたしは頼んだ。

「ナイフの跡が変なんです。これを見てください」

わたしはドアまで歩いていって、ナイフに切られた跡を見た。傷はドアの左側にあり、近づいてみると、この角度でナイフが突き出されたとすると、胸を刺されていたはずだと気がついた。「何てこと！」わたしは身震いした。

「でも、いいですか？」クレアはまた階段をあがった。「ホロウェル先生、こっちにきてください」

いったい何をしているのだろうかと思いながら、わたしはクレアのあとから階段をのぼった。

「そうです。わたしより二、三段上までのぼってください」わたしがのぼるのを待ってから続けた。「いいですか？　わたしが階段を駆けおりてきて、先生はナイフを持って追いかけてきます」クレアが階段を駆けおり、ドアに手を伸ばして、勢いよく開けた。わたしは階段の上で、その様子をじっと見つめた。

クレアが階段に戻ってきた。「今度は先生も追いかけてきて、わたしをナイフで刺そうとしてください」

「ぞっとするわ」わたしは言った。

「お願いします、ホロウェル先生。あとできちんと説明しますから」

「ナイフはどんなものだったの？　覚えている？」

「大きかったです」

わたしは片腕をふりあげた。「これでいいわね。このほうがうまく確かめられるでしょう」

「とにかく、わたしを追いかけてきてナイフで刺そうとしてください。いいですか？　はじめます」クレアが階段を駆けおりてドアを開けた。クレアがふり返ったとき、わたしはまだ階段の上にいた。

「もう一度やりましょう」ナイフを想像しただけで、驚くほどショックを受けた。まるでマクベス夫人になったようだった。

「わたしが先生を追いかけましょうか？」クレアが訊いた。

「いいえ。わたしがやるわ。さあ、もう一度」

わたしたちは階段をおりた。ドアを勢いよく開けて、わたしがげんこつでドアを殴った。

「いたっ！」わたしはずきずきと痛む手をふった。

「どこを打ちました？」

「ドアでよ」

「そうじゃなくて、ドアのどのあたりを叩きましたか？」

「さあ。氷はない？」

「冷蔵庫にあります」クレアはうしろにさがって、またドアを見つめた。「考えがあります。クレヨンを取ってきます。クレヨンを使えば、ドアのどこに当たったか正確にわかりますから」

「手を骨折したかもしれないわ」わたしは手が腫れていないかどうか見た。腫れている。

「クレヨンを取ってきます」クレアはキッチンに走っていった。彼女はだんだんメアリー・アリスに似てきた。

どんどん腫れあがっていく手を見ていると、クレアが戻ってきた。「さあ、もう一度やりましょう。ホロウェル先生、今度はクレヨンでドアを叩いてください」

「速く走ってね」わたしは言った。

今度はクレアがドアを開けたときには、わたしはすぐうしろにいた。クレヨンは折れたけれど、けがをした手は守れた。

クレアがドアの向こうから顔をのぞかせた。「印はどこについていますか？」

「ちょうどここよ。何を証明しようとしているの？」

「クレヨンの印はナイフの跡からどのくらい離れていますか？」

「右に六十センチというところね」

「ドアが開いていたから、角度がついているんだわ」クレアが赤いクレヨンの跡をじっくり見た。

「そうなの？」

「ホロウェル先生、わたしは走っていたんです。そこへ男か大柄な女がナイフを持って、うしろから迫ってきた。肉切り包丁のようなものでした。わたしが勢いよくドアを開けたところへ、犯人が突進してきた。ナイフはドアの左側か、せいぜい真ん中に当たると思いませんか？」

「そうかもしれない。犯人がどのくらいあなたから離れていたかにもよるけど」

「でも、木のドアが割れています。思いきり壁に当たって戻ってきたんです。だから、ナイフの跡はクレヨンと同じようにつくはずなのに。ナイフの跡を見てください」

ナイフの跡は深かったけれど、まっすぐで、切り口も滑らかだった。

「誰かがナイフをまっすぐ突き刺したんです」クレアは言った。

「意味がわからない」

「わたしもです」クレアは階段にすわって、ドアをじっと見た。わたしもクレアの隣にすわって、痛む手を反対の手で支えた。「手が痛みますか？」クレアが訊いた。

わたしはうなずいた。「ドアにぶつけたから」

「氷を持ってきます」クレアは立ちあがったが、まだドアを見ていた。「でも、もう一度やっていただけますか？」クレヨンをひろって、わたしに差し出した。

わたしは首をふった。「今度はあなたが犯人役をやって」

また位置につき、わたしが階段を駆けおりて勢いよくドアを開けると、思いきりボー・ミッチェル巡査に突進した。バン！　とクレヨンがドアにぶつかると、ボーとわたしは互いをつかみあったままよろけ、ついにはポーチの隣のサザンカの茂みに倒れこんだ。

「ああ、たいへん」クレアは言った。「おふたりとも平気ですか？」わたしが上に覆いかぶさっていたので、クレアはまずわたしを抱き起こした。ボー・ミッチェルはあお向けになってサザンカの茂みに倒れている。十二月に咲く低木の白い花びらが紺色の制服に散った。

「ふたりとも、わたしを引っぱって。茂みにはまってしまったから」

クレアが引っぱって、わたしが押した。サザンカはツバキ科の一種で繊細そうに見えるが、じつは密集して生える低木で、枝も強いのだ。

「あーあ、まいった」ボー・ミッチェルは立ちあがって言った。

「ごめんなさい」わたしは言った。「けがはない？」

「だいじょうぶだと思います。サザンカは折れてしまったと思うけど」

「でも、茂みの上でよかった」クレアが言った。「とりあえず、クッションになったでしょうから」

「多少はね」ボー・ミッチェルは手についた長く醜い引っかき傷を見た。

「入ってください。薬をつけましょう」クレアは言った。

「氷が欲しいわ」わたしは言った。「わたしの手には」

わたしたちは一列になって玄関ホールからキッチンへ入った。

「いったい、どんなゲームをしていたんですか？」ボー・ミッチェルが訊いた。

クレアとわたしは顔を見あわせた。「ドアについたナイフの傷がおかしい気がして。角度が」クレアが答えた。

「ええ、そのとおりです」ボーが認めた。「わたしたちも気がついていました。消毒薬はありますか？」

「傷薬なら」クレアは引き出しから黄色いチューブを出して、ペーパータオルで出血している傷口を押さえているボー・ミッチェルに渡した。「それで、どう思いますか？ナイフの跡のことですけど」

ボーとわたしはアイスクリーム店にあるような白い椅子を引いて、ガラスのテーブルについた。

「ドアが閉まっているときに、誰かがつけた傷だと考えています」ボーは言った。「ドアが開いているときではなく」

「わたしもそう思ったんです」クレアは言った。「それはどういうことですか？」

「誰かがドアを殺そうとしたとか？」ボーが答えた。

クレアがわたしにふきんと氷が入ったボウルを持ってきた。すべてが白いキッチンのなかで、観葉植物のシノブボウキが枯れかけていた。水を吹きかけられていないせいだ。家のなかでこのキッチンだけが狼藉を免れている。

「〈ペプシ〉でもいかがですか？」クレアが尋ねた。「〈ダイエットペプシ〉ですけど」

「いただくわ」わたしは恐る恐る手を氷のなかに入れた。痛みがよけいにひどくなった。

クレアはグラスと紙ナプキンをわたしたちのまえに置いた。それから自分のグラスを持ってきて、椅子にすわった。

クレアは単刀直入に言った。「誰かがドアを殺そうとした?」ボーの目をまっすぐに見た。

「ほかにもっといい考えがありますか?」ボーはひと口で〈ペプシ〉の半分を飲んだ。「うーん。最高」

「わたしを追いかけてきたんですよ」クレアは言った。「ナイフが見えました。大きなナイフが。ドアに当たった音も聞こえたわ」

「確かに、大きなナイフでした。肉切り包丁です。ミセス・ホロウェルに押し倒された花の茂みで見つかりました」

「ナイフが見つかったんですか?」クレアの声は少し震えていた。

「はい。また気絶したりしませんよね?」

「ええ、だいじょうぶ」

「それじゃあ、〈ペプシ〉を少し飲んで。ほかにも伝えたいことがあるので」


「はい、どうぞ」

「それなら、わたしもよくやります」ボーは自分の傷をじっと見た。

「クレアが通り抜けたドアにぶつけたのよ。見当をつけ損なって」

「茂みで?　まさか」

「手の骨が折れたみたい」ボーに言った。

クレアは素直に〈ペプシ〉を飲んだ。「伝えたいことというのは？」

「ナイフについていた指紋はあなたのものだけでした。そしてナイフは間違いなく、事件に使われたものでした。ドアの木材を調べれば簡単にわかるので」

わたしはふたりと、シノブボウキを見た。「このシノブボウキは弱っているわ。霧吹きはどこ？」

「流し台の下です」クレアはまた〈ペプシ〉を飲んだ。「わたしが自分でドアにナイフを突き立てたと？」

「そのように考えられませんか？」

わたしは立ちあがって流し台へ向かった。

「家具を切り裂いたのも？」クレアは玄関ホールを身ぶりで示した。

わたしは霧吹きに水を入れた。

「可能性はあります」ボーが答えた。

「でも、どうしてそんなことを？」

ボーは肩をすくめた。「それを、あなたから聞けるかもしれないと思って。あなたのいとこマーシーを殺した人物が、あなたのことも殺そうとしたのなら、とても都合がいいと思いませんか？」

わたしは左手でシノブボウキに水をやりはじめた。あーあ、骨が折れてなければいいけれど。

「でも、そんなのばかげているわ！」クレアが言った。

「そうですね」

わたしはシノブボウキのまわりの土に触れた。霧吹きで葉に水をかけるだけでなく、土にも水をやらなければ。食器棚までいってグラスを見つけて水をくみ、土にかけた。

「弁護士が必要になりますか？」クレアが訊いた。

「腕のいい弁護士さえ見つかれば、どんな人間にも弁護士は必要ですよ」ボーは〈ペプシ〉の残りを一気に飲みほして立ちあがった。「さて、悪いやつらを捕まえなければならないので。あなたはこちらにいますか？」

「イヴォンヌとジェイムズのバトラー夫妻の家へいきます」

「電話番号は？」

クレアが教えると、ボーは小さな手帳に書きとめた。

「ありがとうございました。わたしはもう失礼しますが、かまいませんか？」

わたしはボーを追って廊下を歩いた。

「クレアがマーシーを殺した容疑者ということ？」

「ミセス・ホロウェル、いまお話ししたことがすべてです。それでは、ここで失礼します。あなたに必要なのは腕のいい整形外科医ですね」

「ええ、ありがとう」

キッチンに戻ると、クレアがシノブボウキに水を吹きかけていた。

「まったく。何だっていうのよ」

わたしもまったく同感だった。

16

わたしはダイニングテーブルにすわって、もう一度氷の入ったボウルに手を入れた。腕に痛みが走った。医師に何と説明すればいい？　フレッドには？　ナイフを持ったふりをしてクレア・ムーンを追いかけ、硬いドアに手をぶつけたと説明したときのフレッドの表情が目に浮かぶ。眉は吊りあがり、耳は怒ったと同時にびっくりしたときの癖で、頭にぴったりくっつくだろう。メアリー・アリスがピットブルみたいと呼ぶ表情だ。メアリー・アリスは何度もその表情を目にして感心し、真似さえしようとしたけれど、耳を動かせないので、成功しなかった――全部フレッドにはないしょだけれど。成功しなくてよかった。ピットブルが二匹もいたら、こっちがまいってしまうから。

わたしが霧吹きで水をかけ、土にも水をやったばかりのシノブボウキに、クレアがまた水を吹きかけ、土にも水をやっている様子を見守った。クレアはキッチンに掃除機をかけた。それから白いカウンターをふき、ボー・ミッチェルのグラスを食洗機に入れ、日光がちょうどよく入ってくるようにブラインドの角度を調整した。真っ黒な服で白いキッチンを歩きまわっている姿は、まるで誰かがなくした影のようだった。わたしはなくした影を探す児童書

を思い出そうとした。『ピーターパン』？

「問題は」クレアの声に、わたしは驚いた。「マーシーが殺された日の午後、わたしはほとんど画廊でひとりきりだったということなんです。ヘアムースに細工ができたのは、わたしだけだった。つまり現実を直視すれば、わたしを殺そうとした人物が誰もいなくて、このすべてがわたしの自作自演だったとすれば――」手をふって家のなかを示した。「――わたしがいちばん怪しい容疑者になる。そうですよね？」

「そうかもしれないし、そうじゃないかもしれない」わたしは氷から手を出して、腫れの具合を確かめた。「でも、ボー・ミッチェルが本気であなたを疑っているなら、事情聴取のために警察に連れていったはずよ。でも、彼女はただそう言っただけだった」

「でも、弁護士に相談すべきかもしれません。姪御さんのお名前は何とおっしゃいましたっけ？」

「デビー・ナックマン。メアリー・アリスの娘よ。デビーに連絡するのはいい考えかもしれない。もちろん、ほかの弁護士でもいいけど」

クレアは天板がガラスのテーブルにひじをついて、両手であごを包みこんだ。「疲れちゃった」

確かに、疲れた様子だった。ボー・ミッチェルがやってきたせいで、クレアの眉間にはしわが戻り、目の下には隈ができていた。

「着がえを用意するのを手伝うわ」わたしは申し出た。「妹さんにバトラーの家まで車で送ってもらったら？」

クレアは首をふった。「わたしなら、だいじょうぶです」

そのとき電話が鳴り、わたしたちはふたりとも飛びあがった。「留守番電話をセットしてありますから」

「クレア、いる？」双子のひとりだった。「いるなら、出て」

クレアは肩をすくめて立ちあがり、電話まで歩いていった。「もしもし、グリン」

わたしは腫れた手をじっと見ながら、一方通行の会話に耳を澄ませた。ううん、ひとりじゃないわ。ホロウェル先生が一緒。わかっているわ、レンタカーはすぐに返すから。本当よ。わたしの車は無事でガレージにある。ええ、あなたの言うとおり。何も考えていなかった。

「妹をひとり連れてくるべきでした」クレアはテーブルに戻りながら言った。「そうすれば、自分の車でいけたのに。ほかのことで頭がいっぱいで」

わたしがクレアの車に乗ってホテルにいってあげると申し出ることもできたけれど、どうしても早く家に帰りたかった。

「アスピリンはある？」わたしは訊いた。

「はい」クレアは棚に手を伸ばして、薬の瓶を差し出した。「〈ペプシ〉のお代わりは？」

わたしは首をふり、クレアがテーブルに戻ってくるあいだに、アスピリンを三錠飲んだ。

「もう帰るわ」わたしは言った。

「着がえを取ってきます」クレアはそう言いながら、すぐには動かなかった。そして身体をそらして窓の外を眺めた。「ホロウェル先生、わたしの夫は芸術家でした」

クレアがどうして夫の話を持ち出す気になったのかわからなかったが、彼女の人生で知りたいと思っていた部分だったので、わたしはまた手を氷につけて耳を傾けた。

「とてもすばらしい風刺画家でした。その仕事が縁で出会ったんです。ふたりとも夏にディズニーワールドでアルバイトをすることになって。彼は漫画を描いて、わたしはパレードに出たり、売店で働いたりしました。結局、彼はディズニースタジオでアニメーターとして働くことになって、わたしたちはカリフォルニアで暮らしました。夢が叶ったって心から思ったんです」クレアは肩をすくめた。「そのあと、夫は亡くなりました」

「何があったの？」

「高速道路で十代の若者三人に銃で撃たれたんです。夫の車が割りこみをしたという理由で」

「そんな！」

クレアがこっちを向いた。「わたしはすっかり打ちのめされてしまって。サーマンとマーシーがいなかったら、どうなっていたことか。ふたりはあらゆることをしてくれました。数カ月入院する手筈も整えてくれたんです」

わたしは手を伸ばしてクレアの腕に触れた。「辛かったわね」

「ええ、辛かったです、ホロウェル先生。それで今度はマーシーが死んで、この部屋の様子やショックを受けて病院に運ばれたことを考えると、わたしはまたふたつ失敗を犯してしまったみたい。警察はこの事実をあわせて結論を出したりしませんよね？」

「事実が異なるなら、何もされないわ。クレア、胃潰瘍の治療を受けるひとが何百万人もいるように、心の問題の手助けをしてもらうひとも何百万人もいるのよ。どちらも辛いけれど、治せるの。警察を少し信用しましょう。心の病で入院したことがあるからといって、警察はあなたを捕まえたりしないから」

　クレアはため息をついた。「そうですね。やっと事態が呑みこめてきました。マーシーが亡くなったことを理解できるようになったみたいに」クレアは立ちあがった。「着がえを取ってきます」

　わたしは氷から手を抜いてふきんで包み、クレアのあとから廊下を歩いた。

「ああ、気分が悪くなる」クレアは引き裂かれた家具を指さした。「寝室もですか？」

「ええ。スプレーで壁に落書きをしていたわ」

「わたしが帰ってきたときに落書きをしていたのかしら」

「さあ」

「それで、わたしが帰ってきた音を聞きつけた」クレアは続けた。そして階段の下で立ち止まった。

「一緒にいくわ。決して美しい光景ではないから」

　主寝室のベッドの上の〝娼婦〟という巨大な赤い文字は初めて目にしたときと同じように衝撃的だった。大きな衝撃を受ける原因のひとつはペンキが流れ落ちていて、まだ乾かずに垂れてくる血で書いたように見えるからだろう。

クレアは両手で口を押さえた。

「だいじょうぶ？」わたしは尋ねた。

クレアはバスルームに駆けこんだ。

わたしは部屋を見まわした。横の壁には青いペンキで「死ね（Ｙｏｕ ｗｉｌｌ ｄｉｅ）」と書いてある。〝Ｙｏｕ〟という単語が残りの二語よりかなり大きな筆記体で書かれているが、見たところ、書いている途中で壁のスペースがたりなくなることに気づいたらしい。筆記体の〝Ｙ〟の下の輪は小さく左側に傾いている。確か、手書きに慣れている人物はこう書くはずだ。そんなことはボー・ミッチェルもほかの警察官たちもすでに気づいているだろうけれど。

バスルームから音が聞こえてきたが、クレアはまだしばらく出てこられないだろう。わたしは主寝室よりほかの寝室のほうが落書きがひどいことを思い出して、ほかの部屋へ入っていった。この部屋では言葉さえ書かれていない。赤や青や緑のペンキで壁じゅうに十字や輪が書き殴られているだけだ。そして、この狂気のなかで、犯人は小さな田園風景の絵を描いている。わたしは床に膝をつき、遠近両用眼鏡を鼻の先に押しやって、その絵をじっくり見た。

今回はまえに見たときより部屋が明るく、細かいところまで見ることができた。赤毛の女が野原にすわって三枚の絵を描いている。三枚とも黒髪の女が横たわっている同じ絵だ。黒髪の女は何かを持っている……？

もう少し明るくしたい。わたしは主寝室をのぞいたが、バスルームのドアはまだ閉まったままだ。でもキッチンの引き出しかガレージなら懐中電灯があるにちがいない。

あった。クレアの〝がらくた入れ〟はわたしの家とまったく同じで、流し台の右側の小さな引き出しだった。わたしは黄色い懐中電灯を手にして、つくかどうか試した。ちゃんとついた。そのあと引き出しを閉めようとしたが、まさにいま必要なものが目に入った。フレッドが持っているような、小さなライト付きの拡大鏡が電話帳の上にのっていたのだ。クレアもそろそろ老眼鏡が必要になるということだ。いや、もう使っているのかもしれない。

わたしは懐中電灯と拡大鏡を持って階段をのぼった。

「気分はよくなった？」主寝室の真ん中に立っているクレアに声をかけた。

「ええ、だいぶ。ほかの部屋も同じことになっているんですか？」

「ええ」

「ああ」クレアは懐中電灯に気がついた。「何をしているんですか？」

「ここに書かれているものを見ようと思って。あなたも見る？」

「やめておきます。いまはただ、ここから出たいだけ」クレアは引き出しを開いて下着を取り出した。「すぐに終わります」

「手伝いが必要になったら呼んでちょうだい」わたしはもうひとつの寝室に入って、もう一度絵のまえに膝をついた。どういうわけか、この絵が重要であることはわかっていた。ペンキを塗りたくるのは、文字を書いたとしても、数分もあれば終わるだろうが、この小さな絵には時間がかかる。ある程度の技量も必要だ。わたしは懐中電灯をつけて、絵をまっすぐに照らせるように小さな籐のテーブルに立てかけた。それから拡大鏡のライトをつけた。

野原にすわって三つのカンヴァスに絵を描いているのは、まず間違いなくマーシーだろう。三枚のうちいちばん左側の絵に向かっているせいで、見えるのは横顔だけだ。そして、それぞれのカンヴァスに描かれているのは、クレアとふたりの双子だろう。だが、三枚の絵はそっくりだった。白いドレスを着た黒髪の女性が片手に白い花を持って、棺に横たわっている。女性たちは死んでいるのだろうか？　拡大鏡を近づけてみたが、目鼻立ちは描かれていなかった。

この絵は何かを意味しているにちがいないと考えて、じっくり見た。でも、どんな意味があるのだろう？　マーシーが描いている女性たちの下の銀色は、水だろうか？　三人は川の上にいるの？　背景にあるのは城だろうか？　マーシーと思われる女性が着ているのはたっぷりとした青いロングドレスで、とても高貴に見える。

よし、わかった。わたしはうしろにさがって、もう一度絵を眺めた。これはマーシーがクレアと双子の妹たちと思われる女性たちの三枚の絵を描いている絵だ。それでは、この家に忍びこんで部屋を荒らした人物は、どうして時間をかけてこんな絵を描いたのだろう？

うん、それもわかった。これはメッセージなのだ。マーシーはニーダム三姉妹に死んでほしかった。でも、そのときマーシーはすでに死んでいたか、あるいは死にかけていたはずだ。

ということは、このメッセージの解釈は間違っている。それともマーシーは画廊のオープニングパーティのまえにここにきて、この絵を描いたのだろうか。不可能ではないけれど、あまり理にかなっていない。

「用意ができました」廊下からクレアの声が聞こえた。「外で待っています。少し新鮮な空気を吸いたいから」

「すぐにいくわ」わたしはハンドバッグに手を入れて封筒を見つけ、その裏にざっと絵を写した。本当にざっとだ。それから忘れてしまわないように〝白い花〟といったメモをいくつか書いた。

外に出ていくと、クレアは階段にすわっていた。「何があったんですか？」

わたしは絵について話し、スケッチを見せた。「ざっと写しただけだから、いろいろなことが抜けているけど。なかに入って見てみる？」

クレアは身体を震わせた。「もう充分に見ましたから。見たくないものまで、たくさん」

「そうね。少し休んだほうがいいわ。この件は警察が調べてくれるでしょう」

「とにかく、放っておいてほしいんです。話すことは何もないから」クレアがドアの鍵をかけると、わたしたちは車へ向かった。「手の具合はどうですか？」

「アスピリンが効いたみたい。骨が折れてないといいんだけど」

「ええ、本当に」クレアは一泊用の旅行鞄をうしろに放った。

「クレア？」車が走りだすと、わたしは訊いた。「ミッチェル巡査がマーシーが死んだことを伝えたとき、あなたは『あいつらがマーシーのところへいったのよ』って言ったの。覚えている？」

「いいえ。でも、どういう意味なのかはわかります。アラバマにはアウトサイダーの作品で贅沢な暮らしをしているひとが何人かいます。ただ同然で作品を買って、ニューヨークやシカゴで売るんです。マーシーには何度か脅迫電話がかかってきました。そのひとたちはアウトサイダーたちが作品の本当の価値を知ってしまうことを恐れていたから」

「脅迫？」

「マーシーは怖がってなんかいませんでしたけど。地獄に落ちろって言っていましたから。たぶん効きめはなかったと思います」

「たぶんね」しばらく沈黙が続いたあと、わたしは口を開いた。「ご主人の作品はまだ持っているの？」

「たくさん持っています。いつか画廊で個展を開きたいと思って」

「彼のお名前は？」

「フレッドです。主人の名前はフレッドでした」

「フレッド」わたしは言った。「ご主人の名前はフレッドだったのよ」

ボニー・ブルーとフランシス・ゼイタとメアリー・アリスとわたしは〈ヴィンセンツ・マーケット〉で買ってきた、すばらしくおいしいチキンとトリテリーニのサラダを平らげたところだった。ここで買うのは、ヘンリー・ラモントの腕をメアリー・アリスが信用しているからだ。彼はアラバマ大学バーミングハム校の精子バンクのドナーとなった経験があるためシスターの孫娘たちの父親の可能性があるし、まもなくジェファーソン州立短期大学調理学科を卒業する。そして、すでに義理の息子になりかかっている。

「インターステートを走っていて、無残にも撃たれてしまったわけ」フランシスが首をふった。「あの子は充分すぎるほど辛い目にあってきたのに」

メアリー・アリスは立ちあがって夕食用の皿を片づけ、小さくて薄いタルトと四枚の小皿を運んできた。「ラズベリーよ。自分で取って。コーヒーは普通の？ それともカフェイン抜き？」

「カフェイン抜き」三人は声をそろえた。

ボニー・ブルーはタルトにかじりついて唸った。「うーん、最高。こんなにおいしいと、足の痛みも忘れちゃうわ。ヘンリーもこういうのをつくるの？」

「ヘンリーが全部つくったのよ」

「一刻も早くあの子と結婚しちゃいなさいって、デビーに伝えておいて」ボニー・ブルーはタルトをもうひとつ取った。

シスターの家はとても美しく飾られていた。わたしたちは居間に置かれた小さなテーブルで食事をした。この広い部屋を居間と呼べるのであれば、ということだけれど。街全体を見おろすテラスに出られる観音開きの扉からは、明かりのついた二本のクリスマスツリーが見える。

「いったい、何をしようとしているの？」シスターの家に着いて二本のクリスマスツリーを見て、わたしは言った。「アラバマの森を裸にするつもり？」シスターはその言葉を無視した。

暖炉では火がはぜ、炉棚には緑のリースが下がっている。そしてテーブルには高価なクリスマス用の磁器まで並んでいた。

「ミスター・サンタクロースは？」わたしは訊いた。

「作業場よ」メアリー・アリスはにこやかに微笑んだ。

「ティファニーと？」シスターはハイヒールをはいた、わたしの足を踏みつけた。

夜は休暇を祝うのにふさわしい時間になった。よき友、おいしい食べ物、美しい部屋。それに、おもろしい噂話。

ただし、手はまだ痛かった。包帯をしている理由を問われて、クレアのアパートメントにいったことを説明したのが、今夜の最初の話題となった。この話題を終えるまでに要したのはグラス二杯のワインと――わたしの場合はダイエットコーラだけれど――ノルウェー産のクラッカーとスパイスの利いたパテだ。

ボニー・ブルーはとても聞き上手だった。「んまあ」ソファが切り裂かれて詰め物が引っぱり出されていたことを話すと、ボニー・ブルーは言った。次の「んまあ」はベッドの上に〝娼婦〟と書かれていたことと、ドアにナイフの傷がついていたことを話したとき。

わたしはけがをした片手をあげて、ドアに叩きつけたときの状況を話した。「んまあ」ボニー・ブルーは感心したように言った。

「夕食の用意ができたわ」メアリー・アリスは言った。

だが、フランシスはまだクレアの話を終わらせることができなかった。「小さな絵について、もう一度聞かせて」テーブルに向かいながら言った。

「描かれていたのはマーシー・アーミステッドらしき女性。髪が長くて、カールした赤毛なの。彼女が三枚の絵を描いているわけ。野原かどこかで。足もとには草が生えていて、青いドレスを着ていたわ。絵のなかの女性たちは黒髪で、白いドレスを着て、白い花を持って横たわっている。花はたぶんユリね。何かの台か筏のようなものに寝ていて、背景にあるのは城かもしれない。食事のあとに見せるわ。バッグのなかにスケッチが入っているから」

「んまあ」ボニー・ブルーが言った。

「重要な意味があるんじゃないかと思うのよ。誰か、わからない？」

三人は首を横にふった。

「みんなはもう買い物は終わった？」メアリー・アリスがエンゼルケーキを配りながら明るく訊いた。

十五分後、フランシスがクレアの夫について尋ねた。

「弟から聞いた話では、クレアはご主人に死なれて、あとを追いそうになるほど悲しんだらしいわ」ボニー・ブルーが言った。

「マーシーとサーマンに救われたって、きょうも本人が言っていたわ。入院させてくれたんですって」

ボニー・ブルーはうなずいた。「かわいそうに。クレアみたいな目にあえば、誰だってうつ病になるわよ」

「面倒を見てくれるひとがいて、幸運だったのね」フランシスが言った。

メアリー・アリスがコーヒーを運んできた。「ボニー・ブルー、サーマンとクレアの話はどうなの？　サーマンはクレアに夢中だって言ってたじゃない。マーシーは知ってたの？」

ボニー・ブルーはまたタルトに手を伸ばした。「まさか、知らなかったはずよ。サーマンだって、どっちが得か知っていただろうし。つまり、どっちがお金を持っているかってことよね。マーシーのお父さんは死にかけている大富豪だし、お母さんもそろそろ危ないし。サーマンだってばかじゃないもの。それに義理の妹のイヴォンヌが言っていたけど、クレアも同じくらいサーマンに夢中らしいわ」

「つまり、サーマンにはマーシーを殺す動機はないってことね」シスターが言った。「マーシーに入る遺産を失ってしまうわけでしょ？」

「サーマンの心臓はかなり悪いの？」わたしは訊いた。

「いつか大動脈弁を取りかえないといけないかもしれないけど、老人になるまで生きられるとジェイムズは言っていたわ」

「ただし、お金持ちの老人ではなくなるけど」

「あら、きっとお金持ちになるわよ。お金のあるほかの女性を見つけるでしょうから」フランシスは言った。

残りの三人は驚いてフランシスの顔を見た。

「だって、そうでしょ。わたしはクレアがサーマンに頼りすぎていなければいいと思っているだけ。あの子はもう充分すぎるほど辛い目にあっているから」フランシスはもうこの話はやめだというように、ナプキンを叩きつけた。わたしはフランシスが離婚したときの事情とその後の恋愛について思い出そうとしたけれど、もう忘れてしまっていた。ただし、ひそかに卑劣なことをしていた男がいたのは確かだけれど。

「みんな、そろそろブリッジをしない？」メアリー・アリスが提案した。

わたしたちは食事をしたテーブルでブリッジをはじめた。ボニー・ブルーは自分は田舎育ちで、大都会でやっているようなブリッジは知らないから、辛抱強く付きあってほしいと言った。だが、実際にはボニー・ブルーは強かった。

わたしはますます手の痛みがひどくなり、キッチンに入って、またアスピリンを飲んだ。カウンターの上の保温パッドではバッバが寝ており、わたしを見あげてあくびをした。

「具合はよくなった？」わたしが訊くと、バッバは伸びをしてまた眠りに落ちた。わたしはグラスに水を注いで町を見おろし、こんな冷える夜にはすべての動物が居心地のいい場所にいますようにと祈った。そのとき、なぜかレオタ・ウッドのコイドッグが頭に浮かんだ。わたしはグラスを置いてブリッジのテーブルに戻った。

ていたでしょう」

「シスター」わたしは言った。「ボニー・ブルーに、レオタ・ウッドのことを訊くって言っていたでしょう」

「レオタ・ウッドのどんなこと？」ボニー・ブルーは得点表の〝わたしたち〟という欄にまた大きな数字を記入していた。

メアリー・アリスはカードを手にして切りはじめた。「きのうの午後、マウスと一緒にバッバを、うちの猫を迎えにいったの。あなたの弟の病院に入院していたのよ。とにかく、あたしたちはあの道を通ってレオタ・ウッドの家へいったわけ。彼女のキルトをもっと見たかったし、画廊より安く買えると思ったから。実際、そのとおりだったわ。ふたりで何枚か買ったの」

「あたしは、レオタのところの犬が怖くて」ボニー・ブルーが言った。

「レオタが出てきて、犬を静かにさせてくれたから」わたしはフランシスのほうを向いた。「コイドッグなのよ。そんなのがいるって知っていた？　コヨーテと犬から生まれるんですって」

「それで――」メアリー・アリスはカードをテーブルの上でそろえた。「――レオタの家に、アウトサイダーの作品が詰めこまれている部屋があったわけ。本当に詰めこまれているって感じなのよ」

「シスターはレオタは故売屋なんじゃないかって言うの」わたしは付け加えた。「ロス・ペリーはレオタの家へいく途中で殺されたんじゃないか、ふたりとも美術品を盗むギャングか何かの一味なんじゃないかって」

「確かに、レオタが盗んでいるのは本当よ」ボニー・ブルーが言った。「でも、法律には違反していない。レオタはアウトサイダーの家へいって絵や古い木彫りの馬を見て、画廊で数百ドルで売れることをよくわかったうえでこう言うの。わたしが十ドルで買い取ってあげるって。目のまえでお札をひらひらさせるものだから、みんな喜んでしまうわけ。『わかったよ、レオタ。作品ならもっとあるから』って。うちの父もまだレオタに作品を売っているわ。十ドル札を手にしている父の顔が目に浮かぶでしょ。父は酒場でそんなことを言われたらお金を受け取って飲んでしまうもの」ボニー・ブルーはテーブルの上で手を広げた。「このあたりのひとたちは何も手にしたことがないから、たとえ十ドルでもすぐに手に入ったほうがいいわけ」

「つまり、ロス・ペリーはそういう作品をレオタから買って、どこかに高値で売っていたかもしれないってこと？」フランシスが言った。

「おそらく。でも、きっとロス・ペリーひとりじゃないわね」

「クレアとマーシーのところには、画廊で作品がいくらで売られているのか、作家たちに知られたくないと考えるひとたちから脅迫電話がかかってきていたそうよ」

ボニー・ブルーは頭をふった。「あなたがニューヨークにいけば千ドルで作品が売れると教えてあげても、このあたりのひとたちは『いますぐ十ドルをもらったほうがいいさ。ありがとう、奥さん』と言いそうよ。うちの父ならそう言うわ」

「若い作家たちはどう？」メアリー・アリスが訊いた。

「同じようなものよ。作品をつくること自体が楽しいんだもの。真剣に考えていないのよ。芸術とさえ考えていないのかも」

「それが魅力なのよね」シスターが言った。

「たぶんね。とにかく、ミズ・レオタの家で行われているのはそういうこと。間違いないわ。きっと誰かがクリスマスに大儲けをする準備をしていたんでしょ」ボニー・ブルーはフランシスが配ったカードを取った。「ツー・スペード」〝手〟を並べ替えることもせずに言った。

「ボニー・ブルー」メアリー・アリスは得点表をひっくり返して鉛筆を手にした。「一から四十九のあいだで最初に思い浮かんだ数字を六つ挙げて」

「八、十四、四十三、二十九、二、三十七。どうして？」

「冗談でしょ、わからない？　今週のフロリダの宝くじは三千六百万ドルまで賞金があがっているのよ。山分けでどう？」

ボニー・ブルーはにやりとした。「山分けでいいわ」

結局ブリッジは二時間続き、フランシスとボニー・ブルーが翌日は仕事だからもうお開きにしなければならないと言ったところで終わった。

「まだスケッチを見ていないわ」フランシスが言った。

わたしはハンドバッグを取ってきて、コーヒーテーブルにスケッチを広げた。あまりにもひどい出来に自分でもびっくりした。

「この出っぱりは何？」横になっている人物を指して、シスターが訊いた。

「マーシーらしい女性が描いている、クレアに似た女性のひとりよ」

「これ、人間なの？」

「どんなことが描いてあったか、自分が思い出せるように描いただけだから」

フランシスとボニー・ブルーはもう少しやさしかった。

「実際に見られたらいいんだけど」フランシスが言った。「おもしろそうだし」

「明日もう一度いって写真を撮ってきたら？」ボニー・ブルーが提案した。

わたしたちは十二月の身が引き締まるような清々しい夜のなかに出た。街明かりのなかでも、明るい星は見ることができた。

「オリオン座ね」ほぼ真上にある三つのなじみ深い星を指して、フランシスが言った。

「ベツレヘムの星ってどこに見えたのかしら」ボニー・ブルーが言った。「そんなふうに思わない？　どの星なのかしら」

「確かにね」わたしは言った。「東方の三博士が追っていったくらいだから、すごく輝いていたにちがいないわ」

メアリー・アリスも新聞を取るために、わたしたちと一緒に車まわしまで出てきていた。

「妻子と汚れた洗濯物を置いて、星を追いかけたのよ」

「もしかしたら、ティファニーを雇っていたのかも」

「とっとと帰って」丸めた夕刊で頭を叩かれた。

わたしたちは笑いながら、メアリー・アリスの家をあとにした。

家に着いたときにはフレッドはもうぐっすり眠っていたけれど、わたしは寒く、手も痛かった。それでバスルームで寝間着とガウンに着がえると、つま先立ちで廊下を歩き、毛布をかけてソファで丸くなった。いつもなら必ず目が冴えるトニイ・ヒラーマンの本をしばらく読んでいたけれど、暖かくなるとすぐに、ナヴァホ・ネイションが消えていった。

そのあとロス・ペリーがやってきて、ソファのはしにすわった。毛細血管が切れた赤ら顔も、ゴルバチョフの痣を思わせるシダの影もはっきり見えた。ロスは背もたれに寄りかかって、くつろいでいた。「クレアを見るといつも何を思い出すか、わかるかい?」そう尋ねた。「ユリを持った湖の乙女さ」

わたしは身体をぴんと伸ばした。あまりにも鮮やかな夢で、まだ足にかかるロスの重みが感じられた。

「いやだ!」わたしは身体を起こして毛布を身体に巻きつけた。

「どうした?」フレッドが戸口に立っていた。「だいじょうぶかい?」

「『クリスマス・キャロル』のジェイコブ・マーレイがきたのかと思った」

「きっと、おかしなものでも食ったんだろ」

「そう考えたのはスクルージよ」

「ベッドにおいで。まだ手が痛むのか」

わたしはどうやって車のドアにはさんだのか、事細かに説明したのだ。フレッドはすぐに同情してくれたので、なおさら痛みがひどくなった。

「平気よ。すぐにいくわ」

「風邪をひくなよ」

わたしはしばらく毛布にくるまって丸くなっていたけれど、立ちあがって、ハンドバッグからスケッチを取ってきた。絵のなかの女性は白い花を持っている。ユリだ。それに、ゆったりとした白いドレス。

湖の乙女はアーサー王伝説に登場する。でも、どんな話だったろう。鏡でしか世の中を見られない女性だったかしら？　通りかかったランスロットに目をとめて、ふり向いて見てしまうんだっけ？

そうだ、テニソン。テニソンが湖の乙女について詩を書いていた。わたしは毛布にくるまったまま立ちあがり、書棚まで歩いて『ヴィクトリア朝時代の詩』を手に取った。数分後にはランスロットに恋をして死に、白いドレス姿でユリを手にして、小舟でキャメロットへ流された乙女がふたりいたことがわかった。ひとりはエレインで、ランスロットに拒まれて、中世版拒食症に陥ってしまうのだ。エレインの棺は家族によって筏にのせられ（それにしても、テニソンはよくこんな作品を書いたものだ！）、ランスロットを恥じ入らせるような内容が書かれた手紙を持って、彼のもとに流された。もうひとりはシャーロットの姫君で、たまたま名前がシャーロット、キャメロット、ランスロットと韻を踏むところがなおさら興味深い。わたしが覚えていたのはこのシャーロットの姫君で、鏡を通してしか世の中を見られない呪いをかけられている。シャーロットは「影の世界なんてうんざり」と言って世の中を見てしまい、筏にのせられた棺に入ってキャメロットに向かうが、到着するまえに死んでしまう。シャーロットは手紙も持っていなかった。この乙女たちはふたりとも顔が蒼白で美しく、手にユリを持って流されていく。どちらも魔法の剣（エクスカリバー）をつくった湖の乙女ではない。だが、ロス・ペリーも年はわたしと大差なく、学校を卒業してから長い年月がたっている。多少の間違いは仕方ないというものだ。

わたしはもう一度スケッチに目をやった。絵のなかの三人の女たちがいるのは間違いなく筏にのせられた棺だ。遠くには城が見える。そして、その絵を描いているのは赤毛の女。彼女は誰なのだろう？　アーサー王の異父姉のモーガン・ル・フェイ？　そうだとしたら、どういう意味があるのだろう？

『シャーロットの姫君』を三度読み直している途中で、ふと気がついた。「うわあ……」思わず声が出た。「うわあ……」あの絵の意味はどうでもいい。重要なのは誰が描いたか、なのだ。それはロス・ペリー以外にあり得ない。ロスがクレアをそういう目で見ていたのだから。絵にサインしてあるかのように明白だ。

わたしはキッチンに入って、コーヒーをいれるために、電子レンジでお湯を沸かした。電子レンジがチンと鳴る頃には、わたしにはマーシーを殺した犯人とその動機、クレアの家が荒らされた理由、クレアが死を免れた理由がわかっていた。ひとつだけ抜けているピースがあるけれど、それは警察が見つけてくれるだろう。わたしは時計を見た。残念。シスターに電話するには遅すぎる。

17

電話が鳴る音で目が覚めた。「いやだ、まだ寝てたの?」メアリー・アリスだ。「フレッドのバナナは誰が切ったのよ」

「フレッドはバナナくらい自分で切れるわ」わたしは文句を言った。「いま、何時? ゆうべは眠れなかったのよ」

「九時よ。ただ、手の具合はどうかと思っただけ」

わたしは指をくねらせた。「腫れていて痛いけど、折れてはいないみたい」

「それじゃあ、コーヒーを飲みなさい。またあとで話すから」

「だめ。待って」わたしは起きあがって、顔に張りついていた髪の毛を払った。「早く髪を切らないとだめだわ」

「美容院に予約を入れなさい。でも〈デルタ・ヘアラインズ〉はだめよ。年内はいっぱいですって」

「けっこうよ。ねえ、聞いて。マーシー・アーミステッドを殺した犯人がわかったの」

「誰?」

「ロス・ペリーよ」

「どうして？」

「ふたりはお互いを憎みあっていたのよ。ずっと昔から。思い出して。ロスはマーシーの作品を酷評する記事を書いたし、マーシーはロスが出演した史上最悪と言われる映画をみんなに見せた。ちなみに、その映画はマーシーの父親がつくった作品だったの。たぶんベティ・ベッドソールにふられたっていうのに、ロスがまだ彼女に恋していたからね。それにロスはアウトサイダーの作品を売買していたのに、マーシーはその買い取り価格を吊りあげた」

「それじゃあ、ロスは誰に殺されたの？」

「それは、わからない。ハンターかもしれないわね。でも、クレアの家を荒らして、ナイフで襲ったのはロスよ。ゆうべ見せた小さな絵を描いたのもロス。ロスがクレアを見ると、いつもユリを手にした湖の乙女を思い出すと言っていたのを覚えているでしょう？」

「いいえ」

「とにかく、言ったのよ。絵はそれを表しているの。青白い顔の黒髪の女性が――実際には三人なんだけど――筏にのせた棺(ビア)に入れられて、キャメロンへ流されていく絵なの。その女性は本当はシャーロットの姫君で湖の乙女ではないんだけど、混同しやすいから」

「それ、わかるわ。筏にのせられたビール(ビア)は、ほかのビールと間違えやすいもの」

わたしはシスターの言葉を無視することにした。「ロスの狙いはクレアを罠にはめることだったの。自分で家を荒らして、ドアにナイフを突き立てたように見せたかったのよ。そして、あの絵もクレアが描いたのだろうと、みんなが思うと考えた。犯人がロスだったら、そんなあからさまな真似をするはずがないと思わせるために」

「なるほどね」メアリー・アリスは言った。「警察に話をするまえに、コーヒーでも飲みなさい」

「ねえ、ロス・ペリーがやったんだったら」

「かもね。結果が出たら、教えて」

わたしはコーヒーを飲んで、スウェットスーツに着がえて、ウーファーの散歩に出かけた。寒いけれどよく晴れた朝で、鍛冶の神は山の上でやけにお尻を見せつけている。わたしは街灯や木にいきあたるたびにウーファーに探索の時間をたっぷり与え、どうしたらロス・ペリーが犯人だとボー・ミッチェルを納得させられるだろうかと作戦を練った。メアリー・アリスは納得しなかったけれど、それはクレアの家も、ドアについたナイフの傷も、あの小さな絵も見ていないからだ。巧妙に立てられた計画だから、ロス・ペリーを罠にはめようとしてクレアが仕組んだことのように見えるのだ。それはつまり、実際にはロスがやったということだ。

「ロスなのよ」わたしはウーファーに説明した。「クレアが犯人だとみんなに思わせるために、わざと自分が怪しいように見せかけたわけ」

ウーファーは片脚をあげて、木におしっこをした。「部屋はひどく荒らされていた」わたしは続けた。「でも、キッチンだけ無事だった意味を考えた？　キッチンは荒らすほど重要じゃないなんて考えるのは男だけよ」

ウーファーはもう一度、木におしっこをひっかけた。

「もう充分でしょ」少しだけリードを引っぱると、手が痛んだ。

冷たい朝の空気のなかを歩いたおかげで、頭のなかのもやもやが晴れ、お腹が空いてきた。わたしはウーファーにおやつをやって庭に入れると、ボウルにオートミールを入れて、レーズンの少量パックを加え、日当たりのいい窓のまえにすわって朝刊を読んだ。ハイチに、イランに、イラク。五年まえも同じ新聞を読まなかったかしら。それとも十年まえ？　二十年？　漫画のページを開いて、昔からお気に入りの漫画を読んだ。とくに好きなのが『メアリー・ワース』で、メアリーは年を経るごとに若く、細く、はっきりした顔立ちになっていく。大恐慌のときにリンゴを売っていた女性にしては悪くない。わたしたち全員に希望を与えてくれる。

オートミールを食べ終わると、わたしは電話機を見た。警察は間違いなく、チーム全員でマーシー殺害事件にあたっているだろう。でも運悪く、そのなかで唯一知っているのはあまりしゃべってくれず、ときに皮肉っぽいボー・ミッチェルだけ。わたしはその番号にかけた。ミッチェル巡査は不在だった。緊急事態であれば、ブラック巡査が対応する。緊急事態でないなら電話番号を残してくれれば、ミッチェル巡査がかけ直すと言う。わたしは電話番号を伝えた。

わたしがいま着ているスウェットシャツは暑かった。そこでスウェットシャツを脱いで、ゴッホの猫の絵がプリントされているTシャツに着がえた。ゴッホの鮮やかな絵のなかから、黄色いぶち猫が世界を眺めている。左耳には包帯。シスターがロンドン土産でこのTシャツを買ってきてくれたとき、包みを開けると、わたしたちは涙が出るほど大笑いした。でもフレッドはまったくおもしろくなかったようで、その顔を見て、わたしたちはいっそう笑ったのだ。

食堂はすっかりクリスマスの準備ができていたが、祖母の形見であるアンティークのサイドボードだけは飾りつけをしていなかった。真ん中にセラミックの大きなトナカイを入れ、最後にマグノリアの葉とヒイラギを切って垂らすのだ。でも磁器とクリスタルと銀器はもう用意ができている。きょうは来客用寝室の準備に専念するつもりだった。

まず窓を開けて、冷たい風を入れた。ベッドのシーツを交換し、埃を払って掃除機をかける。来客用の寝室に集まってくる古い雑誌を集めて、図書館へ持っていけるようにゴミ袋に入れた。洗剤を使って窓の内側をふき、下からできるだけ手を伸ばして外側もふいた。いつかお金を贅沢に使える日がきたら、ひっくり返して両側をふける、おしゃれな窓に換えるのだ。そして最後にクリスマス用の新しいポプリの袋を開け、ボウルに入れてドレッサーに置いた。

「準備完了」わたしは甘い香りが漂う、ピカピカの部屋に見とれた。ティファニーを雇うのもいいけれど、自分の家を掃除するのもいいものだ。

わたしは雑誌が入った重い袋をキッチンに引きずってきた。午後になったらこの袋を図書館へ持っていこう。いまはもうスウェットスーツは洗ったし、手も痛い。掃除をしているあいだは気にしないようにしていたけれど、包帯を取ってみるとひどく腫れているし、おかしな色になっている。病院にいったほうがいいかもしれない。

流し台のまえに立ち、水を飲みながら指をくねらせてみたけれど、どの指もちゃんと動く。そのとき、呼び鈴が鳴った。

「あなたからの伝言が残っていて、この近くにいたものですから」ボー・ミッチェルだった。わたしはボーのためにドアを開けたまま支えた。「いま掃除をしていたところなの。キッチンでいいかしら」

「そのシャツ、いいですね」

わたしはにっこり笑った。「ありがとう」

テーブルには開いたままの新聞とオートミールの入ったボウルがまだのっていた。わたしはそれを片づけて、すわるようにと身ぶりで示した。「メアリー・ワースはどうして年々若くなっていくのかしらね」

「さあ。わたしはまだミッキーマウスの尻尾に何が起こったのか不思議に思っているところですから」

「コーヒーかコーラはいかが?」

「コーラをいただきます」

わたしはコーラを注いだグラスふたつとナプキンをテーブルに運んできた。「この手、病院にいったほうがいいと思う?」ボーに見えるように手を伸ばした。

「ひどく痛みますか?」

「ときどき。今朝、掃除をしたのがよくなかったみたい」

「指を動かしてみてください」

動かしてみたけれど、包帯をはずすまえほど簡単に動かなかった。

「いったほうがいいですね」ボーは言った。「さて、ご用件はなんですか? それとも定期巡回ということにしておきますか?」

わたしはテーブルについて、冷たいグラスを手にあてた。「マーシー・アーミステッドを殺した犯人がわかったの」

「すごい」

「冗談じゃないの。まじめな話よ。知ったかぶりをするのはやめて」

ボーはグラスのなかの氷を指でまわした。「わかりました。誰がマーシー・アーミステッドを殺したんですか?」

「ロス・ペリーよ」

「なるほど」

「本気で言っているのよ。クレアの寝室の壁に描いてあった小さな絵を見たでしょう? ひとつだけ意味がわかることがあったと思わない? 野原で赤毛の女が描いていた絵のうちの一枚に」

ボー・ミッチェルはうなずいた。

「わたしには、その意味がわかった。ロス・ペリーはクレア・ムーンを見るといつも湖の乙女を思い出すと言っていたの。それがあの絵の意味よ。あれはマーシーがクレアと双子を描いている絵なの」

「湖のことは覚えていません」

「あの絵にはなかったわ。川と、三人の女だけ。クレアと妹たちはランスロットに恋をして命を落とし、棺に入れられ筏に乗せられて、キャメロットへ流されているの。ロスはアーサー王伝説を少し混同しちゃったのね。三人の役柄は本当はシャーロットの姫君かエレインのはずだったのに。きっとシャーロットだと思うけど」

ボー・ミッチェルはグラスを置いた。「ミセス・ホロウェル、あなたの話はたぶん理屈は通っているんじゃないかと思います。でも、何だか筏でビールを飲んでいるみたいに紛らわしくて」

「ビールを飲んでいるわけじゃないわよ。葬儀に使う台に横たわっているの。棺(ビア)よ。とてもロマンティックじゃない」

「そうですね」

「ちょっと待ってて」わたしは居間に入り、書棚から『ヴィクトリア朝時代の詩』を取ってきた。「これよ」テニソンの『シャーロットの姫君』のページを開いてボーに渡した。「読んでみて」

「わたしにテニソンを読めと?」

「取って食いはしないから、だいじょうぶ。とにかく読んでくれれば、わたしが言っていることがわかるから」

教師の目ににらまれて、ボーは反射的にうなずいた。そして数分後に顔をあげた。

「何て、悲しい物語なんでしょうね。それなのに、あの憎たらしいランスロットはきれいな顔だとしか言ってないんですから」

「そういうランスロットだから、面倒ばかり起こすのよ」わたしも同意した。

「男って生まれながらにそういう面がありますね」ボーは詩を見直した。「〝今際の歌をうたいつつ逝った〟というのが哀れですね」

「わたしが言っている意味がわかったでしょう? クレアの寝室の壁に描いてあった絵にぴったりあっていると思わない? きっとロスがクレアのことを湖の乙女と呼んでいたことと関係があるはず」

「可能性はありますね。クレアにとってランスロットというのは誰なんですか?」

「さあ。もしかしたら、サーマン・ビーティかもしれない。でも、絵が事件全体に当てはまるとはかぎらない気がするわ。クレアを容疑者だと思わせるためだけに描かれたのかも」

「でも、絵を描いたのはロスなんですよね」

「そう。でも、ロスが描いたとすれば、あまりにもあからさまだから、わたしたちはクレアがロスを陥れるために描いたのだと考えるでしょ。ロスは利口だから、隠れた動機がなければば露骨なことはしない。今回の事件で言えば、自分をいちばんの容疑者に見えるようにすれば、警察はほかの人間の仕業だと考えるというわけ」

ボーはコーラを飲んで、わたしを見た。「また筏でビールを飲んでいる気分になってきました」

「ロスがマーシーを殺したのよ。数時間は効果が現れないことを期待して、ヘアムースにDMSOを入れて、そのとおりのことが起きた。それからパーティ会場を出て、クレアの家へいって家具を切り裂き、壁に落書きをした。そして自分のサインを入れるかのように、小さな絵も描いた。話についてきている？」

ボーはうなずいた。

「オーケー。そのあとクレアが帰ってくると、キッチンにあったナイフを持って追いかけた。でも、殺す気はなかった。クレアの指紋を消さないように、慎重にナイフのはしを持ってドアに突き刺した。ロス自身は手袋をしていたんでしょうね。クレアは逃げ、ロスもその場を去った。そしてあなた方警察がきてこう言うのよ。『この女性を殺そうとした者はいない。クレアが自分でやったのだ。ここを見てみるといい。ロス・ペリーが描いたような絵がある。だが、ロスは利口であり、そんなことはぜったいにしない。クレアがロスをはめようとしたのだ』そうでしょう？」

ボーは指で唇をなでた。「小さなことですが、もうひとつ教えてください。ロスは誰に殺されたんですか？」

「ねえ、わたしだって、すべの答えは出せないわ。あなたたちはその答えを出すためにお給料をもらっているんでしょ」

「充分ではありませんが」ボーは立ちあがった。「この本をお借りしても？」

「ええ、もちろん。わたしのお気に入りはイェイツよ」

「ありがとうございます」ボーはわたしのすぐあとについて廊下を歩いた。

「何を考えているの？　わたしの推理について？　当たっているかもしれないでしょ？」

　ボーは横を向いて、わたしを見た。「可能性はあります。でも、まだ誰にも言わないでくださいね」ドアを開けて車まで歩き、ふり返って小さく手をふった。わたしはほんの少し誇らしくてスキップをしながら、病院の予約を取るために電話をかけにいった。


　わたしは右手にギプスをはめられた。右手に、クリスマスの二週間まえに、家族がやってくる十日まえに。クリスマスカードにはまだ宛名を書いていないし、買い物も全部すませていないし、バターをかき混ぜることができないから、フルーツ・ドロップクッキーさえつくれないのだ。

「手を動かさないためです」医師は言った。「指の関節の場合はそうするしかないので」

　何よりも最悪なのは、手を痛めた理由について、本当のことをフレッドに言わなければならないことだった。つまり、嘘をついたことを白状するのだ。一カ月も車のドアにはさんだという話を続けられるわけがない。

わたしが家に帰ると、留守番電話にフレッドから電話が欲しいというメッセージが残っていた。ここは歯を食いしばって耐えたほうがいい。わたしは受話器を持ちあげるとすぐに、手にギプスをしていると、電話のボタンさえ押せないことに気がついた。指先は自由に動くけれど、ギプスが勝手にほかのボタンを押してしまうのだ。

「はい、金属加工！」フレッドが受話口で怒鳴った。

フレッドは二十五年間、小さな金属加工工場を経営している。工場はほかでは見つけにくい専門的な品を数多く扱っており、得意先は公益企業からストリップ劇場まで幅広い。ストリップ劇場の場合は、ダンサーが滑りおりるポールだ。これは真鍮で輝いていることが必須。それに、滑らかであることも。ポールが滑らかでなければならないなんて、誰が知っているだろうか。仕事柄、ときおり急ぎの注文が舞いこんでくる。それほど頻繁ではないけれど、そういうときは料金も高いのだ。

「わたしよ。世の中に腹を立てているの？」

「忙しいだけだよ。調子はどうだい？」

「いいわよ」いまは手の話をするときではなさそうだ。

「〈チャタム鉄鋼〉から急ぎのバルブの注文が入って、それが終わったら、化学加工もしないとならない。だから、夕食はいらない。何時に帰れるかわからないから」

「あまり無理しないでね」

そう言っても、無理するだろうけれど。こういう急ぎの仕事が大好きなのだ。電話線の向こうからアドレナリンが伝わってくる。

わたしはジーンズをはいて、クリスマスツリーの照明をつけた。もう三時近いのに、まだお昼を食べていない。ピーナッツバターとバナナのサンドイッチをつくり、ミルクと一緒に居間に持っていき、テレビの『オプラ・ウィンフリー・ショー』を見た。

オプラはメアリー・ワースと同じだ。ますます若く、細く、はっきりとした顔つきになっていく。きょうのオプラは虐待をしてしまう両親に対する援助について話しており、わたしはニーダム家のことを思い出した。あの家族を助けることはできたのだろうか？　きっとできたはずだ。少なくとも、子どもたちはもっと早く両親から引き離すことができただろう。

わたしはサンドイッチを食べ終わり、ギプスについたピーナッツバターを拭った。もう、うんざり。食べることにも差し障りがあるのだから。

「自分では抑えられなかったんです」

テレビに出ている男はそう語っている。わたしはナプキンを丸めながら、もう何百回と思ったことだけれど、メアリー・アリスとわたしは本当に幸せだったと思い知った。父はよく〝態度の矯正〟だと言ってわたしたちのお尻を叩いたし、母はその日の〝サボり〟と同じ時間だけ、わたしたちを隅に立たせたけれど。

昨夜の睡眠不足と今朝の掃除と医師を訪ねたときの精神的なショックが、いまになってのしかかってきた。わたしはソファで横になって目を閉じた。そして一時間後に、誰かが足をさわった気がして目が覚めた。そして、びっくりして飛び起きた。

「どうしたのよ」シスターだった。

「過去のクリスマスの幽霊かと思ったわ」

「まだ幽霊にはなってないわよ。病院へいったようね」

シスターによく見えるように、片手をあげた。

「痛い？」

「ときどき。今朝、窓ふきで手を使いすぎてしまったから」

「適当にしておきなさいよ。骨折した手で窓をふいたって、きれいになんてならないから」

「どうしてわかるの？」

「想像すればわかるわ」メアリー・アリスはコーヒーテーブルに足を乗せた。「マーシーの事件を解決したって、警察に電話した？」

「したのよ。ボー・ミッチェルは真剣に聞いてくれたわ」

「筏の棺の話を真剣に聞いたの？」

「詩を読んだあとはね。本まで持っていったのよ」

「ふうん。珍しいことがあるものね。でも、マーシーを殺すためにロスがあの奇妙な方法を考え出したっていうのはどうなの？　それに、クレアがロスを陥れようとしているように見せかけるために、クレアの家の壁にスプレーで落書きしたっていうのは？　パトリシア・アン、正直に言うと、ロスがそれほど利口だったとは思えないのよ」

わたしは肩をすくめた。「利口だったのよ」

「そうかもしれないけど」

「今夜もビルと一緒にショッピングモールで仕事なの？」

「もうクビになったようなものね。ビルが湿疹をかゆがって身体をかくものだから、子どもたちの親が不安がってしまって」

わたしは笑った。「それじゃあ、あの電気仕掛けのシャツはもう着られないの？」

「残念ながら。きっと、あのシャツが恋しくなるわ」メアリー・アリスはにやりとした。

「いまから〈ローズデール・モール〉へいくところなのよ。衣装を返して取り寄せていたプレゼントを受け取りに〈マクレーズ〉へいくの」

「〈モリソンズ〉で夕食を食べない？　今夜はフレッドが仕事で遅いの」

「いいわね」

「それじゃあ、四、五分だけ待ってて。ねえ、ウーファーにご飯をやってくれない？　よければ散歩に連れていってもらってもいいんだけど」

「散歩はいや。寒いから。そういえば、明日また雪が降る予報が出ているって知ってる？」

「ホワイトクリスマスね！」わたしは金切り声を出した。「食料品店に寄ってもいい？」

「ええ、もちろん」

物事はまったく意図しないことから動きはじめた。ある寒い冬の夜、わたしたち年老いたふたりの女はショッピングモールのカフェテリアで夕食をとった。野菜、マカロニとチーズ、カブの葉、黒目豆、コーンブレッド、エッグ・カスタードパイ。それからサンタクロースの衣装を返すために、ショッピングモールの事務室へいった。次にメアリー・アリスが買ったものを取りにいくために〈マクレーズ〉へ。クリスマス柄のセーターをいくつか見る。そのうちのひとつ、暖炉のまえにすわるヴィクトリア朝時代の夫婦の柄のセーターをシスターがわたしのために買いたいと言う。フレッドとわたしみたいだから、と。でも断った。高すぎるから。

わたしたちは新しいサンタクロース夫妻を見に寄った。

「痩せすぎ」メアリー・アリスが切り捨てた。

「ほー、ほー、ほー」わきで笑っている仲間たちにそそのかされた十二歳の太った少年が膝に乗ると、サンタクロースが弱々しい声で笑った。

わたしたちはカプチーノを買って、噴水の近くにすわって人々を眺めていた。

「やけどしないようにね」シスターはわたしが左手でぎこちなくカップを持っているのを見て注意した。

それはメアリー・アリスとわたしが何千回もともに過ごしてきたような夜だったが、わたしは細かいことをはっきりと覚えている。誰かがたぶん二十五セント硬貨と間違えて、スーザン・B・アンソニーが描かれた一ドル硬貨を、水の澄んだ浅い願かけ池に投げこんだのだ。わたしはそれをシスターに指摘した。

照明が煌々と照らす駐車場に出てきたのは、それほど遅い時間ではなかった。たぶん七時半か八時くらいだったろう。メアリー・アリスが買い物の包みを車のうしろに放りこむと、わたしたちはインターステートに向かった。わたしは雲が出ているかどうか空を見てみたけれど、照明が明るすぎて見えなかった。

「フレッドがもう帰っているかどうか電話するわ」わたしは言った。「フレッドの夕食を買ってくれればよかった」

「ダイエット食品を食べさせたほうがいいわ。お腹が出てきたから」

「出てないわよ」わたしは携帯電話をシガーライターにつないで、自宅の電話番号を押した。わたしの声が聞こえてきた。「ホロウェルです。ただいま電話に出られません――」そこで切った。「いやだ、まぬけな声」

「季節ごとに変わる留守番電話のメッセージを使えばいいのよ」

答えなかった。

車はインターステートの高架部分に差しかかり、一夜だけ〈マーシー・アーミステッド画廊〉となった昔の瓶づめ工場が見えた。遠くではソナットビルのクリスマスツリーと靴下が輝き、レッドマウンテンの頂上ではヴァルカンが松明を掲げている。渋滞はそれほどひどくなかった。

「見て」メアリー・アリスが言った。「画廊に誰かいるわ。明かりがついてる。あんたが見とれてたレオタ・ウッドのキルトを買ってあげるわよ」

「いくらしたか忘れちゃったの？」

「あんたに持っていてほしいのよ。パトリシア・アン、あんたはお金のことを気にしすぎ」

「気にするほどのお金を稼いだことはないけど」

「確かにね」メアリー・アリスはインターステートの出口に車を向けた。

「警察だったらどうするの？」わたしは訊いた。

「ああ、そうね。でも、別に悪いことをするわけじゃないんだし。きっとサーマンが作家たちに作品を返すために荷造りをしているか、画廊をどうするか決めるためにきたんじゃないかしら。いってみても損はないでしょ。キルトが安く買えるかもしれないし」

「そうね」

画廊の明かりはすべてついていたが、正面の駐車場には車が停まっていなかった。

「たぶん裏口から入ったのよ」メアリー・アリスが言った。

何だかいやな予感がしてきた。「また明日きましょうよ」

「ばかなことを言わないで」メアリー・アリスは車から降りて、正面の入口に向かった。

「いくわよ」ドアを開けて画廊のなかに入っていった。わたしも仕方なくついていく。

オープニングパーティの夜は地元の人々の作品で明るく輝いていた壁が、いまはただの薄いグレーの壁に変わっていた。飾られている絵は数点しかない。

「ほとんど残っていないわね」わたしは言った。

「裏で物音がしたわ。きっと、いま荷造りしているのよ」

「もう帰りましょう」

わたしはそう言ったが、メアリー・アリスはどうやら倉庫と裏口に続いているらしいドアに向かって歩きはじめていた。

「こんばんは」メアリー・アリスは声をかけ、ノックすると同時にドアを開けた。

「ミセス・クレイン！」クレア・ムーンが倉庫の真ん中に立っていた。倉庫はほぼ空で、壁沿いの棚にペンキやシンナーの缶がいくつか積んであるだけだった。シンナーのにおいがきつく、酔ってしまいそうだ。「ここで何をしているんですか？」

「画廊の明かりがついているのが見えたから、レオタ・ウッドのキルトを買えないかと思って寄ってみたの。ほら、六〇年代の作品よ」

「こんばんは、クレア」わたしも声をかけた。

クレアは会釈した。「ホロウェル先生。申し訳ありません。作品はほとんど送り返してしまったので」

「それじゃあ、レオタに訊いてみるわ。じゃましてごめんなさいね、クレア」

「かまいません。正面の入口が開いているとは思わなかったので、びっくりしてしまって。先生たちが出られたら、鍵をかけます」

「それがいいわ」メアリー・アリスは言った。「どちらにしても、夜にここでひとりきりで仕事をするなんてよくないわ」

「もう終わりますから」

「そう。じゃあ、お休みなさい、クレア。またね」

「お休みなさい、ミセス・クレイン、ホロウェル先生」

「信じられる？」車に乗りこむと、わたしは言った。「クレアはわたしがギプスをしていたことも気づかなかったのよ」

「何だか後ろ暗いことがありそうね」メアリー・アリスは車を出しながら言った。

「何ですって？」

「後ろ暗いことがありそうだって言ったのよ。鈍いわね、マウス。クレアは何か企んでいるにちがいないわ。あたしたちが入っていったときの驚きようを見た？　それに美術品は全部どこにいったの？」

「シスターを見て驚いただけよ。美術品は返却したんでしょ」

メアリー・アリスは建物ふたつを通りすぎると、その横で車を停めてライトを消した。

「帰りましょう」わたしは言った。「フレッドに夕食を食べさせたいのよ」

「弱虫。あたしはクレアが何をしているのか見たいわ」メアリー・アリスは車から降りると、建物の裏の路地に入った。

「ちょっと待って」わたしもよろよろとあとを追った。

シスターは角で待っていた。

「ねえ」わたしはかすれ声で言った。「暗がりをこんなふうにこそこそ動きまわるなんて危険だわ。わたしはもう手を骨折しているのよ。このうえお尻まで骨折したらたまらない」

「クレアが何を企んでいるのか、知りたくないの？」

「あまり知りたくないわね」

「弱虫」メアリー・アリスは路地を歩きだした。砂利を踏む音が大きく、画廊まで聞こえているのは間違いない。

わたしはシスターのコートの袖をつかんだ。「ここでやめてくれたら、シャーリー・テンプル人形をどうしたのか教えてあげる」

メアリー・アリスが足を止めた。「嘘でしょ?」

「もちろん、嘘じゃないわ」

「いいえ、嘘だわ。もう車に戻るか、画廊で何が行われているのかを見にいくのか、どっちかよ。あたしは窓からのぞく」

わたしはため息をついた。「それなら、草の上を歩かないと。ゾウの群れみたいな音をたてているわ」

予想がはずれて画廊の裏に車は停まっていなかったが、明かりはまだついていた。

「クレアはもう帰ったのかも」シスターがささやいた。「逆側の路地を歩いていったのかもしれない」

「明かりを全部つけたまま?」

「何かを取りにいって、また戻ってくるつもりなのかも」

わたしは身震いした。「凍えそうに寒いし、こんなことをしているなんて、どうかしているわ」

「あたしは窓からのぞくわよ」シスターは姿勢を低くして、建物に駆け寄った。水中エアロビクス教室の効果が出てきたようだ。ただし、窓からのぞくために立ちあがったとき、膝がカクンと鳴ったのは聞こえたけれど。シスターでも爪先立ちでしか見えないのであれば、わたしには無理だ。身長百七十八センチのシスターでやっと見えるくらいなら、百五十四センチでは届かない。

シスターは次から次へと窓を移動していった。そして建物の向こうに消えてしまい、こっちが心配になってきたところで、歩道の向こうから戻ってきた。

「なかには誰もいなかったわ」

「それならどうして、そんなふうにかがんでいるの？」シスターが言った。

「知るもんですか。あたしが言ったとおり、クレアはきっと裏口から出ていったのよ」

わたしは首をふった。「そんな時間はなかったはずよ」

「でも、なかには誰もいなかったんだから」

「とにかく、帰りましょう」

「裏口の鍵はかかっていなかった」

「開けたの？」

「当然でしょ。クレアが何をしていたのか、見にいきましょう」

「メアリー・アリス、これはゲームじゃないのよ。ここで女性がひとり殺されたの」

「そうよ。でも、あんたは誰が殺したのか知っているし、その犯人はもう死んだんでしょ。

いまは、クレア・ムーンが画廊の作品を全部盗もうとしているのよ」

「ちがう!」

「賭ける? それなら、いきましょ。何がわかるか、確かめるのよ」

そのとき、わたしは断固たる態度で「ぜったいにだめ。帰るのよ」と言うべきだったのだ。でも、わたしはそうは言わずに、これまでの六十年と変わらず、シスターについていってしまった。ひとかけらの分別も持ちあわせていないみたいに。

画廊の裏口に着くと、メアリー・アリスは静かにドアを開けた。「見える?」ささやいた。

「誰もいないでしょ」

「何を探すの?」わたしもささやき返した。

「さあ。とにかく、しっかり目を開けといてよ」

わたしたちはシンナーのきついにおいがする倉庫に入った。心臓が大きな音をたてて鼓動しており、メアリー・アリスにも間違いなく聞こえていただろう。わたしはいったい何を探せばいいのだろうかと思いながら、部屋を見まわした。

「画廊にどの絵が残っているのか確認しましょう」メアリー・アリスがドアを開けて入っていくと、わたしもあとを追った。

「先生もお姉さんも」クレア・ムーンが横で言った。「これが南部の女の欠点だって、まだ気づいていないんですか? お節介を焼かずにはいられないんだから」

とりあえず、クレアはそんなことを言っていた気がする。わたしの意識の大半はクレアが右手で持っていた小さな拳銃に奪われていたのだ。そして、クレアは左手に二十リットル入りのガソリンの缶を持っていた。

18

「また、あなたをびっくりさせちゃったみたいね」メアリー・アリスは言った。「でも、ここにいるのはあたしたちだけよ。だから、その銃を下げても平気」

「それはどうかしら。奥の部屋まで歩きましょうか」

「それは本物の銃なの？」わたしは訊いた。

「知りたくないんじゃないですか、ホロウェル先生」

「あたしたち、知ることになるの？」メアリー・アリスが訊いた。

「言うとおりにしてくれれば、なりませんよ。さあ、奥の部屋に入って。ここにいると、シンナーにやられてしまうから」

わたしたちはクレアのすぐまえを歩いて、ドアから入った。

「探偵としてのあんたの能力なんて、こんなものよね」メアリー・アリスがぶつぶつ言った。

「何ですか？」クレアはすぐうしろを歩いており、ガソリンの缶がわたしの尻にあたった。

「妹はロス・ペリーがマーシーを殺したと思っていたのよ」

「ロス・ペリーは卑劣な男だったわ。フレッドの絵について嘘ばかり言って」クレアがガソ

リンの缶を置いた。床でカランという虚しい音が鳴った。「今夜ここに現れたりしなければ、どんなものでもあげたのに。すべて台なしになってしまった」

「台なし？」メアリー・アリスが訊いた。「ところで、そっちを向いてもいい？」

「いいですよ。ただし、ゆっくりと」

わたしたちはうしろを向いて、クレアと顔をあわせた。小柄で、繊細で、美しくて、人形のようだった。ただし、手にしている銃は除いて。

「クレア」わたしは言った。「いったい、どうなっているの？　ご主人の絵についてロス・ペリーが嘘をついたというのはどういう意味？」

「ロスは夫の絵を美しいと言ったんです。『クレア、ベッドにおいで。この絵について、よいことを書いてあげるから。この絵を見てごらん、クレア。こういう絵は美術館に飾らないと……』って」クレアは肩をすくめた。「でも、マーシーには上手な漫画だって言ったんです。漫画って。マーシーがそう言っていた」クレアは空っぽのガソリンの缶を足で突っついた。

メアリー・アリスは下を見た。「画廊を燃やす気？」ためらってから続けた。「ばかな質問よね」

クレアは微笑んだ。

「でも、どうして？」

「マーシーのものだから」

メアリー・アリスはわたしを見て、眉を吊りあげた。

「クレア、あなたがマーシーを殺したの？」わたしは訊いた。

「マーシーは自殺ですよ。その鏡のまえに立って――」クレアはバスルームのドアを指さした。「――髪にムースをスプレーして、髪をくしゃくしゃにしてもみこんでいました」夢を見ているような口調で語った。「マーシーは母みたいにカールした赤毛でした。母もよく同じように髪をくしゃくしゃにしていた。ときどき炎みたいに見えたわ」

「でも、スプレーにＤＭＳＯとジギタリスを入れたのはあなたでしょう」

「サーマンとジェイムズが効くって話していたんです。それを耳にしたの」クレアは手にしている拳銃を見おろした。「あなたたちおふたりが戻ってこなければよかったのに」

「同感よ」メアリー・アリスが言った。

「あなたたちをどうすればいいのかしら」

「このまま家に帰して」わたしは言った。

「それはどうかしら。リリアンに訊いてみます。リリアンならわかるでしょうから」

メアリー・アリスはふたたび眉を吊りあげて、わたしを見た。

「クレア、家にスプレーで落書きしたのはあなた？」わたしは訊いた。

「たぶん」

「湖の乙女の小さな絵はなかなか巧妙だったわ」

「何の小さな絵ですって？」

「来客用の寝室に描いてあった、三人の女性がキャメロットへ流されていく絵よ」

「何を言っているのかわからない」クレアの身体が少し揺れたように見えた。「裏口を開けてきます。シンナーのせいで具合が悪いから」

クレアは裏口に向かったが、銃口はわたしたちに向けたままだった。「マーシーはフレッドの絵を展示すればよかったのよ。すごく美しい絵なんだから。ロス・ペリーは間違っているって、マーシーに言ったのに。でも、マーシーに何がわかります？　あんな炎みたいな髪の女なんかに。パチパチって音がしたわ。殴られたの。何度も何度も」

「マーシーに殴られたの？」わたしは訊いた。

クレアは混乱していた。「誰かに」

「クレア、銃を寄こして」メアリー・アリスが言った。「あたしたちを傷つけたくないんでしょ」

「ここに戻ってこなければよかったのに。どうすればいいのかわからない」

「とにかく、銃を渡して。だいじょうぶだから」

クレアは銃を見て、それからシスターを見た。銃を渡すために、クレアの腕があがりはじめた。クレアはぜったいに銃を渡すつもりだったと、わたしは信じている。でも、そのとき裏口のドアが開いて、クレアにぶつかった。銃声とリリアンの「クレア！」という叫び声が同時に響いた。

銃が暴発した音と叫び声はしばらく空中を漂っていた。

四人ともいま起こったことが信じられなくて、そのまま立ち尽くした。わたしはメアリー・アリスを見た。

「何でよ」シスターの顔には驚きの表情が浮かんでいた。そのあとシスターは目を閉じて、倒れた。手を伸ばして受け止める間さえなかった。

「いや！」わたしは悲鳴をあげた。メアリー・アリスのそばに膝をつき、頭を抱いた。メアリー・アリスはまえに倒れたが、少しだけ横を向いていた。頭を持ちあげると、床にはもう血だまりができていた。

「九一一に電話して！　お願いだから、九一一に！」

ドアが閉まる音が聞こえ、シスターとふたりきりで取り残されたことに気がついた。「だいじょうぶだから」わたしは泣きながら、姉の背中を前後に揺すった。「平気だから。わたしが助けるから」

わたしはシスターの背中を床におろした。どこかに電話があるはずだ。

そのとき、部屋が炎に包まれた。警告するように煙がくすぶることもなかった。本当にとつぜんに炎に包まれた。わたしはできるかぎりのことをした。ドアを開け、意識のない姉を抱きあげ、十二月の夜のなかに運び出したのだ。

九一一に通報したのは女性だったらしい。その後、考える時間が持てるようになると、わたしは通報者がリリアンかクレアであってくれたらいいと考えた。レスキュー隊とパトカーが駐車場に到着したとき、わたしは通報するために、メアリー・アリスの車に駆け出しているところだった。それでも、もう警察が到着していることに疑問は抱かなかった。とにかくありがたかった。

「姉です!」わたしは手をふり、指さして叫んだ。このときには、消防車のサイレンがほかの音に加わっていた。「姉が撃たれたんです!」

わたしは叫びながら、建物の裏に駆け出した。「ここ! ここです!」炎の熱で顔が熱かった。

「ジミー、裏だ! 裏!」誰かが叫んだ。

わたしはシスターのそばに膝をついて、頬を叩いた。「だいじょうぶよ。だいじょうぶだから」

誰かにつかまれて引っぱられた。「どいて!」

黒っぽい人影がシスターを取り囲んだ。わたしは炎の熱さから顔を背け、路地の向こうの草が伸びすぎた空き地に目をやった。枯れ草やイバラが絡まるなかで、いくつかの目が輝いている。猫? それともウサギ? 〝わたしをイバラのなかに投げ込んでおくれ〟母が民話を読んでくれ、シスターとわたしは笑ったものだった。

「レスリー・モリスです——」制服姿の若い女性がわたしの腕に触れた。「いくつか教えていただきたいのですが。あの女性はあなたのお姉さんですか?」

わたしはうなずいた。

「まず、お姉さんの名前、年齢、何か健康面で問題があれば、それを教えてください」

「死んでない？」

「はい。お姉さんは亡くなっていません」

地面がぐらりと揺れた。女性が支えてくれた。「車のなかですわりましょう」

「わたしなら平気よ」呼吸を整えた。「姉の名前はメアリー・アリス・クレインで、六十五歳です」

「健康上の問題は？」

「太りすぎ」

「あなたが知っている病気はないですか？　ご家族に何か病歴は？」

「姉に百日咳とはしかをうつされました」

「すぐに戻りますから」名前は忘れてしまったが、女性はメアリー・アリスを囲む人々のなかへ消えていった。すると今度は若い男性がやってきて、何があったのかと質問した。わたしはクレアと銃とガソリンについて説明した。

「ミセス・クレインをどうやって建物から出したんですか？」彼が訊いた。

「抱きかかえて」

彼はわたしを見た。「あなたが？」

「抱きかかえたというか、引きずったというか」

「すぐに戻ります」彼も言った。

だが、わたしは彼の袖をつかんだ。「姉は頭を撃たれたのよね？」

彼はうなずいた。「はい」

わたしは路地のはしまで歩いて、草の上に腰をおろした。消防車がもう一台サイレンを鳴らしながら到着した。その理由がわからなかった。古い木造の建物はもう炎に包まれているのだから。

「ミセス・ホロウェル？」若い男性が隣に腰をおろした。「レイモンド・エスティーズです。あなたがお姉さんを抱いて建物から連れ出したんですね？」

「死んでしまうの？」わたしは訊いた。

「わたしたちが救うことができたら、死にませんよ。血圧を測って、心音を聞いてもよろしいですか？」

わたしはコートを脱いだ。

「深く息を吸って」若者が言った。

「明日は雪ね」わたしは言った。

「そうらしいですね」

「ホワイトクリスマスって経験したことがないの。あなたはある？」

「いいえ。さあ、深く息を吸って」背中に当てられた聴診器が飛びあがるほど冷たかった。

「レイモンド！」男が怒鳴った。「搬送するぞ」

「わたしも一緒にいきます」ついていこうとしたが、立ちあがることができなかった。足がれた。

「ジミー、ちょっと」レイモンドが呼び止めた。ふたりは一緒にわたしを立ちあがらせてくれた。

「歩けますか？」レイモンドが訊いた。「手を貸しますから」

わたしは怖々と足を進めた。「筋肉が全部凍ってしまったみたい」

「アドレナリンの放出に対する肉体的な反応です。あなたも一緒にお連れしますから」

「姉と一緒に救急車に乗りたいの」

「わかりました」

こうして二週間で二度目の救急車に乗り、バーミングハムを走ってメモリアル病院に運ばれた。でも今回は隣にいるのはメアリー・アリスで、頭には包帯を巻かれ、首にはブレースをはめられている。

わたしは手を伸ばして、六十年たってもなおうっすらと残る水疱瘡の痕に触れた。「水疱瘡よ」母は言った。「信じられる？　あの子ったら、あなたが生まれた日に水疱瘡にかかったんだから」

メアリー・アリスが目を開け、わたしはびっくりした。「マウス、あたしはクレア・ムーンに撃たれたのね？」

「ええ」

「まったく、頭にくるわ」

「わたしだって、頭にきているわよ」

メアリー・アリスはまた目を閉じた。わたしは担架に頭をもたれ、救急車が景色のなかを駆け抜けていくのを感じていた。

わたしたちはふたりとも入院した――わたしは心臓と血圧の経過を見るために（どちらも正常だった）一泊し、メアリー・アリスは集中治療を受けるために。弾丸は右のこめかみの上から入り、耳の上から出ていた。

「シスターおばさんは信じられないくらい幸運なのよ」ヘイリーが手術室から出てきて言った。「大量に出血したけど、弾丸が頭蓋骨を通らずにかすめただけで、ほんの少し骨がそがれただけですんだから」

わたしの病室に集まっていた家族が一瞬静まりかえった。するとベッドのわきにすわっていたデビーが、わたしの手を取って泣きだした。「ほらね。わたしたち、いつもママは石頭だって言っていたじゃない」残りの家族全員が笑い、そして泣きだした。

家族が帰るまえ、デビーが言った。「ねえ、みんな。パットおばさんはついに一度だけこう言ったのよ。『このひとは重くない。このひとは姉なんだから』って」

「ばかを言わないで」わたしは言った。「メアリー・アリスはすっごく重いんだから」

クリスマスの前日、ボー・ミッチェルが家に寄り、『ヴィクトリア朝時代の詩』を返し、クレア・ムーンとリリアン・ベッドソールのその後について教えてくれた。フランシス・ゼイタと一緒にダイニングテーブルでスパイスを利かせた紅茶を飲んでいるところに、ボーが訪れたのだ。

クレアとリリアンはフォークアートを満載したバンでほかの画廊に向かう途中、ナッシュヴィルで捕まった。リリアンは保釈され、おそらくは厳しくても執行猶予がついた懲役刑と罰金ですむだろう。そしてクレアはアラバマ州の病院の精神科に入院することになった。

「警察がクレアの情報をずっと追っていってくれるといいんだけど」わたしは言った。

ボーはこの言葉を無視することに決めたようだ。

「クレアが助けを得られることになって、わたしはほっとしているわ」フランシスが言った。

「クレアはカリフォルニアで三カ月も精神科に入院していたのよ」わたしは言った。

「うつ病の治療ででしょ」フランシスが言った。「でも、クレアのいちばんの問題は、ぜったいに多重人格だと思うわ。子どもの頃に虐待されたことがいちばん大きな原因よ」

「そうかもしれない」わたしも同意した。「このあいだ双子がわたしの具合を確かめにきたのだけど、〝よいクレア〟と〝悪いクレア〟の話をしていったの。あなたも知っていたの?」

「医師もそう考えているようです」ボーが言った。「クレアにはあの絵が描かれたときや、ロス・ペリーが撃たれたときなど、記憶がすっかり抜け落ちている時間帯があるんです。ちなみに、どちらもクレアがやったことです。夫が撃たれたあと、銃をいくつか買って、ライフルの練習場で講習を受けていたことがわかりました」

「フレッド・ムーンをよほど愛していたのね」フランシスが言った。「フレッドの作品は優れていたのかしら」

　ボー・ミッチェルは肩をすくめた。「わたしに訊かないで」

「それで、誰が病院からクレアを連れ出したの？」わたしは知りたかった。

「自分で抜け出したんです。〝悪いクレア〟が出てきて、鎮静剤に勝ってしまった。ヒッチハイクでクレアを乗せた男性を見つけました。そのあと画廊にいってマーシーのバンを使ったんです」

「でも、また〝よいクレア〟が現れて、うちを訪ねてきたのね」

「そうです」

　わたしたちは紅茶を飲みながら、クリスマスのために特別にウッドデッキに吊しておいた牛脂のかたまりに寄ってくる鳥たちを眺めていた。

「ねえ」フランシスが口を開いた。「クレアが壁の下に描いた絵は？　あれがクレアと双子の妹たちじゃないとしたら？　三人のクレアだとしたら、どう？」

「紅茶を飲んで、もうそんなことを考えるのはやめましょう」わたしは言った。「でも、ひとつだけ。うちをのぞいていたのは誰なの？」

「犯人はわかっています。リリアンです。あなたの家の本物の髪の毛が貼ってあるエイブの絵を見て、大金になると踏んだようです。それにドアに差し金がついていないことも見ていたようで」ボーは責めるようにドアを指さした。「ご主人がソファで寝ていたのは幸運でした」紅茶をひと口飲んだ。「よくソファで寝るんですか？」

「よけいなお世話よ」

ボーは笑った。「お姉さんの具合はいかがですか?」

「きのう退院したわ。まえに〝不屈の年寄りペリカン〟って書いてあるTシャツを着ていたくらいだから」

「よろしくお伝えください」

わたしはボーを玄関まで見送った。「犯人はロスじゃないって最初からわかっていたのね。そうでしょう?」

「いいえ。わかりませんでした。あなたの推理はとても説得力があったから」

「そう言ってもらえてうれしいわ。すてきなクリスマスでありますように」

「あなたも」

その後、わたしたちはすてきなクリスマスを過ごした。何とかみんなで力をあわせたのだ。結局〈フォックス・グレン〉でのディナーは中止になった。医師は予想の範囲内であり一時的なものだと言ったけれど、メアリー・アリスにまだめまいが残っていたからだ。途方もない料金を支払ったので、〈フォックス・グレン〉は七面鳥にさまざまな料理を添えて配達してくれた。上手なお金の使い方だわ。わたしはシスターの家の大きなダイニングルームに子どもたちや孫たちが集まっているのを見まわしながら思った。テーブルのいちばんはしにはビル・アダムズがすわり、まだひっきりなしに身体をかいているものの、頭の片側に包帯を巻いて、テーブルの反対側にすわっているシスターに笑いかけている。シスターは決して自分をヴィンセントと呼ばないようにと、みんなに命じた。病院では火あぶりにされたその聖人の名で呼ばれていたのだ。

「シスターはまんざらでもないみたい」わたしはフレッドにささやいた。

「誰がまんざらでもないって？」フレッドは息子の恋人のシーリアにでれでれと話しかけているところだった。

「メアリー・アリスが、ビルによ」

「ビルはどうして身体をかいてばかりいるんだ？　アレルギーの薬を飲んだほうがいいんじゃないのか」

わたしは左隣にすわっているヘイリーに話しかけた。ヘイリーはリユーズ保安官を連れてきていたが、ふたりの仲が燃えあがっている気配はまったくない。だが、テーブルの向かいにすわっているデビーとヘンリー・ラモントは嵐を起こしそうなほど燃えあがっていた。だからデザートが出されたときに、来年三月に結婚するつもりだとふたりが発表しても、驚く者はいなかった。

「ママとパパの結婚記念日に」デビーが言った。

「デビー、何てすてきなの」メアリー・アリスは言った。〝それって、いつだっけ？〟みんながデビーとヘンリーにお祝いの言葉を伝えているあいだに、シスターは口だけ動かして訊いてきた。わたしは左手を三回あげて、それからひとさし指を一本伸ばした。「十六日ね。

何てやさしい子たちなの」

フレディが立ちあがったので、一瞬、息子もシーリアとの婚約を発表するのではないかと考えた。でも、フレディはグラスを掲げてこう言った。「デビーとヘンリーに乾杯」

わたしたちはデビーとヘンリーに乾杯した。わたしのグラスの中身はスパークリング・アップルジュースだけれど、気分は味わえる。その後、わたしたちはメアリー・アリスの健康と、わたしの腕力と、イボを生み出せるシーリアの魔力に乾杯した。それから赤い蝶ネクタイを片側にずらして耳を覆い、ゴッホの猫に似せたバッバにも。

でも、いちばん見事な乾杯の挨拶をしたのはフレッドだった。大きなペカンパイにかぶりつくまえに、フレッドはわたしの腕を軽く叩いて立ちあがった。

「乾杯しよう」グラスを掲げて言った。「みんながここにいることに」

訳者あとがき

アラバマを舞台にした六十歳のもと教師パトリシア・アン（愛称マウス）と、六十五歳の資産家の姉メアリー・アリス（愛称シスター）が活躍する、おばあちゃん姉妹探偵シリーズ第二弾『作者不明にはご用心』（原題 *Murder on a Bad Hair Day*）をお届けします。

身長百五十四センチ、体重四十八キロでブロンドのパトリシア・アンと、身長百七十八センチ、体重百十三キロで、ブルネットのメアリー・アリス（ただし頻繁に色が変わるため、生来の髪色を知るひとはごくわずか）。誰が見ても血の繋がった姉妹には見えないふたりですが、性格も大ちがい。長年の教員人生の名残で言葉遣いにうるさく、夫と四十年連れ添ってきたパトリシア・アンに対し、メアリー・アリスは細かいことは気にしない性格で周囲の人々をふりまわし、三人の夫に先立たれて、いまは四人目の夫候補と付きあっています。

外見も内面も正反対のふたりですが、そのコンビネーションは最高。いえ、凸凹コンビだからこそ、ぴったりとハマるのかもしれません。ふたりはしょっちゅう顔をあわせては、互いに言いたい放題。話題はパーティーに着ていく服の相談から、性格診断の結果、そして子どもの頃になくした人形をめぐる顚末まで……。ユーモアにあふれた、テンポのいい会話はまるでかけあい漫才のようで、それが本シリーズ最大の魅力と言えるでしょう。

さて、前作『衝動買いは災いのもと』ではメアリー・アリスがカントリーウエスタン・バーを買ったことから、ふたりは殺人事件に巻き込まれました。それでは、今作は……？　もちろん、きっかけをつくったのはメアリー・アリスです。何しろ、パトリシア・アンの夫フレッドによれば、メアリー・アリスには厄介事がついてまわるのですから。

クリスマスが近づいたある夜、パトリシア・アンはメアリー・アリスに誘われて、ある画廊が開業記念に開いたアウトサイダー展のオープニングパーティーに出席します。そこで、教え子クレアと十二年ぶりに再会。クレアは実父に性的虐待を受け、母親にも守られず、里親に育てられました。パトリシア・アンの長い教員人生でも記憶に残る、不憫な生徒だったのです。そのクレアが見ちがえるほどの美女に変身して、画廊オーナーのアシスタントとして目のまえに現れたことは、パトリシア・アンにとってうれしい驚きでした。

けれども翌朝、画廊のオーナー、マーシー・アーミステッドが心臓発作で死亡したことがテレビニュースで流れます。マーシーはまだ若く、パーティーで会ったときもとても元気そうでした。そのマーシーが死ぬなんて。パトリシア・アンは子どもたちと同世代のマーシーの死に胸を痛めますが、そのあとクレアが前夜のドレスのまま、逃げるようにしてパトリシア・アンを訪ねてきます。そして「何者かに殺されそうになった」と訴えたのです……。

今回、事件はアウトサイダー展を開いた画廊で起こります。でも、アウトサイダーって？

Outsiderという英単語を辞書で引くと、「よそ者」「しろうと」「門外漢」といった説明が並んでいますが、「アウトサイダー・アート」とは「芸術の訓練を受けておらず、既成の流派や傾向にとらわれずに自然に表現したアート」のことを指すようです。本書ではパトリシア・アンの友人で、メアリー・アリスの黒人版と評されるボニー・ブルー・バトラーの父、エイブラハム・バトラーが有名なアウトサイダー・アーティストのひとりとして登場しています。

最後に、ひとつうれしいお知らせを。

おばあちゃん探偵シリーズ第三弾 *Muder Runs in the Family* の邦訳が決定いたしました。本書と同じく、原書房コージーブックスから二〇一六年七月に刊行される予定です。凸凹姉妹が今度はどんな騒動を起こしてくれるのか、こちらも楽しみにしていただければ幸いです。

二〇一六年二月

コージーブックス

おばあちゃん姉妹探偵②
作者不明にはご用心

著者　アン・ジョージ
訳者　寺尾まち子

2016年　2月20日　初版第1刷発行

発行人　成瀬雅人
発行所　株式会社　原書房
〒160-0022 東京都新宿区新宿1-25-13
電話・代表　03-3354-0685
振替・00150-6-151594
http://www.harashobo.co.jp
ブックデザイン　atmosphere ltd.
印刷所　中央精版印刷株式会社

落丁・乱丁本はお取り替えいたします。
定価は、カバーに表示してあります。
 ISBN978-4-562-06048-1 Printed in Japan